CRÈME DU SOIR, ESPOIR

DU MÊME AUTEUR
CHEZ POCKET

Bubbles se fâche
Bubbles coupe les cheveux en quatre
Bubbles s'enflamme
Ça chauffe pour Bubbles
Crème du soir, espoir

BETH HARBISON

CRÈME DU SOIR, ESPOIR

Traduit de l'anglais (États-Unis)
par Betty Peltier-Weber

Fleuve Noir

Titre original :
HOPE IN A JAR

Le papier de cet ouvrage est composé de fibres naturelles, renouvelables, recyclables et fabriquées à partir de bois provenant de forêts plantées et cultivées durablement pour la fabrication du papier.

ISBN : 978-2-266-21167-3

Ce livre est dédié aux filles qui ont navigué
avec moi sur les eaux calmes,
troubles ou tourmentées
du primaire à la terminale.
Par ordre d'entrée en scène : Tiffany Pruitt,
Nicki Singer, Jacki Behrens, Dana Carmel
et Kim Nash.
Et à Olivia Nuccio.

Remerciements

Merci à tous ceux qui ont rendu l'écriture de ce livre plus agréable. Jim Aylor et Jane Cunliffe Aylor, vous avez été les meilleurs amis en toutes circonstances, en particulier durant cette semaine effrayante de janvier, passée à l'hôpital pour enfants, quand vous avez tout laissé tomber pour vous joindre à nous. Et avez eu la présence d'esprit de poser aux médecins les questions que nous n'avons pas su aborder, tant nous étions paniqués.

Que soit également remerciée Annie Jones, dont les prières et le soutien nous ont offert tant de réconfort et d'espoir durant cette même période éprouvante.

À chacun d'entre vous, au Children's National Medical Center de Washington D.C., dont le travail durant cette longue semaine nous aura permis de repartir avec le sourire et non pas des larmes. Merci.

Merci aussi à Scott Hicks, Elaine McShulskis, Jacquelyn McShulskis Taylor, Mike Kowalski, Mimi Elias, Connie Jo Gernhofer, Rusty Gernhofer, Jen Enderlin, Steve Troha, Courtney Fischer, Anne Marie Tallberg, Matthew Shear, Sara Goodman, Tori Hajdu, Mindy Rabinowitz, Meg Ruley, Annelise Robey, Mike McCormack, Dani Klein, Marty Hawk, Dave Miller et Charlie Plunkett… Si je précisais à chacun d'entre vous l'étendue et la raison de ma reconnaissance, cela me demanderait bien trop de place. J'espère donc que vous accepterez un grand *merci* global.

John, Paige, et Jack, vous êtes les lumières de ma vie.

À Connie Atkins, *alias* « maman », des millions de remerciements éternels pour ton amour, ton soutien, ta compréhension, mais aussi pour les prêts divers et variés, la garde des enfants et/ou du chien, les incessants allers-retours à l'aéroport ou à la gare, sans oublier les innombrables corrections.

Un

Je peux rapporter le bacon à la maison, le faire griller dans une poêle, sans jamais, jamais te laisser oublier que tu es un homme[1]...

Publicité pour le parfum Enjoli de Charles of the Ritz

Il n'y a rien de pire que de trouver son jules dans les bras d'une fille superbe… Eh bien si ! Qu'il vous trompe avec une fille tout à fait ordinaire !

Allie Denty l'apprit à ses dépens.

Revenue tôt du bureau, elle entra dans sa chambre et découvrit une espèce de phoque en train de gigoter sous les couvertures du lit qu'elle avait consciencieusement fait le matin même.

Difficile de savoir qui aperçut l'autre en premier – ou qui fut le plus surpris ! À l'instant même où Allie franchit le seuil, une inconnue pointa la tête de sous les

1. « *I can bring home the bacon, fry it up in a pan, and never never never let you forget you're a man.* » Spot télé de la fin des années soixante-dix. Tout en travaillant, les femmes veulent rester sexy vingt-quatre heures heures sur vingt-quatre. *(N.d.T.)*

draps en fine percale de chez Martha Stewart en poussant des cris de *banshee*[1].

— Mais… bredouilla simplement Allie, comme si elle intervenait dans une conversation.

Elle n'eut pas le temps de terminer sa phrase car la femme bondit hors du lit, s'enroula dans le drap en titubant, ce qui eut pour effet de révéler un Kevin nu comme un ver, les mains attachées au-dessus de la tête avec sa jolie cravate Jerry Garcia.

Une cravate qu'Allie lui avait offerte pour Noël. La plus chère de chez Macy's !

Tous les muscles d'Allie se crispèrent et son regard paniqué fit la navette entre l'intruse et ce petit ami, en qui elle avait si stupidement placé toute sa confiance.

— … Kevin ? Qu'est-ce que vous faites là, tous les deux ?

La femme avait cessé de hurler, mais hoquetait et crachotait toujours.

— Allie… commença Kevin d'une voix enrouée.

Essayait-il d'imiter celle d'un autre ?

Il s'éclaircit la gorge et reprit, sans doute conscient de produire une explication vaseuse :

— … Allie, ce n'est pas ce que tu crois…

— Eh bien, je crois que tu es en train de baiser une autre femme que moi. Et dans mon lit, de surcroît !

Au diable le vocabulaire châtié ! De toute évidence, son jules la trouvait moins désirable que cette créature insignifiante, juste bonne à tenir le rôle de Miss « Avant » dans ces publicités pour les régimes, programmes de gymnastique et autres relookings extrêmes dans les pages du *National Enquirer.* Ses cheveux châtain clair étaient ternes et mal coupés, les yeux de la même teinte insipide que sa tignasse, la bouche réduite à

1. Banshee : personnage du folklore irlandais ou écossais dont les hurlements annoncent une mort prochaine. *(N.d.T.)*

une ligne mince, un brin trop petite pour ce visage plutôt potelé.

Et ses fesses – qu'Allie avait malheureusement eu le temps d'observer – avaient un aspect encore plus fromage blanc que les siennes.

Un nez bien droit. Soit. Était-ce donc cet attribut qui attirait tant Kevin ? Un nez de mannequin sur un visage plutôt ingrat ?

— Eh bien… bredouilla Kevin, c'est assez compliqué…

Allie ne se souvenait pas de la suite.

Pas vraiment un démenti, en tout cas. Comment aurait-il pu nier cette scène ? Doux Jésus… quand il avait posé les pieds par terre, le préservatif pendouillait encore au bout de son outil ratatiné. Tiens donc ! Ce n'était pas ce qu'elle croyait ?

C'était exactement ça !

Rien de bien compliqué, en somme.

— Je devrais m'éclipser, haleta la femme en enfilant ses vêtements à la hâte.

— Ah, oui ? Vous en êtes sûre ? railla Allie.

Puis un horrible doute l'assaillit.

— Une minute ! Vous ne seriez pas la commerciale qui a apporté ces échantillons de papier au bureau, le mois dernier ?

— Votre commande sera prête le 7 ! L'imprimeur avait des problèmes avec le filigrane.

C'était surréaliste. La femme banale qui leur avait vendu le nouveau papier à en-tête de Kevin à un « prix d'ami », la femme qui avait demandé où se trouvaient les toilettes, qui avait mis une éternité avant d'en ressortir avec une feuille accrochée aux chaussures, se retrouvait maintenant dans *ses* draps, avec *son* Kevin, mettant ainsi un terme à deux années de vie heureuse…

Kevin sortit du lit tout nu, comme elle l'avait vu faire

des millions de fois. Sauf qu'il n'y avait généralement pas une autre femme dans leur chambre.

— Allie, je peux t'expliquer…

Heureusement, Miss Papier n'avait pas attendu son reste et avait filé à l'anglaise. Un instant plus tard, la porte d'entrée claqua.

Parfait.

Et d'un ! Au suivant !

— Vraiment, Kevin ? La vendeuse de papier ! Comment as-tu pu…

— Elle n'était pas au courant, pour toi.

Quel toupet ! Il prenait la défense de celle qui avait subi le moins de préjudice moral dans cette affaire.

— Quoi ? Aurait-elle oublié que c'est *moi* qui lui ai passé cette commande il y a quelques mois ? La première fois qu'elle est venue ici, à l'appartement, n'a-t-elle pas remarqué toutes ces photos de nous deux, exposées un peu partout ? Et mes affaires dans la salle de bains ? Elle est aveugle ? Cette fille n'a rien à faire ici, Kevin ! vociféra-t-elle, proche de la crise de nerfs. Tu n'aurais pas dû l'amener ici…

— Je sais.

— Parfait. Et maintenant c'est *toi* qui dégages !

— Nous devrions peut-être en parler…

Quoi ? Son calme olympien la rendait folle.

— Fiche le camp ! Fiche le camp ! hurla-t-elle encore.

Elle ramassa son jean sur le sol, son caleçon, son stupide tee-shirt *Star Wars*.

— Dehors !

Toute à sa rage, elle le bombarda de ses vêtements et le chassa hors de la chambre, vers la porte d'entrée.

— Mais…

— Tu pourras récupérer tes affaires plus tard. Sinon je te les enverrai.

La porte grande ouverte, elle poussa Kevin sur le palier, ramassa son fichu caleçon qui était tombé et le lui lança dans la cage d'escalier comme on jette un os à un chien.

— Fous-moi le camp d'ici ! répéta-t-elle en claquant la porte derrière lui.

Elle s'y adossa, le cœur battant à tout rompre. Aussitôt, elle entendit une voix dans le couloir.

Une voix de femme.

Quelle horreur ! Cette garce avait attendu Kevin.

Des conspirateurs, complotant derrière son dos, se prenant par le bras pour partir ensemble. Abject !

Allie resta longtemps ainsi, à écouter les échanges chuchotés derrière la porte, craignant à tout moment de surprendre un ricanement ou carrément un éclat de rire. Mais tout ce qu'elle put entendre, ce fut une discussion puis des bruits de pas, le *ding* de l'ascenseur qui atteignait l'étage et puis… plus rien.

Plus rien, si ce n'est le lent gémissement sourd qui enflait dans sa gorge prêt à éclater en gros sanglots.

Ah, non alors ! Elle n'avait rien vu venir…

C'est toujours si ridicule quand cela arrive aux autres. Mais là, elle se retrouvait confrontée à la réalité. Elle avait toujours été fidèle à Kevin et voilà qu'il la trompait sans le moindre scrupule.

Pourquoi, bon sang ! Ce n'est pas comme s'il affichait un physique sexy de jeune premier. Kevin était un type normal, avec un excellent QI et une personnalité supportable. De temps à autre, il la faisait même rire. Enfin, sourire.

Pendant ces deux dernières années, Allie avait naïvement renoncé à l'espoir de rencontrer son âme sœur parce qu'elle croyait que Kevin lui convenait. D'ailleurs, il venait à peine de s'installer chez elle, dans l'appartement qu'elle louait, en attendant de trouver un endroit plus grand. Un nid d'amour qu'ils pourraient acheter ensemble.

Et elle qui pensait bêtement qu'ils prenaient le chemin d'un gentil petit partenariat.

À la vie, à la mort.

Au lieu de cela, ce sale type couchait avec une autre en l'absence de sa chère et tendre compagne…

Bon sang, qu'avait-il donc dans le ventre ?

Si Kevin n'était pas celui qu'elle croyait, qui était-il ?

Ou, en d'autres termes : qu'était-il arrivé au type qu'elle s'imaginait connaître ?

Et s'il n'existait pas, tout simplement ? Comment avait-elle pu se tromper à ce point ?

— Allie…

La voix suppliante de Kevin se fit entendre de l'extérieur, presque inaudible. Elle n'en sursauta pas moins.

— Allie, je t'en prie !

Elle resta pétrifiée, comme un animal tétanisé par l'indécision. Plutôt traverser la route ou couper à travers bois ?

— Est-ce que tu pourrais au moins me jeter mon portefeuille et mes clés ?

Les yeux d'Allie tombèrent sur la table de nuit. Kevin les avait bien posés là, comme tous les soirs. De toute évidence, c'était un rituel immuable pour lui, quelles que soient ses intentions. Et sa partenaire…

D'abord, elle envisagea de les jeter dans le vide-ordures. Voilà au moins un geste qui lui apporterait une belle satisfaction.

La vengeance est toujours tentante. Mais la jouissance qu'on en retire finit souvent en frustration, avec son lot de conséquences stupides et imprévisibles.

Dans ce cas précis : le supporter pendant une heure et demie, assis là dehors à attendre Mondial Assistance pour qu'ils lui ouvrent la voiture ou refassent une nouvelle clé, puisque *Môôssieur* conduit une Lexus ! Sans parler des appels non-stop des services bancaires.

Allie n'avait nulle envie de se prendre la tête avec ça. Elle ramassa donc le portefeuille et les clés et se rendit dans le séjour où une porte-fenêtre s'ouvrait sur un étroit balcon.

Kevin se tenait sur la pelouse, juste en dessous.

— Tu les veux ? demanda-t-elle en tendant les objets demandés dans le vide.

— Oui, Allie. S'il te plaît.

— Alors attrape !

Elle jeta le portefeuille et se délecta du retentissant *paf* qu'il fit en heurtant le front de sa cible. L'intérêt de grandir avec des grands frères, c'est qu'on ne vise pas comme une fille.

— Et n'oublie pas les clés ! ajouta-t-elle en les agitant au-dessus de lui.

— Pas dans la figure ! glapit-il.

Malgré sa colère, malgré cette trahison qui la faisait tant souffrir, elle aurait aimé qu'il se montre un tantinet plus viril dans cette situation.

Qu'allaient penser les voisins ?

Au lieu de les jeter sur lui, elle les laissa simplement tomber au pied de l'immeuble. Voilà ! Il n'avait qu'à ramper entre les azalées pour les retrouver. Ce n'était plus son problème.

Revenant dans sa chambre, elle arracha les draps du lit, alla les fourrer dans le lave-linge, tourna le bouton de la température sur 90° et versa un généreux demi-paquet de lessive. Après une seconde d'hésitation, elle y ajouta plusieurs gobelets d'eau de Javel pour faire bonne mesure.

Sur ce, elle se précipita dans la salle de bains pour se laver les mains. L'opération prit un bon moment, elle les frotta comme si le savon pouvait tout effacer, et faire que rien de tout cela ne fût jamais arrivé.

Finalement, elle capitula et resta à contempler son

visage troublé dans le miroir. Que venait-il au juste de se passer ? Où avait-elle fait fausse route ? Et quand ?

La femme qui lui faisait face semblait avoir baissé les bras depuis longtemps. Ses cheveux étaient secs et la blondeur soyeuse de jadis avait cédé la place à une espèce de paille à cause des colorations maison. Ses joues paraissaient douces… Non, plutôt flasques ! Les rides près des yeux, qui ne la tourmentaient pas en général, avaient l'air aujourd'hui d'être profondément entaillées au couteau.

Pire ! L'optimisme, qu'elle avait toujours pris pour argent comptant, s'était évaporé en chemin. Depuis longtemps, peut-être. Il n'y avait plus aucune trace de joie dans ses yeux. Une tête de vaincue.

D'ailleurs, elle *se sentait* vaincue.

Normal, elle *était* vaincue.

Allie se laissa glisser sur le sol, les os de son squelette liquéfiés, secouée de tremblements.

Comment cela avait-il pu lui arriver ? À *elle* ? Et dire que cette liaison durait peut-être depuis longtemps. À son insu.

Quelle idiote !

Idiote. Idiote. Idiote.

Elle haïssait Kevin.

Pourtant, en approfondissant la question, il fallait reconnaître que tous les torts lui incombaient. La coupable, ce n'était pas l'autre femme. C'était *elle*.

Qu'était devenue la jeune Allie d'avant ?

Sans doute avait-elle abandonné ses rêves en même temps que l'espoir. À force de se satisfaire d'une vie faite de petits boulots temporaires, d'un appartement en location et d'un homme qu'elle n'aimait pas réellement. Un homme qui, de toute évidence, se fichait bien d'elle.

Allie s'était contentée de peu.

Et c'est de cela surtout qu'elle s'en voulait.

— Noah, c'est moi. Je suis désolée d'insister, mais je…

Allie déglutit, s'efforçant d'empêcher sa voix de vaciller. Elle ne voulait pas se montrer désespérée.

Étant donné que c'était le troisième message qu'elle laissait sur son répondeur, et qu'il verrait forcément s'afficher ses douze autres tentatives, elle voyageait déjà avec un billet de première dans le train des Paumés Pathétiques.

— … je voulais juste te parler, termina-t-elle avec maladresse.

D'ailleurs, où se cachait-il ? Noah était un bourreau de travail. En permanence scotché à sa table d'architecte, que ce soit chez lui ou au bureau, il était toujours charrette.

Ne devait-il pas voir une « nouvelle » fille ? Sans doute était-il sorti avec cette créature.

Allie la détestait déjà.

La pauvre n'avait aucune chance de durer et Allie poussa même son manque de charité jusqu'à leur souhaiter une rupture au plus vite. Ainsi, elle récupérerait Noah pour elle toute seule.

Pas pour en faire son amoureux, bien sûr. Entre eux, il n'y avait jamais rien eu de romantique. Ils étaient amis depuis la quatrième, depuis l'âge où les garçons et les filles peuvent s'adresser la parole sans rougir ou pousser des gloussements embarrassés.

Difficile de ne pas craquer pour un garçon comme lui. Allie et ses copines adoraient sa ressemblance avec le frère de Matt Dillon, à l'époque où cet acteur était encore une référence et que les posters découpés dans les magazines avaient encore droit de cité sur les murs de leurs chambres. Avec son mètre quatre-vingts, Noah dépassait presque Allie d'une tête et ses épaules étaient assez larges pour qu'elle se sente féminine et fragile à ses côtés (contrairement à Kyle Carpenter, connu plus tard en fac et qui lui donnait l'impression d'être une amazone).

Même si Noah possédait tous les atouts du parfait flirt de lycée, Allie n'avait jamais voulu y songer, de peur de mettre en péril leur belle amitié.

Sincèrement.

Il était son meilleur ami et la seule personne au monde qu'elle osait appeler en pleine nuit pour l'interroger sur un film. Non seulement il ne l'insultait pas pour l'avoir réveillé à une heure indue, mais en plus il avait le bon goût de lui donner une réponse précise et argumentée.

Pas vraiment le genre d'amitié qu'on a envie de compromettre.

Alors, faute de Noah, Allie était sortie avec une brochette de types qui ne lui correspondaient absolument pas : Luke Dashnaw, un banquier qui avait quitté son poste pour devenir clown dix mois après le début de leur relation ; Stu Barker, un bouddhiste qui passait une journée par semaine dans un silence total à jeûner et à méditer… Et enfin Kevin, qui couchait dans *son* lit avec une vulgaire vendeuse de papier pendant son absence.

Allie commençait à se demander si elle ne serait pas plus heureuse toute seule.

L'inquiétude, cependant, la taraudait : bientôt, elle n'aurait plus le choix. Tout en essayant de se convaincre du contraire, Allie savait qu'elle n'était plus aussi mignonne qu'avant. À trente-huit ans, son visage commençait quelque peu à se faner. Des années de gourmandise avaient arrondi son menton et enveloppé ses hanches. Les heures passées à faire bronzette au bord de la piscine du Potomac – la peau à peine protégée par un film dérisoire d'huile de monoï contre les rayons UVA, UVB et les UV-on-ne-sait-quoi-encore – avaient creusé des rides sur son visage, de véritables crevasses qui ne seraient jamais venues se loger là naturellement.

Rien que d'y penser, Allie sentait son moral dégringoler plus bas encore.

Il n'y avait qu'une chose à faire pour se remettre. Cela allait lui coûter une petite fortune, bien sûr, mais la santé morale n'a pas de prix.

Ou plus exactement si ! Elle en a un.

Environ 150 dollars de l'heure, une fois par semaine.

Un petit tour de shopping ne pouvait pas lui faire de mal, si ?

Elle se rendit donc chez Sephora.

C'était comme entreprendre un petit voyage au paradis ; un lieu où tout est joli, où tout sent bon, est tentant et promet de rendre la vie un peu plus facile.

Dès qu'elle eut pénétré dans cet univers éblouissant laqué de noir, de blanc et de rouge, Allie se sentit mieux.

Elle n'y venait pas très souvent. Au contraire, elle se contentait la plupart du temps des marques de la grande distribution. De temps à autre, cependant, elle ne résistait pas à l'envie de s'y précipiter.

C'était le cas aujourd'hui.

Non seulement elle venait de rompre – une des trois raisons valables pour filer directement chez Sephora – mais, de surcroît, s'annonçait cette fameuse soirée pour les vingt ans de sa promo.

D'ailleurs, tout bien réfléchi, ce genre d'événement devrait figurer sur la liste des prétextes incontournables justifiant de folles dépenses, en bien meilleure position que le mariage !

Quoi qu'il en soit, elle venait de mettre un pied dans son paradis personnel.

— Puis-je vous aider ? s'enquit une jeune femme qui devait avoir la moitié de l'âge d'Allie et la moitié de son tour de taille.

Allie était préparée. Son portefeuille était bourré de cartes de crédit.

— Oui. Montrez-moi tous vos produits de prédilection.

La vendeuse eut l'air décontenancée.

— Cherchez-vous quelque chose de précis ? Un mascara ou…

Elle dévisagea Allie, puis ajouta :

— … une crème micro-abrasive ?

En d'autres circonstances, Allie se serait sentie insultée, mais cette semaine, son assurance avait fondu comme neige au soleil. Elle était donc prête à admettre qu'un peu d'aide lui serait salutaire.

— Je voudrais voir tout ce qui pourrait améliorer mon apparence, lança-t-elle. Montrez-moi tout ce que vous avez !

La fille se comportait comme un toutou bien élevé, hésitant à s'approcher du hamburger tombé sur le sol de la cuisine.

— Vous êtes sûre ?

— Oui. Tout à fait.

— Formidable. Nous venons de recevoir une crème hydratante absolument magique. Tout le monde assure qu'elle efface les rides en quelques jours…

Pendant plus d'une heure, Allie suivit la petite maigrichonne dans tout le magasin, essayant mascaras, fonds de teint, crèmes, lotions, parfums, et même des blanchisseurs de dents. On lui proposa Dior, Lancôme, Fresh, Urban Decay, bareMinerals, Lorac et une centaine d'autres marques jamais envisagées lors de ses expéditions précédentes, tant elles étaient hors de prix.

Elle ne les sélectionna pas toutes. Cent vingt-cinq dollars le micro-pot de crème, c'est un peu cher, même quand on est terriblement malheureuse. Mais elle en acheta assez pour se sentir pousser des ailes en regagnant sa voiture.

Tout en faisant ses courses, elle avait compris que son angoisse n'était pas vraiment liée à Kevin. En réalité, il avait même très peu de chose à voir là-dedans. Chaque fois qu'elle essayait de voir en lui la dernière pièce de puzzle censée venir combler un manque dans sa vie, la goutte qui avait fait déborder sa coupe d'amertume, ça ne collait jamais vraiment.

Certes, il l'avait trompée, trahie, lui avait donné le sentiment d'être une paumée et une idiote.

Mais maintenant, elle avait sans doute compris la raison de ce fiasco. En partie, du moins.

Kevin et elle entretenaient une relation de camaraderie. Ils partageaient des sorties agréables, appréciaient les mêmes restaurants et les mêmes vins. Mais le soir, quand ils rentraient à l'appartement, Kevin restait souvent dans le salon à regarder la chaîne Découverte ou Biographie tandis qu'Allie se réfugiait dans la chambre pour voir *Sex and the City*, *Six Feet Under* ou *Big Brother*. Des séries que Kevin considérait comme bien trop débiles.

Et même s'ils se livraient parfois à des galipettes, celles-ci se révélaient d'une fadeur navrante.

Pas de feux d'artifice.

Pas même de misérables petites étincelles.

A priori, Kevin possédait tous les atouts pour être considéré comme un choix raisonnable : il travaillait comme avocat dans un cabinet de bonne réputation qui poussait ses jeunes associés vers les plus hautes sphères. Il adorait Washington D.C., tout comme Allie (même si ce n'était pas pour les mêmes raisons), et avait la ferme intention de s'y établir jusqu'à la fin de ses jours, dans l'un des quartiers les plus huppés du nord-ouest. Il s'investissait plus que quiconque dans l'entreprise pour grimper les échelons et atteindre au plus vite ses objectifs.

C'est d'ailleurs pour cette raison qu'Allie s'était retrouvée coincée dans cette galère professionnelle.

Pour abattre tout ce travail de recherche et de paperasserie et, en dépit de son diplôme de lettres de l'université de Rutgers, elle avait assumé le rôle d'assistante de Kevin, travaillant avec lui tard dans la nuit et acceptant des postes intérimaires pour leur permettre de joindre les deux bouts.

Avec le recul, il lui fallait admettre qu'elle avait sincèrement cru en Kevin – même si elle ne l'aimait pas avec passion – et pensait qu'ils construisaient un avenir ensemble.

Ce qui était le cas mais il s'agissait de son avenir à *lui* !

Ainsi, en rentrant du centre commercial Montgomery avec son petit sac rempli de merveilles hors de prix, elle comprit qu'il serait bien plus intéressant de se retrouver elle-même plutôt que de chercher à reconquérir ce sale type.

Finalement, c'était plutôt agréable de se dorloter.

Les heures suivantes, passées à exfolier, revitaliser, brosser et maquiller, furent un délice. Une avancée positive pour sortir de ce qui n'avait été qu'une triste routine.

Pas un changement spectaculaire, bien sûr. Plutôt un grand nettoyage de printemps.

Et puis, il restait encore ces quelques kilos à perdre. Elle n'avait aucune envie de les emmener au dîner de promo.

Lors de leurs dernières retrouvailles, elle n'avait déjà plus rien d'une gazelle et avait renoncé à ressembler à Audrey Hepburn.

Pourtant, avec son mètre soixante-seize athlétique, ses seins plus que respectables, on l'avait toujours considérée comme un beau brin de fille. Ses jolies formes appétissantes lui avaient valu beaucoup de succès durant ses années de lycée et d'université. Elle n'avait jamais été à court de petit ami, ce qui était terriblement important à l'époque, et elle avait plus d'une fois déjeuné à l'œil au restaurant. Sans parler des excès de vitesse qu'elle avait réussi à faire oublier en flirtant un peu avec les agents de police trop zélés. Un soir où elle portait une petite robe particulièrement seyante, un garçon lui avait même proposé un million de dollars pour passer la nuit avec elle. C'était à l'époque où *Proposition indécente* faisait un tabac dans les salles. L'offre n'était donc ni originale ni sincère, mais elle avait été flattée.

Eh oui ! Ces jours glorieux, quand tout en elle était présentable, quand un Big Mac ne symbolisait pas encore le péché, étaient révolus.

Puis Kate Moss avait débarqué et fichu tout cela en l'air ! Sans parler de Vincent Gallo, l'auteur de ces photos stupides pour Calvin Klein, qui avait engraissé des créatures qui ne mangent jamais. Certes, tout le monde se plaint, mais rien ne change. La minceur est à la mode depuis bien plus longtemps que ne l'a été aucune autre tendance dans l'histoire. Même Tyra Banks a critiqué les mannequins extra-minces un jour pour les porter aux nues le lendemain, leur décernant carrément le prix de *Meilleures top models américaines*.

Même sans ces quelques kilos récemment acquis, Allie se serait rendue à cette soirée avec la sensation d'être affreusement grosse. L'autre jour, en effet, alors qu'elle faisait le tour des boutiques pour s'acheter de nouvelles tenues et se remonter le moral, elle avait dû renoncer à sa taille habituelle, déjà « conséquente », pour passer à celle du dessus.

Puisque ce dîner de promo était toujours d'actualité, autant se résigner. Ne pouvant pas perdre miraculeusement un peu de poids, elle miserait sur son joli maquillage pour attirer l'attention. Personne ne remarquerait ses défauts.

C'est en tout cas ce que lui avait assuré la vendeuse.

Une fois habillée, maquillée et coiffée avec soin, bien qu'elle n'eût aucune intention de sortir, Allie se servit un verre de vin. Puis elle décida de prendre la température de ces fameuses retrouvailles en consultant le site Internet que Cindy Barlow, la présidente toujours aussi efficace, avait ouvert.

Sur *copains-de-classe.com*, elle cliqua sur LYCÉE WINSTON-CHURCHILL – SOIRÉE DES ANCIENS ÉLÈVES – QUI VIENT ?

Quelques personnes avaient déjà répondu :

Peter Ford : *Les Bulls règnent toujours !*

Peter Ford, un sportif qui savait à peine compter jusqu'à dix, mais qui était devenu un héros sur le terrain de football.

Allie se souvenait surtout du sale tour qu'il lui avait joué en cours de gym, soulevant son maillot devant toute la classe de sixième.

Lucy Lee : *Fera tout son possible pour venir. Quelqu'un aurait des nouvelles de Paulina Sams ?*

À la fois douée et populaire, Lucy était aujourd'hui présentatrice des informations locales à la télévision.

À côté d'elle, Allie s'était toujours sentie comme une perdante. De toute évidence, cela n'allait pas changer.

Yancy Miller : *Paulina Sams vit à Seattle, maintenant. Elle a deux enfants et en attend un troisième. Son mari est cadre chez Starbucks. À cause du bébé, elle ne pourra sans doute pas venir.*

Ça semble logique. Yancy Miller avait été la plus grande commère de l'école. Sans être une amie proche de Paulina, elle savait toujours tout sur tout.

Allie continua sa lecture et tomba sur :

Victoria Freedman : *J'y serai ! Guettez ma venue !*

Tout à fait elle !

De la sixième jusqu'à la terminale, Vickie s'était comportée en parfaite garce. Ayant grandi à quelques maisons l'une de l'autre, elle et Allie jouaient souvent ensemble. Mais aussitôt fortune faite, sa famille avait quitté Fox Hills pour s'installer dans le quartier de Potomac Falls, bien plus huppé. À partir de ce moment, Vicky avait évité Allie et ses anciennes amies, leur faisant comprendre qu'elles n'appartenaient plus au même monde.

Guettez ma venue...

Il fallait plutôt *se méfier* de sa venue ! Et c'est ce qu'Allie ferait afin d'éviter tout contact avec elle, à moins que cette chipie ne lui tombe dessus avant.

Yancy Miller : *Je t'ai vue présenter la loi sur l'environnement à la télé, Vickie ! Tu es géniale !*

Quelle lèche-cul !

Wilhelmina Fram : *Ne peux pas venir.*

Qui était cette nana, déjà ?

Allison Denty : *Viendrai avec quelqu'un.*

Ah oui ? Et qui ? Aucune explication.

Noah Haller : *J'y serai.*

Dieu merci !

Même s'il ne l'accompagnait pas, Allie était à l'avance ravie de sa présence. Un visage amical dans la foule, qui ne se laisserait pas impressionner par les grands airs des Vickie Freedman et autres Lucy Lee !

Merci, Noah.

Allie contempla le fond de son verre où il ne restait plus qu'une tache violine. Soit elle le remplissait et courait le risque de le regretter le lendemain, soit elle se préparait une tisane.

La tisane semblait plus raisonnable.

Dans la cuisine, elle choisit un sachet de framboise et se fit chauffer un bol d'eau dans le micro-ondes. Dès qu'elle déchira l'emballage, une odeur suave fit resurgir le passé. Cela faisait des années qu'elle n'avait pas bu cette tisane. En la découvrant ces derniers jours à l'épicerie, elle avait été surprise qu'on en vende encore. Elle en avait acheté deux boîtes mais n'avait pas encore eu l'occasion d'y goûter.

Lorsqu'elle plongea le sachet dans l'eau bouillante, elle eut de nouveau vingt ans, et même moins. À l'époque, Olivia et elle fabriquaient de la limonade à base de tisane de framboise parce que la citronnade Snapple que l'on trouvait dans le commerce coûtait trop cher.

Allie soupira. Olivia. Justement la personne à laquelle elle s'efforçait de ne pas penser et dont le souvenir s'accompagnait toujours de souffrances.

Et la seule personne qu'elle espérait tout à la fois voir et ne pas voir lors de cette fameuse soirée des anciens.

Une relation restée en suspens. Pendant des années, elles avaient été les meilleures amies du monde puis, après une grande dispute, Olivia s'était évaporée, mettant un terme à leur amitié. Plof ! Comme une bulle de savon.

Olivia avait effectivement décampé au beau milieu de l'année de terminale. En février, pour être précis. Sa mère avait préparé deux valises, quitté son fainéant de mari toujours fauché, et disparu en pleine nuit avec sa fille.

D'accord, ce n'était peut-être pas en pleine nuit. Allie ne s'en souvenait pas à ce point. Et puis, après cette grande dispute et avant le départ d'Olivia, les deux filles ne s'étaient plus adressé la parole.

Un moment affreux, bien sûr, troublant, révoltant, qui était la source de bien des spéculations.

À vrai dire, Allie s'était presque sentie soulagée par cette issue. Puisqu'elles n'étaient plus amies, comment se serait poursuivie leur relation ? Comment se seraient-elles comportées l'une envers l'autre ?

Comment croiser Olivia dans les couloirs et se retenir de courir vers elle pour pouffer de rire ou échanger des ragots ? Ou se plaindre du chahut pendant le cours de musique de Mme Rosen ? Ou encore se raconter les idioties débitées par George Riggs ?

La distance à laquelle la tenait Olivia, à l'instar de la petite bande de Vickie Freedman qu'elle fréquentait désormais avec assiduité, était si douloureuse.

Cette même bande qui, quelques jours plus tôt, les traitait pourtant encore toutes les deux comme des pestiférées.

Olivia s'était mise à calquer son comportement sur le leur et Allie avait éprouvé un sacré soulagement lorsqu'elle avait cessé de subir cette trahison.

Mais dans l'intimité de sa chambre, loin de la reine mère et de sa petite cour, la tristesse insupportable d'avoir perdu sa meilleure amie reprenait le dessus : les posters des acteurs qui les faisaient craquer, les disques qu'elles écoutaient en chantant, les collages de mots et de photos qu'elles seules comprenaient, les cassettes qu'elles s'étaient échangées, tout était blessure.

Elles avaient passé tellement de temps ensemble dans cette pièce ! Une fois Olivia partie, Allie avait l'impression qu'elle s'était obscurcie.

La situation avait dû être beaucoup plus facile pour Olivia. Après tout, c'était elle qui avait disparu sans même se donner la peine de dire adieu à Allie, lui refusant ainsi tout espoir de s'expliquer.

Elle l'avait simplement laissée tomber. À ses yeux, les années d'amitié n'avaient pas plus de consistance que la fumée des cigarettes dans la cour de récréation, à l'heure du déjeuner.

Apparemment, personne ne connaissait sa nouvelle adresse. Allie avait pourtant rassemblé tout son courage pour poser la question à Vickie, *incidemment*, lors de la signature de l'album de classe à la fin de l'année scolaire.

Dans son coin, Allie ressassait sa colère et son amertume. Quel genre de personne, même fâchée à mort contre elle, serait partie sans le moindre adieu après six ans d'amitié ?

Aujourd'hui pourtant, même après toutes ces années, Allie mourait d'envie de la retrouver. Pourquoi ?

Par on-dit, elle avait appris qu'Olivia avait décroché son diplôme dans une université californienne. S'étant fait une nouvelle vie, là-bas, elle n'aurait certainement aucune envie de remettre les pieds dans leur petite ville perdue.

Un sacré soulagement, non ?

Si seulement Vickie Freedman en faisait autant !

Mais non, ce serait trop beau ! Vickie habitait encore sur la côte Est. Et si elle était toujours la même (pourquoi aurait-elle changé ?) elle ferait de son mieux pour empoisonner la vie d'Allie.

Deux

Classe de cinquième

C'est tellement acidulé[1]

Publicité pour les rouges à lèvres Sour Grapes Lip Smackers de Bone Bell.

— Je t'échange un Pastèque contre un 7UP, proposa Allie, espérant qu'Olivia ne se rendrait pas compte de ce marché de dupes.

Forcément, à Woolworth, il restait toujours des tonnes de Pastèques alors que les 7UP partaient comme des petits pains.

— Je ne sais pas encore…

Olivia examina le gros stick de Lip Smacker au 7UP. Elle avait renversé le maigre contenu de son sac à main flambant neuf sur le couvre-lit en patchwork d'Allie.

1. « *How un-sweet it is !* » Raisin acidulé, l'un des cent cinquante parfums proposés par Bone Bell. Référence à la célèbre chanson de James Taylor « How sweet it is… to be loved by you ». *(N.d.T.)*

Fronçant son petit nez d'une perfection terriblement agaçante, elle secoua la tête.

— … en fait, j'aime bien le 7UP !

— Même pas vrai ! Tu ne prends jamais, jamais, *absolument jamais* de 7UP. Tu choisis toujours le Coca.

La réplique d'Olivia ne se fit pas attendre.

— Ils n'ont pas de Lip Smacker au Coca ! Et l'autre n'a pas vraiment le goût de 7UP.

— Ah, si ! Ça sent exactement le 7UP. C'est pour ça qu'ils l'appellent 7UP.

— Alors je suppose que j'aime le 7UP.

Allie laissa échapper un soupir exaspéré. Si elle n'avait pas entraîné Olivia dans les Lip Smackers, elle serait toujours en train d'échanger des autocollants Hello Kitty avec les petits de CM2.

Et voilà qu'Olivia se prenait pour une super experte en Lip Smackers.

Non, mais, franchement !

Allie fit l'inventaire de ce qu'elle avait sorti de son propre sac à main : quatre Lip Smackers (pastèque, raisins acidulés, Dr Pepper et Cookie, qu'elle n'échangerait pour rien au monde), un petit flacon d'eau de Cologne Pluie d'Amour, un bout de crayon Snoopy cassé, un autocollant Hello Kitty qu'elle avait appliqué sur l'extérieur de son sac à main et qui était maintenant tout chiffonné, un Tampax taille « ado » (on peut toujours rêver) et deux billets de un dollar.

Pour cinquante cents de plus et la TVA, elle pourrait se rendre au centre commercial pour s'acheter son propre Lip Smacker 7UP, s'ils en avaient.

Inutilisé, en plus.

— Bon, c'est d'ac ! lâcha Allie en faisant voler ses jolies mèches blondes qu'Olivia lui enviait tant.

Elle se dirigea vers le miroir et admira son reflet entre des photos de Scott Baio, Shaun Cassidy et Robby Benson, qu'elle avait affichées tout autour du cadre.

Elle n'était pas aussi fan de Shaun Cassidy que les autres filles, mais il aurait été tellement embarrassant d'admettre qu'elle aimait toujours David Cassidy, maintenant qu'il était entré dans la catégorie des « vieux ».

— De toute façon, je n'en veux pas de ton fichu truc ! crâna Allie. J'essayais seulement de t'aider...

C'était vache. Elle le savait, mais Olivia était tellement têtue, cette andouille. Il fallait bien trouver une solution.

— ... parce que ça rend les lèvres argentées.

— Ah oui ?

Le reflet d'Olivia apparut à côté du sien, juste au niveau du bassin de Shaun Cassidy. Ses cheveux roux et raides, séparés par une raie, tombaient de chaque côté de son visage diaphane. Allie avait beau l'encourager à se servir d'un sèche-cheveux et d'un peu de mousse pour donner plus de souplesse à sa tignasse, d'ajouter une touche de blush sur ses joues, Olivia était apparemment déterminée à la jouer Miss Terne.

Elle appliqua cependant un peu de gloss sur ses lèvres, puis fronça les sourcils. Dans le miroir, ses yeux bruns croisèrent ceux d'Allie, bleu myosotis.

— Je ne te crois pas.

— Si, je t'assure !

Allie se brossa les cheveux et les enferma dans deux barrettes, de chaque côté de la tête, tout comme Cindy Harrel dans le dernier numéro de *Seventeen*.

— Complètement argentées, insista Allie. Elles n'ont même plus une couleur de lèvres. Je n'en veux pas.

Sur ce, elle esquissa une pirouette et se laissa tomber sur son lit douillet.

Olivia s'essuya les lèvres du revers de la main, les considéra un instant, leur trouva en effet un reflet métallique. Puis elle rejoignit Allie sur le lit.

Pendant un moment, elles restèrent allongées sans piper mot, les yeux rivés au plafond. Des trous de punaise y étaient encore visibles, datant de l'époque où Allie avait accroché une photo de John Travolta dans *Grease* au-dessus de son lit.

Très vite, c'était devenu super moche.

— Je ne veux toujours pas l'échanger, déclara Olivia au bout de quelques minutes. Je le trouve génial.

— Comme tu voudras.

Allie se laissa aller contre les oreillers, presque admirative qu'Olivia se batte enfin pour quelque chose, mais regrettant aussi qu'elle le fasse pour garder ce Lip Smacker dont elle se contrefichait jusqu'à maintenant.

— À propos, ajouta sèchement Allie. J'aimerais que tu me rendes les deux photos de Leif Garrett.

— Pourquoi ?

Dehors, le vent se levait, apportant dans la chambre les senteurs printanières du lilas qui fleurissait juste en dessous.

— Parce que je l'aime de nouveau.

— Tu disais qu'il sentait sûrement mauvais et qu'il avait des yeux de lézard.

— Oui, mais j'ai changé d'avis.

Il avait pourtant la tête de quelqu'un qui fume de l'herbe et sent le pipi.

— Tu peux récupérer ton Parker Stevenson, suggéra Allie en désignant d'un geste nonchalant le poster accroché à la porte de son armoire.

Dans le coin, en haut à droite, parce qu'elle n'aimait pas trop les blonds, y compris Leif Garrett. Elle avait uniquement consenti à cet échange parce que tout le monde le trouvait mignon et voulait sa photo. Étant la meilleure amie d'Olivia, elle avait eu la priorité.

— Tu dis seulement ça parce que je ne te file pas le 7UP, rétorqua Olivia à bon escient.

Mais Allie n'était pas près de l'admettre. Olivia

devinait toujours ses manigances et cela devenait agaçant, à la fin.

— Pas du tout ! Je le dis parce que je veux mes photos. Tu m'avais promis que je pourrais les récupérer n'importe quand.

Olivia réfléchit un instant, puis assena :

— Eh bien, maintenant ce n'est plus possible !

Allie n'en revenait pas. Lorsqu'elles avaient procédé à l'échange, Olivia avait prétendu qu'elle y consentait juste pour lui faire plaisir et qu'elle n'aimait pas Leif Garrett.

— Et pourquoi pas ?

— Parce que je ne les ai plus.

Quoi ? Cela n'avait aucun sens. Ces trucs valaient de l'or à leur collège ! Quiconque, doté d'un minimum de cervelle, y réfléchirait à deux fois avant de les troquer. À moins, bien sûr, de le faire avec sa meilleure amie qui promettait de les rendre à tout moment.

— Qu'est-ce que tu en as fait ?

Le visage d'Olivia vira au rose, ce qui ne fit qu'empirer la couleur de ses lèvres.

— Ma mère s'en est servie pour tapisser le fond de la cage de Flicker.

Allie resta abasourdie. Flicker était le cacatoès d'Olivia et il n'y a jamais eu d'oiseau plus sale et plus méchant au monde que lui. Si ce pauvre Leif Garrett avait passé ne serait-ce que deux minutes au fond de cette cage, il devait être méconnaissable, maintenant.

— Tu es sérieuse ?

Les lèvres pincées, Olivia hocha la tête.

— Ta mère est au courant de ce qu'elle a fait ?

Olivia opina de nouveau du chef, le visage de plus en plus rouge, puis elle finit par éclater de rire.

— Si tu lui trouvais une odeur bizarre avant, tu vas être servie ! Maintenant il pue, c'est garanti !

Allie poussa un hurlement de rire.

— C'est dingue ! Tu sais ce que Vickie Freedman t'aurait donné en échange ? À peu près tout ce que tu lui aurais demandé. Elle est complètement folle de Leif Garrett.

À dire vrai, c'était probablement la raison pour laquelle Allie et Olivia avaient essayé de l'aimer elles aussi, et s'étaient montrées prêtes à tout pour obtenir ces photos, dont elles se fichaient.

— Penses-tu ! Vickie Freedman ne m'adresserait pas la parole, même si j'étais accompagnée de Leif Garrett en personne.

Pas faux.

— Tu as de la chance qu'elle ne te parle pas. Aujourd'hui, elle m'a demandé, devant tout le monde, si je portais des Toughskins[1]. Ce n'est pas le cas, ce sont des Zena. Mais maintenant, tout le monde croit quand même que je porte des Toughskins et des Underoos[2].

— Des Underoos ?

Allie hocha la tête d'un air pitoyable.

— Oui, j'ai entendu qu'elle le disait aux autres.

— Quelle idiote ! Elle pense être super cool simplement parce qu'elle porte des jeans Sassoon.

Allie eut une soudaine inspiration :

— Tu devrais lui donner les photos de Leif Garrett.

— Mais elles sont dégoûtantes !

— Justement. Glisse-les en douce dans son casier.

Elle imaginait tout à fait la scène : plier les photos pour les glisser dans les fentes d'aération, les entendre tomber de l'autre côté de la porte…

Elles explosèrent de nouveau de rire.

1. Pantalons pour enfants très bon marché et particulièrement inusables, vendus par Sears vers 1974. *(N.d.T.)*

2. Marque de sous-vêtements pour enfants, avec des reproductions de personnages de bandes dessinées ou de films (Superman, Winnie l'Ourson…). *(N.d.T.)*

Allie était soulagée. Elle n'aimait pas se disputer avec Olivia. L'école était déjà assez barbante comme ça, inutile de se chamailler avec sa meilleure amie.

— Tu penses vraiment que le Lip Smacker 7Up donne une couleur argentée à mes lèvres ? demanda Olivia quand elles furent calmées.

— Eh bien… seulement en grande quantité.

Allie se leva et prit Olivia par le bras.

— Viens, je vais te montrer.

Contrairement à Olivia, Allie était fan de *Teen*, de *Seventeen* et parfois même, très occasionnellement, elle lisait *Glamour* et *Mademoiselle*. Elle était incollable sur le maquillage, savait ce qui se faisait et ne se faisait pas.

Elle installa Olivia devant sa coiffeuse, plongea un Kleenex dans du démaquillant et le lui tendit.

— Nettoie ton visage, on va tout reprendre de zéro.

Olivia obtempéra.

— Mais n'en mets pas trop. Maman et Donald vont me tuer si je rentre à la maison maquillée comme une pute.

Donald était son dernier beau-père en date et la raison qui avait poussé sa mère à venir s'installer ici, à Potomac, un an plus tôt. Il possédait une station-service près du Montgomery Mall[1]. Sa fille, qui tenait la caisse, ressemblait à une prostituée et Allie se disait donc qu'il ne remarquerait sûrement pas si Olivia était maquillée ou non.

Les poings sur les hanches, elle protesta :

— Doux Jésus ! Je ne vais pas te faire ressembler à une pute ! Pourquoi dis-tu un truc pareil ? Tu penses que *moi*, j'ai l'air d'une pute ?

Olivia la dévisagea en arquant un sourcil.

— Tu t'es maquillée ?

1. Centre commercial. *(N.d.T.)*

Sa mère ne l'autoriserait pas à porter du maquillage en dehors de la maison.

— Non… mais je veux dire… quand j'en porte, j'ai l'air d'une pute ?

Olivia fronça le nez et laissa échapper un bref soupir.

— Eh bien… La fois où…

— En dehors de cette fois-là.

— Oh…

Pause.

— … non.

— Tu vois ? Je sais exactement ce que je fais.

Elle prit une gorgée de la cannette de Shasta Orange qui se trouvait là depuis leur arrivée, une heure plus tôt, et la lui tendit.

— Tu en veux ?

Olivia la saisit tandis qu'Allie ouvrit le tiroir et fouilla dans son stock de reliquats de cosmétiques que sa mère lui avait donnés pour « jouer à se faire belle », enrichie de la Butterfly Collection dont elle avait vu la publicité dans *Seventeen*. Elle avait supplié sa mère de la lui acheter jusqu'à ce que celle-ci finisse par céder, à condition qu'elle n'en parle pas à son père. Certains de ces produits n'étaient pas mal. Elle commença avec une base beige rosé de Merle Norman.

— C'est bien trop foncé ! objecta Olivia en cherchant son reflet dans la glace derrière le bras d'Allie.

— Ça te donnera l'air bronzée, tu comprends ? Fais-moi confiance.

D'après les conseils de *Close Up*, il fallait maintenant se concentrer sur la bouche et atténuer ces zébrures foncées.

— OK, tu as raison, admit Olivia peu après, en s'asseyant au fond de sa chaise. J'ai effectivement l'air bronzée.

— Absolument.

Allie étala la base sur le museau pointu d'Olivia,

étirant bien les traînées sombres comme on l'expliquait dans *Teen*, jusqu'à l'obtention d'un teint café au lait qui ne s'étendait pas au-delà de la mâchoire d'Olivia. Il fallait bien s'arrêter quelque part. Olivia était tellement pâle qu'Allie aurait été obligée de tartiner de crème tout le corps de son amie pour lui donner l'apparence d'un hâle naturel.

Tout ce qu'elle voulait, c'était lui faire comprendre comment on s'y prenait, et non la transformer en reine du bal.

Ensuite, elle sortit un fard à joues rouge Bonne Bell qu'elle appliqua consciencieusement.

Allie n'aurait pas dû être surprise. Elle le fut pourtant en voyant le joli petit minois d'Olivia qui, transformé par ce coloriage stratégique, n'avait plus rien de commun avec sa pâleur tristounette de début de printemps.

— Si j'avais assez de sous, je les dépenserais pour ces trucs qu'ils vendent dans les vitrines de Hecht's. Quand on est assez riche, on peut littéralement s'acheter une beauté.

Olivia resta médusée.

— Tu crois ?

— Je t'assure ! Ils fabriquent des produits qui font des miracles. Sérieusement.

— Ah, j'aimerais tant être riche… soupira Olivia.

— Et moi donc !

Allie recula afin qu'Olivia puisse juger de l'effet dans le miroir.

— Regarde à quoi tu ressemblerais si tu venais de passer une semaine sur la côte.

Olivia écarquilla les yeux et se toucha délicatement la joue.

— C'est trop top. Tu es super douée !

— Tu pourrais en faire autant, lui assura Allie, persuadée qu'elle ne lui arriverait jamais à la cheville. C'est comme de l'art. Sauf que tu peins sur ton visage au lieu de le faire sur du papier.

Olivia éclata de rire.

— Dommage que je sois nulle pour dessiner des visages.

— Pas grave, puisque le visage existe déjà. Tu n'as plus qu'à le colorier.

Et, dans un geste de réconciliation, Allie saisit le Lip Smacker 7Up d'Olivia et le lui appliqua.

— Avec ça, les reflets brillants accentueront ton bronzage. Tu vois ?

Autant l'admettre, cette expérience l'impressionnait elle-même.

Cela lui avait pris du temps, mais elle avait compris toute seule l'association magique peau bronzée/lèvres claires en étudiant à fond une photo de Farrah Fawcett pour une publicité pour le shampooing Fabergé Organics, alors qu'elle essayait de copier la coiffure de la belle blonde.

— Super ! s'émerveilla Olivia en admirant son visage de gauche à droite. Mais il y a une marque, là ! se récria-t-elle en levant le menton.

— Je sais.

Allie se posa sur le coin de la chaise d'Olivia. Dehors, la brise agitait mollement les feuilles vert tendre d'un cerisier en fleur.

— Je n'avais pas assez de produit pour en mettre sur tout ton corps. J'ai donc dû m'arrêter là.

Olivia pouffa de rire en voyant leurs reflets côte à côte, puis tendit le Lip Smacker 7Up à son amie.

— Prends-le. Je ne bronzerai de toute façon jamais, quoi que je fasse. Mais toi, tu es comme une Barbie Malibu pendant tout l'été. Il t'ira super bien.

Allie voulait le lui arracher des mains avant qu'Olivia ne change d'avis, mais sa conscience l'en empêcha.

— Tu n'es pas obligée. Je voulais juste te montrer ce qu'il donnait sur toi.

— Mais je ne serai jamais bronzée.

Allie reprit sa cannette de Shasta.

— Tu pourrais prendre un léger hâle, tout de même. Il suffit de s'exposer un peu.

— Non, j'attrape juste des coups de soleil, c'est tout.

— Alors triche. Mets du Tan o Tan ou du Sudden Tan.

— Non, ça donne une couleur orange, protesta Olivia. Prends-le !

Allie obtempéra et dit, comme à regret :

— Tu peux avoir mon Cookie en échange.

— C'est vrai ? piailla Olivia.

Oh, zut ! Cette fois, elle n'allait pas s'en sortir comme ça. Impossible d'admettre qu'elle regrettait déjà son acte de générosité sans passer pour une vraie garce.

— Euh… oui, oui… bien sûr.

Olivia se précipita vers le lit et ramassa le stick. Elle avait déjà ôté le capuchon et s'apprêtait à enduire ses lèvres quand elle suspendit son geste.

— Je ne peux pas te faire ça.

— Quoi ?

— Tu l'as eu en Floride, Allie. On ne peut même pas trouver ce parfum ici. Tu devrais le garder pour toi.

Allie était tellement émue par la délicatesse d'Olivia qu'elle faillit pleurer. Jamais elle ne pourrait se montrer aussi gentille que son amie. Même si elle s'y employait de toutes ses forces, avec toute la sincérité dont elle pouvait être capable, elle ne pourrait jamais renoncer à quelque chose qu'elle désirait, qu'elle tenait déjà dans sa main, simplement parce qu'une autre le convoitait aussi.

Mais elle savait partager.

— J'ai une idée, dit-elle en fouillant dans son tiroir de maquillage.

Là, elle trouva deux vieux Lip Smackers, usés jusqu'au fond du tube. Elle ne les avait pas jetés parce qu'elle pouvait toujours en extraire un fragment en se servant d'un coton-tige ou d'un capuchon de stylo.

Puis elle passa dans la salle de bains dont elle revint avec vingt centimètres de fil dentaire qu'elle utilisa pour couper le 7Up Lip Smacker et le Cookie Lip Smacker en deux. Elle glissa les deux moitiés dans les vieux tubes et en tendit un à Olivia.

— Il suffit que tu te souviennes que le Bubble Gum est en fait le Cookie.

Olivia la regarda droit dans les yeux.

— Merci.

Comment Olivia se débrouillait-elle pour avoir toujours l'air plus responsable ? Elle mesurait une demi-tête de moins qu'elle et ne pesait qu'une trentaine de kilos. Pourtant, devant cette fille, Allie se sentait parfois comme une gamine fautive.

— Tu pourrais devenir mannequin, fit Allie avec un air admiratif.

Olivia piqua un fard.

— Jamais de la vie !

— Bien sûr que si ! Tu t'es déjà regardée ?

Olivia fit une grimace.

— C'est surtout toi qui feras ce genre de truc. Quand je serai grande, je voyagerai dans le monde entier.

— Je ne sais pas si tu peux gagner ta vie comme ça.

— Ça m'est égal. Je trouverai un moyen pour me faire payer mes voyages. Je travaillerai comme serveuse dans plein de restos différents et je gagnerai de l'argent au fur et à mesure.

— Pourquoi pas, ça a l'air marrant.

Mais elle n'en pensait pas un mot.

Olivia hocha cependant la tête, vraiment déterminée.

— Ou bien photographe. Une chose est sûre, je ne veux pas d'un métier qui me prenne les trois quarts de mon temps et ne me laisse que trois heures par semaine à la maison, comme ma mère.

— Je croyais que ta maman aimait son travail.

Allie aurait adoré travailler chez Hecht's. Ce qui lui permettrait d'avoir des réductions sur tout, y compris les produits de beauté.

Olivia haussa les épaules.

— Elle ne va jamais nulle part, ne fait jamais rien, ne voit jamais personne. L'autre soir, elle m'a avoué qu'elle n'était jamais sortie des États-Unis. Jamais. Tu te rends compte ?

— Moi non plus, tu sais, reconnut Allie.

— Bon, moi non plus. Mais je veux que ça change.

Allie resta pensive, puis son visage s'éclaira :

— Tu pourrais peut-être devenir hôtesse de l'air et voyager dans le monde entier.

— Je ne sais pas. Oui, pourquoi pas, concéda Olivia, après un silence.

— Tu devrais y réfléchir. Sérieusement.

Leur dispute passée, Allie se dirigea vers son tourne-disque, choisit son 33 tours préféré de Blondie et le posa sur la platine. Comme le bras avait tendance à sauter, elle avait collé quelques pièces de monnaie sur la tête de lecture pour la stabiliser. Son astuce ralentissait légèrement le rythme, mais lui évitait bien des frustrations.

Puis, en un duo désaccordé, elles s'égosillèrent sur Call Me.

Allie détestait le cours de gym plus que tout, encore plus que l'histoire *et* la biologie réunies. Ce n'était pas l'activité elle-même qui lui déplaisait – elle avait toujours adoré jouer en plein air – mais le fait de se retrouver en groupe dans un vestiaire pour enfiler ces tenues ridicules.

D'abord, le vestiaire était un endroit on ne peut plus déprimant. L'école avait été construite dans les années cinquante et ces salles n'avaient pas été rénovées depuis. Elles sentaient la vieille tuyauterie, le moisi, et surtout le désespoir de toutes ces filles qui haïssaient les cours de gym.

Apparemment, il y en avait beaucoup.

De plus, c'était gênant de se déshabiller devant tout le monde. Vraiment gênant.

Quand Allie en avait touché un mot à sa mère, celle-ci lui avait patiemment fait remarquer que toutes les élèves étaient logées à la même enseigne, que chacune avait ses propres soucis et ne songeait certainement pas à ceux d'Allie.

Cette pensée lui avait remonté le moral pendant quelque temps.

Jusqu'au jour de la catastrophe.

Dans le vestiaire, après le cours de gym du jeudi, Allie se débattait pour enfiler son jean devenu un peu trop serré. Quand elle réussit enfin à le remonter jusqu'aux cuisses, elle entendit soudain le hurlement de Vickie :

— Ô mon Dieu ! Allie a du marron sur sa culotte !

Allie se figea.

Vickie venait de crier qu'il y avait du marron sur sa culotte et c'était vrai. Quelques semaines plus tôt, elle avait en effet supplié sa mère de lui acheter des culottes et des chemisettes avec imprimés d'oursons bruns qu'elle trouvait trop craquants. Les lessives successives avaient délavé les dessins, laissant des traînées marron à certains endroits.

Et maintenant, tout le monde croyait qu'elle avait du caca sur sa culotte !

— Quoi ? demanda quelqu'un en fronçant le nez.

Les mains tremblantes, Allie tira sur le pantalon pour le remonter au plus vite.

— C'est vrai ? fit une autre.

Les voix semblaient jaillir de partout. Les yeux baignés de larmes, Allie regardait droit devant elle pour qu'on ne la voie pas pleurer et tirait nerveusement sur la fermeture Éclair, puis elle ramassa ses chaussures.

— Ô mon Dieu !

Des ricanements fusèrent. Beaucoup de ricanements.

Allie aurait pu s'arrêter et leur montrer que ce n'était pas du caca mais serait-ce opportun ? Cela risquait seulement d'alimenter les rumeurs qui ne manqueraient pas de circuler.

— Ce n'est pas vrai ! hurla-t-elle en se tournant vers celle qui avait tout déclenché.

— Bien sûr que si ! Et tu le sais très bien !

Vickie était devenue écarlate à force de rire.

— Menteuse !

— Si je suis une menteuse, descends ton pantalon et montre-nous.

— Non ! renifla Allie en espérant que personne ne verrait ses larmes. Je n'ai pas à prouver que tu es une menteuse. Tout le monde sait que tu en es une.

Vickie ne fut absolument pas impressionnée par sa réplique. Elle avait gagné et le savait. Et à chaque protestation d'Allie, elle marquait un point.

— Qu'est-ce qui t'arrive, caca-culotte ? la défiait Vickie. Tu vas pleurer, caca-culotte ? Tu devrais peut-être aller voir l'infirmière et t'occuper de ton petit problème.

Vickie n'avait mis que quelques secondes pour que le malentendu fût complet et n'était pas prête à lâcher le morceau.

— Elle te donnera peut-être une nouvelle culotte.

— Tu es une sale garce ! s'écria Allie.

Il y eut un dernier gloussement, suivi d'un silence.

D'abord, elle ne comprit pas pourquoi. C'était un mot si banal à l'école.

Mais quand elle reconnut la voix de Mme Rosen derrière elle : « *Je vous demande pardon, mademoiselle Denty ?* » elle sut exactement pourquoi tout le monde avait cessé de se moquer.

Et elle sut aussi qu'elle avait perdu sur tous les fronts.

Trois

Vous y trempez les doigts[1]

Publicité pour le savon Palmolive

Olivia Pelham écoutait le tic, tic, tic discret de l'horloge Bulova accrochée en face de son bureau, son rythme accompagnant avec bonheur sa méditation de fin de journée. Une routine à laquelle elle se soumettait volontiers, une forme de détente. Si l'horloge devait tomber en panne, elle deviendrait sans doute folle, comme ces personnages dans un vieil épisode de *Twilight Zone*.

Elle adorait ce moment, tard dans la soirée, quand tous les autres étaient rentrés chez eux et qu'elle pouvait profiter de la quiétude en observant les lumières de Manhattan s'allumer et s'éteindre dans les alvéoles des fenêtres de l'immeuble en face. Elle adorait le murmure de la circulation. Même les incessants coups de klaxon des taxis la ravissaient.

Pour Olivia, c'était mieux qu'une berceuse.

1. « *You're soaking in it* », la fameuse publicité pour le liquide vaisselle avec Françoise, la manucure, date du début des années soixante-dix. Aux États-Unis, cette publicité a souvent été détournée, caricaturée. *(N.d.T.)*

Elle aurait pu rentrer chez elle et jouir du même calme, bien sûr. Et la vue de son appartement de l'Upper East Side était bien plus agréable que celle dont elle profitait actuellement sur Madison Avenue.

Mais ce n'était pas vivant.

C'était vide.

Elle était vide.

Non pas qu'elle fût particulièrement seule, ce n'était pas le cas. Ce qui manquait dans sa vie était bien plus complexe qu'une simple aventure amoureuse.

L'horloge continuait à émettre son bruit sec dans la pénombre.

Elle aurait aimé ouvrir la fenêtre et s'envoler au loin, pour tout voir, tout sentir et goûter à tout.

Fuir, ne serait-ce qu'un court instant, la petite pièce étriquée qu'était devenue sa vie.

Durant ses études, elle avait la certitude de pouvoir prendre une année sabbatique pour parcourir le monde avant d'embrasser une « carrière sérieuse », mais elle s'était retrouvée à court d'argent. N'avait-elle pas toujours été à court d'argent ?

Alors le rêve de voyager s'était évanoui.

De fait, elle s'était rendue à Paris, Milan, Londres, tous ces hauts lieux de la mode mais n'y avait pas vu grand-chose, en dehors des chambres d'hôtel et des pistes d'atterrissage.

Pour Olivia, aller à l'étranger était devenu une expérience plus frustrante que de rester couchée.

Et quitter son travail pour profiter pleinement du monde lui était impossible. Sa vie professionnelle l'empêchait de voyager pour son plaisir et sans ce poste elle n'en aurait pas les moyens.

Elle était coincée.

Piégée.

Olivia chassa cette pensée de son esprit et s'efforça de se replonger dans ses dossiers. C'était de loin plus commode que de prendre conscience de son insatisfaction.

Une heure plus tôt, son petit ami, David Weiner, avait appelé pour annuler leur rendez-vous. Enfin, « petit ami » est un bien grand mot. Ils entretenaient ce qu'on pourrait qualifier une « relation de commodité ». Plusieurs fois par mois, ils se retrouvaient et… *se retrouvaient*.

Étonnant, ce peu de liens émotionnels qu'elle ressentait avec un homme qui connaissait son corps par cœur. Sans doute était-ce dû au fait qu'elle se trouvait à un tournant de sa vie où un engagement ne pourrait qu'embrouiller les choses.

À vrai dire, Olivia s'était toujours sentie à l'aise dans ce genre de relation, et ne pouvait donc imaginer qu'il en fût autrement.

Elle tapota sur le bureau avec son stylo en laissant échapper un long soupir. Que faire maintenant ? Comme elle avait prévu de passer la soirée chez David, elle se retrouvait avec cent quatre-vingts minutes à tuer, et aucune envie de rester recluse chez elle.

Elle ajouta les derniers commentaires à la maquette du « Spécial Beauté » du numéro de novembre de *What Now*, dont elle était rédactrice en chef. Si on devait évaluer son succès professionnel au nombre de numéros qu'elle avait supervisés, ce serait son cinquante-sixième exploit.

Une assez jolie satisfaction, tout bien pesé.

L'horloge continuait d'égrener les secondes.

Hypnotique.

Rentrer chez elle était au-dessus de ses forces. Comment surmonter cette inertie ? Se lever, se traîner jusqu'à l'ascenseur, se hisser dans la voiture qui l'attendait et l'emporterait jusqu'à son appartement pour ensuite la ramener ici dans quoi… une cinquantaine d'heures ?

Hmmm… à quoi bon ?

La sonnerie du téléphone la fit sursauter.

Le calme, si agréable, avait un inconvénient, terriblement stressant : son interruption.

Elle n'avait pas pris la peine de vérifier l'identité de son correspondant sur l'écran.

— Oui ? Olivia Pelham.

— Olivia !

Tiens, un homme…

— Oui ?

— Tu es encore en train de travailler ?

— En effet.

Quoique inexacte, la réponse avait le mérite d'être prudente. Du genre : « Oui, je suis encore au travail, entourée de gens et protégée comme une Rapunzel dans sa tour par un agent de la sécurité qui monte la garde dans le hall d'accueil. »

— Et tu comptes passer la nuit au bureau ?

Ayant fini par reconnaître la voix, elle se rassit, soulagée.

— Ah, c'est toi, Noah ! Je m'apprêtais à lever le camp. Pourquoi me poses-tu la question ? Ta paresse te fait culpabiliser ?

Il éclata de rire.

— Pas ce soir. Je te rappelle qu'on est vendredi. Je sais que tu n'attaches généralement pas beaucoup d'importance à ces détails, mais figure-toi que c'est un soir où les gens veulent sortir et s'amuser.

Elle sourit.

— Mais j'adore mon job, moi !

Il s'esclaffa.

— Bon, je renonce ! Un vrai bourreau de travail. Ça se soigne, ma belle, tu le savais ?

— J'y penserai.

Elle se laissa aller contre le dossier de son fauteuil directorial en cuir qui grinça. Une giclée de WD-40 ferait l'affaire. Il y a des siècles de cela, le père d'une amie leur avait parlé des mille et un usages du WD-40 et elle gardait cela présent à l'esprit.

— Alors, Noah, quels sont tes projets, ce soir ? À moins que ta distraction préférée du week-end ne soit de me casser les pieds ?

— Comment as-tu deviné ? Mais ce n'est pas pour cela que je t'appelle. Je voulais savoir à quelle heure tu veux que je te prenne à Union Station, demain.

Silence. De quoi parlait-il ?

Union Station… Union Station… Il y avait l'Union Square Café ici, au centre-ville. Mais Union Station ? Ah oui ! À Washington ! La ville où vivait Noah… Qu'avait-elle oublié ?

— Quoi ? Pourquoi viendrais-tu me chercher ?

— Tu plaisantes ?

Elle haussa les épaules, même s'il ne pouvait pas la voir.

— Non, pas une seconde. Mais de quoi parles-tu, bon sang ?

— Du dîner des anciens.

— Ah, oui ! Très juste, le dîner ! Zut alors !

— Exact. Super méga zut ! La plupart des gens sont terrorisés depuis des semaines et notent cette date sur leur calendrier comme des condamnés à mort. Je n'arrive pas à croire que tu l'aies oubliée.

— J'ai dû l'effacer de ma mémoire, tout simplement.

— On ne peut pas t'en vouloir. Bon, à quelle heure veux-tu que je te prenne ? À moins que tu n'aies pas besoin de mes services de chauffeur ?

— Tu sais… je me demande si je vais y aller. C'est demain, n'est-ce pas ?

Noah éclata de rire.

— Écoute, Olivia, je ne suis pas fana des bouchons qui s'agglutinent autour de la Maison-Blanche, alors si tu ne te décides pas rapido-presto, mon offre tombe à l'eau. Tu ferais mieux de te dépêcher, Miss Pelham.

— Noah, je ne peux pas y aller…

Elle considéra son bureau impeccablement déblayé et ajouta :

— … je suis super débordée.

— N'importe quoi ! Tu n'es pas occupée au point de ne pas pouvoir te libérer le temps d'une soirée. Sois honnête au moins : tu ne *veux* pas y aller.

— Ce n'est pas ça. Je suis très très occupée, mentit-elle en sentant la peur l'envahir à la seule idée de retourner là-bas. Je t'assure. Je sais que je te l'avais promis, mais après trois Martini, je ne me rendais plus compte de tout le travail qui m'attendait.

La culpabilité commençant à la titiller, elle se montra plus conciliante :

— Ce n'est pas comme si tu allais t'y retrouver tout seul. Es-tu encore en contact avec quelqu'un du lycée ?

Ce serait surprenant. Peu de gens, même parmi ceux qui en gardaient un bon souvenir, entretenaient des liens avec les anciens.

— Inutile de me jeter dans les pattes d'une copine de rechange, Olivia ! Je sais me débrouiller tout seul.

— Bien sûr. Excuse-moi.

— Tout de même… Je pense que tu devrais venir.

— Pourquoi ?

Il laissa échapper un long soupir et s'expliqua :

— Parce que ce lycée était une galère pour nous et y retourner en est une aussi. Alors nous devrions l'affronter ensemble. C'est une espèce de rituel pour avancer dans la vie.

— Vingt ans après ?

— C'est carrément déprimant, n'est-ce pas ? Vingt ans…

Silence. Olivia réfléchissait à ce que Noah venait de dire. Il la prenait sans doute pour une froussarde, paniquée à l'idée de devoir faire face à son passé.

— À ma place, tu irais ? demanda-t-elle, espérant qu'il se rendrait.

Il rit.

— Pas question que je te réponde ! Ça risquerait de compromettre mes arguments pour te convaincre.

— En d'autres termes, tu n'y mettrais pas les pieds.

— Sans doute pas.

— Mais tu penses que je devrais le faire tout de même.

Il hésita.

— Écoute, ma belle, je ne sais pas si tu devrais, mais j'aimerais que tu en aies envie.

— Il y aura des gens que je connais ?

— Forcément. Beaucoup de gens viendront. Dont certains que tu préférerais ne plus jamais revoir.

Soupir.

— Évidemment. Question stupide.

Elle s'imagina tout le scénario : prendre une chambre à l'hôtel, passer un temps fou à se préparer, pénétrer dans une grande salle emplie de ses pires souvenirs…

— Écoute, je crois que je n'y arriverai pas cette fois-ci. Mais il y aura une autre occasion dans cinq ans, n'est-ce pas ?

— Possible.

— Dans cinq ans, j'irai. Promis.

— Tu risques de t'y retrouver toute seule.

— Ça m'étonnerait ! Je te harcèlerai tellement que tu ne pourras pas refuser de m'accompagner. Interdit de laisser tomber ta vieille copine !

— J'ai toujours été trop bon avec toi.

— Penses-tu !

— Très bien. Puisque tu n'y viens pas, autant que je te prévienne que je serai accompagné de…

Un double appel grésilla sur la ligne.

— Pardon ? Excuse-moi, je ne t'ai pas entendu, je crois qu'on m'appelle.

— Je disais que j'irai avec…

Le téléphone grésilla de nouveau. Elle avait une sainte horreur de ce système mais, dans son métier, impossible de s'en passer.

— Attends, Noah… Reste en ligne. Donne-moi juste une seconde.

— Pas de problème.

Elle appuya sur la touche qui clignotait.

— Olivia Pelham. J'écoute.

— Oh, Olivia… gémit une voix féminine entre deux sanglots. C'est moi. J'espère que je ne te dérange pas.

— Maman. Non, non. Tu ne me déranges pas. Il y a quelque chose qui ne va pas ?

Question débile. C'était évident, non ?

— Qu'y a-t-il, maman ? insista-t-elle.

— J'ai une urgence et je ne savais pas qui appeler.

— Attends, maman. Ne quitte pas.

Elle repassa sur l'autre ligne.

— Noah ?

— Oui, ma belle.

— Il faut que je prenne cet appel. C'est maman et il y a un problème. Va savoir. Je peux te rappeler plus tard ?

— Oui, bien sûr, dit-il, l'air préoccupé. Ne t'en fais pas. Bonne chance.

— Merci. Je pense que je vais en avoir besoin.

Elle récupéra l'autre ligne et tomba au beau milieu d'une phrase de sa mère qui n'avait apparemment pas compris qu'elle l'avait mise en attente.

— … il y a donc déjà ça, mais maintenant que je suis partie, je ne me vois pas du tout revenir en arrière. Surtout après ce qu'il m'a fait. Avec *elle*, en plus !

Ainsi, même en ayant manqué une partie de la diatribe, Olivia comprit ce qui était arrivé.

Une fois de plus.

Sa mère venait de quitter le mari numéro… quatre ?

Cinq ? Caroline Pelham-O'Brien-Lindon-Katz-Libitzky, énuméra Olivia en silence. Cinq ! Doux Jésus, à ce rythme, elle aura rassemblé assez de maris pour former une équipe de football avant de mourir.

— C'est terrible, convint Olivia.

C'était forcément terrible, même sans connaître les détails ou la fameuse *elle* dont il avait été question.

Le plus terrible était surtout le genre d'homme que sa mère épousait. Olivia supportait mal les errances sentimentales de cette dernière.

Et voilà qu'elle se retrouvait confrontée à une erreur de plus et s'efforça de ne pas crier : « Pourquoi, bon sang, ne tires-tu pas expérience de tes erreurs ? Tu as soixante-cinq ans, c'est un peu vieux pour venir geindre sous prétexte que ton imbécile de mec te trompe encore ! »

Elle avait envie de lui dire : « Il serait temps que tu apprennes à t'occuper de toi-même au lieu de toujours chercher un homme qui te prenne en charge. »

Mais elle s'en sentait incapable. S'y refusait.

— Je sais, je sais, ma fille. Je ne comprends pas pourquoi ça s'est reproduit. Mais je ne t'ai pas appelée pour me plaindre…

— Ah bon ? rétorqua sèchement Olivia, sur ses gardes. Alors de quoi as-tu besoin, maman ? En quoi puis-je t'aider ?

— Je vais recommencer une nouvelle vie. Toute seule. Sans jules, cette fois.

Olivia resta perplexe.

— C'est formidable !

Sa mère s'était mariée cinq fois et avait déménagé à cause d'un homme bien plus souvent encore. Olivia fit mentalement la liste des adresses qu'elles avaient partagées et en était à six quand sa mère reprit la parole :

— Cela vaut le coup d'essayer. Je ne l'ai encore jamais tenté. Pendant quelque temps, pour voir…

Olivia hocha la tête avec enthousiasme.

— Tu as raison. Bravo, maman ! Je suis fière de toi.

— C'est ce que j'espérais.

— Sincèrement, c'est super !

— Ça me fait plaisir de te l'entendre dire, parce que… tu dois bien t'en douter… euh… je vais avoir besoin d'un peu d'aide. Juste au début, tu comprends ? Je ne voudrais pas te pousser dehors…

Olivia sentit son estomac se contracter. Une autre catastrophe l'attendait. De taille, celle-ci. Une montagne. L'Himalaya.

— Que veux-tu dire ?

— Oh, ma chérie ! Cela ne te semble pas évident ? Il faut que j'habite chez toi, pendant un petit moment.

Il faut et non pas *je veux*.

Une nuance subtile qui ferait d'Olivia une très vilaine fille si elle refusait.

— C'est juste pour un petit moment, répéta sa mère. Le temps de retomber sur mes pieds. Cela ne t'ennuie pas, j'espère ?

Quelles que soient les chaussures qu'elle ait portées, des Manolo ou des pantoufles, Caroline n'avait jamais eu les pieds sur terre. L'entreprise risquait d'être bien plus compliquée que sa mère ne l'imaginait.

Cette période de réadaptation allait-elle être aussi longue qu'une rééducation après une hémiplégie ?

— Euh… je suppose que non, balbutia Olivia. Pendant combien de temps comptes-tu rester ? Et tu viens quand ?

Elle n'avait pas voulu se montrer aussi brutale ni aussi inquiète, mais c'était plus fort qu'elle.

— Tout de suite… répondit sa mère. Je suis à LaGuardia.

— Quoi ? À l'aéroport LaGuardia ?

Olivia sauta de son fauteuil et se mit à arpenter la pièce, passant devant la baie vitrée qui, quelques minutes plus tôt – ou était-ce quelques jours ? – symbolisait encore la parfaite quiétude à ses yeux.

— Mais bon Dieu, maman ! Pourquoi ne m'as-tu pas appelée avant de monter dans l'avion ?

— Oh, je ne sais pas, ma chérie. J'avais peur que tu essaies de me convaincre de ne pas partir. Que tu me sortes le laïus du vieux Dr Joyce Brother sur les vertus du dialogue, des grandes réconciliations et toutes ces balivernes au lieu de m'encourager simplement à mettre un terme à ce fichu mariage.

Le Dr Joyce Brother aurait peut-être réagi ainsi trente ans plus tôt, mais le Dr Phil lui aurait tout bonnement conseillé de laisser tomber cet imbécile de mari à la seconde même et Olivia aurait abondé dans son sens.

N'est-ce pas ?

Franchement, si elle avait su que sa mère en profiterait pour sauter dans un avion avec l'intention de s'installer dans l'appartement de sa fille à New York, l'aurait-elle vraiment encouragée à partir ? Ou aurait-elle succombé à l'irrépressible envie de l'inviter à s'accrocher à ce mariage, à essayer d'arranger les choses entre eux, dans le style « Reste en dehors de ma vie, maman » ?

Rongée de culpabilité, Olivia s'agrippa à l'appareil.

— Tu as bien fait, maman…

Même si Gary Libitzky n'avait pas couché avec cette *elle* en question, il n'était qu'un vieux schnock despotique et personne ne devrait avoir à vivre avec un salaud pareil.

— … écoute, maman, économise la batterie de ton portable et raccroche. Je vais envoyer une voiture te chercher à l'aéroport. Tu te trouves au tapis à bagages ?

— Oui.

— De quelle compagnie ?

— AirTran Airways. Au numéro 2, je crois.

— Ne bouge pas. Je t'envoie une voiture.

Olivia raccrocha puis inspira profondément, se préparant à affronter la dure réalité.

Trois heures plus tard, Olivia avait ingurgité trois tasses de Bigelow Orange Spice tandis que sa mère avait éclusé la demi-bouteille d'infâme piquette rapportée de l'aéroport, en relatant les horribles détails de sa dernière semaine de vie conjugale avec Gary Libitzky.

À l'exception de quelques légères nuances, c'était la même histoire entendue maintes fois par le passé. Tant qu'il courtisait Caroline, l'époux en question se montrait terriblement gentil, généreux et prévenant. Mais, le riz à peine tombé de leurs cheveux après le mariage, il s'était mis à lui imposer ses goûts en matière de vêtements, de fréquentations, etc.

En le quittant sur-le-champ, sa mère se serait évité bien des chagrins. Ou bien Gary aurait changé de comportement. Le résultat, en tout cas, eût été moins navrant.

Mais voilà ! Caroline ne l'avait pas plaqué. Elle s'était même incrustée au-delà du raisonnable.

Comme toujours.

Résultat : cette crise devenait de fait celle d'Olivia.

Comme toujours.

— Tu as bien fait, maman.

Olivia étouffa un bâillement et jeta un coup d'œil à l'horloge sur la cheminée. Contrairement à la Bulova du bureau, celle-ci était discrète, précise, et lui faisait savoir qu'il était 1 h 30 du matin.

Pas étonnant qu'elle se sente si fatiguée. Jamais elle ne veillait aussi tard. Elle se leva dans l'espoir d'entraîner sa mère vers la chambre d'amis.

— Et si tu allais dormir un peu ? Je suis sûre que la situation te semblera plus claire... ou moins catastrophique demain matin.

— Oh, je ne dors plus beaucoup, tu sais, geignit Caroline en esquissant un geste las.

Ses mains semblaient vieilles. Olivia les trouva fripées comme du papier crépon et constellées de fleurs de cimetière. Son visage, lui aussi, paraissait ratatiné et marqué de taches de vieillesse.

Dotée d'une superbe chevelure à la Maureen O'Hara, Caroline avait longtemps réussi à maintenir un aspect très jeune. Tout au long de sa scolarité, du primaire à la faculté et même par la suite, les amis d'Olivia s'étaient émerveillés devant la beauté de sa mère.

Avait-elle soudain pris un coup de vieux ou Olivia ne s'en rendait-elle compte que maintenant ? Depuis quand ses cheveux étaient-ils devenus aussi cassants ? Et toutes ces rides sur son visage… s'étaient-elles formées au fil du temps ou en quelques heures ?

— Que veux-tu ! C'est un des avantages de la vieillesse, continua Caroline. Bon, que dirais-tu d'un bon petit déjeuner au Plaza, demain matin, avant d'aller voir tante Cassandra dans le New Jersey ?

Olivia se sentit aussitôt réveillée. Bien réveillée.

— Une minute ! Avant de faire quoi ?

Plutôt descendre aux Enfers pour voir Lucifer que de rendre une visite à cette vieille chouette de Cassandra !

— Je sais que tu ne la portes pas dans ton cœur, mais elle va savoir que je suis de retour et, si je ne lui annonce pas la situation moi-même, la tête haute, elle va l'apprendre par d'autres et jubiler. Hors de question de lui laisser ce plaisir !

— Et pourquoi pas ? On ne la voit jamais.

— Parce que je saurai qu'elle se délecte et ça, je ne le supporterai pas.

Tante Cassandra était la sœur aînée, bien plus âgée, du père d'Olivia et se tenait à l'écart de la vie de famille. Elle était aussi la personne la plus déplaisante qu'Olivia ait jamais rencontrée.

Et Dieu sait qu'elle en avait rencontré beaucoup !

— Maman, elle doit friser les quatre-vingt-dix ans et prêter plus d'attention aux annonces nécrologiques qu'aux pages mondaines. Dans la mesure où ton nom n'y figure pas, il n'y a pas de quoi s'inquiéter !

Caroline secoua la tête.

— Je l'ai déjà appelée pour la prévenir de notre venue. Ah, je vais lui couper l'herbe sous le pied ! Et je peux t'assurer que cette vieille chipie est en pleine forme. Elle a deviné qui j'étais avant même que je ne me présente, alors qu'on ne s'est pas parlé depuis dix ans. Tu imagines ?

Oui, Olivia imaginait…

C'était tout à fait le style de Cassandra Pelham. S'accrochant à tout avec ténacité, que ce soit au souvenir d'une humiliation subie par d'autres, aux cordons de la bourse familiale ou à la vie elle-même, apparemment.

— Écoute, maman, je ne peux pas. J'ai des projets.

Caroline lui jeta un regard inquisiteur, style Cassandra, justement.

— Quels projets ? Tu n'en avais rien mentionné, que je sache !

— Tu ne m'en as pas laissé le temps.

Olivia se sentit agacée. Sa mère n'était là que depuis quatre heures et déjà elle la rendait dingue. Pis, elle l'obligeait à choisir entre deux maux. Épouvantable.

— Demain, je dois me rendre au vingtième anniversaire de ma promo. À Washington.

Caroline fronça les sourcils.

— Mais je croyais que tu avais fait tes études secondaires en Californie. C'était l'université, alors ?

— Non, c'était le lycée, maman, mais seulement parce que tu nous as fait déménager au cours de la dernière année. Le reste, je l'avais passé au lycée Churchill, à Potomac, tu te rappelles ?

Caroline s'assombrit.

— Bien sûr que je me rappelle.

Olivia en doutait.

— Même si je ne te voyais pas beaucoup, ajouta encore Caroline avec une moue réprobatrice. Tu étais toujours avec cette petite Denty. Tu mangeais et tu dormais tout le temps chez eux…

Olivia en avait par-dessus la tête de se montrer patiente et indulgente.

— Je vais aller me coucher, maman. Si je suis partie quand tu te réveilles, fais comme chez toi et sers-toi dans la cuisine. Et n'oublie pas de verrouiller la porte quand tu quitteras l'appartement. Je te laisserai un double des clés chez le concierge.

— Veux-tu que j'embrasse tante Cassandra de ta part ?

Voulait-elle enfoncer le clou ou tenter une plaisanterie pour détendre l'atmosphère ?

Peu importait, il se faisait tard. Il était temps de mettre fin à cette conversation et de se glisser dans les bras de Morphée.

— Bonne nuit, maman.

— Bonne nuit, ma chérie.

Cette fois, sa mère ne plaisantait pas. Sa voix était faible, lasse. Celle d'une vaincue, peut-être.

Quatre

Plus de teint terne, soyez radieuse[1]

Grâce à That Gal de Benefit

Allie était certaine de ne plus vouloir de Kevin dans sa vie.

Les yeux encore boursouflés à force de s'apitoyer sur son sort, la peau blême à cause du manque de sommeil, et les traits marqués comme un masque de Halloween par l'horreur de se retrouver seule pour le vingtième anniversaire de sa promo, Allie avait au moins la certitude d'avoir agi pour le mieux.

Voilà… Une bonne chose de faite.

Cependant, la soirée la turlupinait et la perspective de s'y rendre sans son cavalier (difficile d'appeler Kevin un chevalier servant, même avant son comportement d'abruti) lui semblait peu réjouissante.

Je n'ai aucune envie d'y mettre les pieds, se dit-elle en prenant son café. Je refuse de me rendre à cette stupide soirée pour voir et être vue.

1. « *Go from dull to darling* » ; That Gal est une base de fond de teint anti-grise mine. *(N.d.T.)*

Franchement, quel intérêt pouvait-elle y trouver ? S'habiller, sortir, prendre la route, repérer une place de parking, traîner son gros popotin dans le bâtiment et se rendre dans cette salle où seraient rassemblés les responsables de quatre-vingt-dix pour cent des instants les plus misérables de sa vie ?

Non, elle n'en avait pas la moindre envie.

— Je m'y refuse, répéta-t-elle à Noah, au téléphone peu après midi. Ne me force pas.

— À quoi ?

— À participer à la soirée.

— Hé ! Je ne te force pas.

— Alors, pourquoi est-ce que j'y vais ? grommela-t-elle.

— Ça, je l'ignore. Parce que tu es secrètement dévorée par la curiosité ?

— Qu'est-ce qui te fait croire ça ?

— Tu crèves d'envie de savoir à quoi ils ressemblent tous aujourd'hui, s'ils ont réussi ou non.

C'était l'exacte vérité.

— Tu as raison. Tu pourrais me faire un rapport, non ?

— Effectivement.

— Non, c'est une mauvaise idée. On ne peut pas se fier à toi pour ce genre de choses.

Cette remarque amusa Noah.

— Tu vas encore me servir l'histoire de Reagan !

— Bon sang, Noah ! Tu te tenais à côté de lui dans les urinoirs. La moindre des choses est de te souvenir d'un détail pertinent, non ?

— Je n'avais que dix ans ! Et il n'était même pas encore président !

— Il était gouverneur. C'était un acteur célèbre. Ne me dis pas que tu n'as pas vu *Bedtime for Bonzo* au moins une fois dans ta jeunesse. N'importe qui, doté d'un grain de bon sens en aurait profité pour jeter un coup d'œil…

— Combien de fois allons-nous encore avoir cette conversation ?

Elle éclata de rire.

— Aussi longtemps que tu ne me diras rien.

— C'est ridicule.

— Parfait. Si tu me retrouves au Tastee vers 19 heures au lieu d'aller à la soirée, je ne te ferai plus jamais raconter l'histoire de Reagan.

— C'est tentant, dit-il, un peu rêveur. Même si je ne te crois pas quand tu promets de ne plus revenir là-dessus.

— Alors, c'est d'accord ?

— Je ne peux pas.

— Mais si, tu peux !

— Non, je t'assure, je ne peux pas ! rétorqua-t-il fermement.

— Noah, tu réagis comme si ça ne dépendait pas de toi. Ce n'est qu'une stupide soirée. Si tu ne veux pas t'y rendre et moi non plus, alors pourquoi nous forcer ? Prenons quelques bières et allons à Hain's Point pour regarder décoller les avions. On cassera du sucre sur le dos des gens dont on se souvient au lieu d'aller leur parler.

Il hésita, plus longuement que s'il avait été tout à fait sûr de son point de vue.

— C'est tentant, Al, mais je me suis engagé à y aller ce soir. Tori veut que je l'accompagne et je lui ai promis.

Dans sa tête, Allie entendit le son d'une cassette qu'on rembobine.

— Tori ? C'est qui, Tori ?

— Tu la connais. C'est la fille avec laquelle je sors.

Lui en avait-il réellement parlé ou était-elle si obnubilée par sa propre personne qu'elle ne s'en souvenait pas ?

— Non, je ne vois pas.

Il laissa échapper un petit rire.

— Alors tu la verras à la soirée.

— Allons, Noah ! Qui est-ce ? Où l'as-tu rencontrée ? Elle est comment ?

— Je l'ai rencontrée par le boulot et je suis certain de t'en avoir parlé.

— Et elle veut t'y accompagner en tant que petite amie ? C'est navrant !

— Non, pas vraiment. Elle devait y aller aussi de toute façon.

— Quoi ?

Tori, Tori, Tori… Allie se concentra, mais aucune Tori ne lui vint à l'esprit. Plutôt que d'admettre qu'elle était indifférente à son entourage, elle joua les dépitées :

— Alors, c'est parfait. Si tu as déjà quelqu'un, inutile que j'y aille, moi aussi.

— Bien. Alors file à Hain's Point et bois une Bud à ma santé. Prends un taxi pour revenir.

Elle fronça les sourcils et s'agrippa au téléphone.

— Tu veux dire que je ne suis plus obligée d'y aller ?

— Non, pas en ce qui me concerne.

— Et toi, tu iras quand même à ce truc débile.

— Absolument.

Soupir. Noah n'avait jamais été manipulateur, sinon cela aurait pu passer pour son meilleur coup. Ça signifiait donc qu'il désirait bel et bien sa présence, sans la harceler pour autant.

Elle aurait agi de même.

Ce serait pourtant l'occasion d'apercevoir cette fameuse Tori. Les histoires de cœur de Noah ne durant jamais longtemps, il s'agissait même d'une occasion en or.

Allie jeta les armes.

— Bon, bon, d'accord. Je viens.

— Tu m'en vois ravi.

— Il y a intérêt à ce que ce ne soit pas trop nul.

— Je sais.

Elle imaginait son sourire.

Ils raccrochèrent. Il ne restait plus qu'à se trouver une tenue adaptée à cette soirée débile.

C'était bizarre… Jusqu'à cet instant, elle n'avait pas sérieusement prévu d'y participer. Certes, elle avait abordé la question avec Kevin, répondu qu'elle serait accompagnée, surtout pour ne pas passer pour une de ces ex-élèves paumées et esseulées.

Venir avec un invité lui donnait une excuse parfaite pour s'éclipser plus tôt de la soirée, sans avoir l'air de fuir.

Et voilà qu'elle s'y rendait toute seule et n'avait plus que cinq petites heures pour s'organiser.

Elle se planta devant le miroir et s'observa avec un minimum d'objectivité.

Tout d'abord, il lui fallait perdre ces fichus huit kilos.

Impossible de se débarrasser de ce surpoids disgracieux en si peu de temps. À moins de se couper la tête, comme l'avait suggéré l'une des élèves du lycée vingt ans plus tôt.

Et encore ! La tête humaine ne pesait-elle pas moins de quatre kilos ?

C'était donc sans solution.

En revanche, tout ce maquillage qu'elle venait d'acheter ferait merveille. Certes, on n'allait pas la confondre avec une star de cinéma mais, vu les circonstances, cela améliorerait incontestablement son image.

Elle ne serait pas laide au point de devoir se cacher sous un sac de shopping.

Oh… envisager de se cacher la tête était sans doute un signe… Peut-être devrait-elle renoncer à y aller ?

Le téléphone sonna et cette interruption la soulagea.

— Dis-moi que tu as changé d'avis ! lâcha-t-elle, certaine que c'était Noah. On va s'enfuir tous les deux, qu'en penses-tu ?

Le silence étrange qui suivit lui fit comprendre qu'elle

était dans l'erreur. Trop tard pour identifier le correspondant sur le petit écran.

— Ce n'est pas… je ne suis pas sûr que ce soit très pratique, répondit la voix décontenancée de Kevin. Je ne m'en plaindrais pas, au contraire…

— Ah, c'est toi ? Je te prenais pour quelqu'un d'autre, fit Allie, furieuse de d'être fourvoyée.

Le souvenir de la trahison rappliqua avec la force d'un tsunami.

Des corps, la sueur, leurs langues, la peau…

Le salaud !

Et il s'imaginait qu'elle allait lui pardonner ?

— Qui donc ? osa-t-il demander.

— Ce ne sont pas tes oignons, Kevin ! Appelais-tu pour une raison précise ou seulement pour me poser des questions indiscrètes sur ma vie privée ?

— Il y a une semaine, tu ne m'aurais pas sorti un truc pareil.

Elle laissa échapper un ricanement triste.

— Tu vois la différence que peut faire une pute.

— Charlotte n'est pas une pute…

— Je parlais de toi…

Doux Jésus ! Ainsi, cette créature s'appelait Charlotte.

— … et d'elle aussi, d'ailleurs ! Comment oses-tu défendre la saloperie que tu m'as faite ?

— Je te jure que ça ne s'était jamais produit avant…

Avant… elle n'y aurait même pas songé. Tandis qu'il débitait ses excuses bidon, Allie songeait à ces dernières semaines. Peut-être l'avait-il déjà trompée, et plus d'une fois, d'ailleurs. Lui était-il déjà arrivé de rentrer plus tôt ou de se comporter bizarrement ? De sentir le parfum d'une autre… ou pis ?

— … et je te promets que cela ne se reproduira plus jamais si tu m'offres une seconde chance.

— Si je t'offre une autre chance ? Hum… Et si je ne veux pas ?

— Je… je n'ai pas compris.

— Tu disais que cela ne se reproduirait pas si je te laissais une autre chance. Et dans le cas contraire ? Est-ce que Charlotte et toi avez une espèce de relation suivie ? Si je ne te reprends pas – ce qui est le cas, donc tout cela n'est que pure spéculation –, est-ce que tu continueras à sortir avec elle ?

— Allie, ne te lance pas dans un de tes obscurs débats, on risque de passer la nuit à ergoter sur des problèmes de sémantique. Il ne faut pas s'attacher à…

— Tiens, c'est drôle, jusque-là j'ignorais que tu aimais être attaché à quoi que ce soit.

Pendant un instant, il resta sans voix.

— Là, ce n'est pas juste, dit-il enfin.

— Non, ce n'est pas juste.

Elle pouvait à peine respirer. Cette conversation lui était pénible.

— Ce n'était pas très beau à voir non plus.

Elle n'avait aucune envie de revivre la scène. Cette trahison était déjà assez pénible et rompre à l'âge de trente-huit ans n'était pas aisé non plus.

C'eût été tellement plus simple de lui dire : « OK, reviens ! » Ils pourraient préparer du pop-corn, regarder *Lost*, parler de leur journée et de leurs collègues, discuter de leurs projets d'avenir.

Mais impossible d'oublier ce qui s'était passé. D'oublier que ce n'était peut-être pas la première fois. Ni même la dernière. Qui sait ?

Allie, en tout cas, ne le savait pas.

Et elle ne le saurait jamais car elle ne se sentirait plus jamais capable de croire en Kevin.

C'était terrifiant.

— De quelle couleur est le ciel, Kevin ? demanda-t-elle.

— Quoi ?

— Le ciel. De quelle couleur est-il ?

— Vert.

L'erreur ! Elle lui avait offert l'occasion d'énoncer une vérité absolue et ses sarcasmes ne changeraient rien à l'affaire.

— Mais bon sang, c'est quoi, cette histoire de couleur de ciel ? J'essaie de te parler du reste de nos vies, Allison. Le moment est mal choisi pour la désinvolture.

En effet. Et pourtant, il pouvait, à cette question nullissime, donner une réponse claire et nette. Il ne l'avait pas fait. Il avait même fait tout le contraire en plaisantant.

Si toutefois c'était une plaisanterie.

Vous voyez ? Impossible de le savoir.

— Kevin, commença-t-elle en s'efforçant de maîtriser les tremblements de sa voix. Il n'y a plus de *reste de nos vies*. Pas ensemble.

— Mais nous avions des projets, voyons !

Contrairement aux apparences, il ne plaidait pas sa cause. Il se plaignait. L'avait-elle trop secoué en se mettant en colère ?

— Tu ne peux pas laisser un petit écart de conduite ruiner tout ça ! ajouta-t-il.

Une telle mauvaise foi lui coupa le souffle.

— Je ne peux pas… Essaierais-tu d'insinuer que c'est *moi* la responsable ?

Elle se mordit les lèvres, s'efforçant de ne pas pleurer parce que cela ne méritait pas ses larmes. La colère était bien plus appropriée que les pleurs et infiniment plus puissante.

Mais voilà.

Même confrontée à une affirmation d'une stupidité aussi navrante, elle *voulait* lui pardonner.

Non pas parce qu'il le méritait, Dieu sait qu'il ne le méritait pas, mais parce que c'était plus simple.

Pourtant, elle en était incapable.

— Allie, la calma-t-il, usant de la voix qui l'avait

jadis aidée à surmonter les angoisses professionnelles et les crises de panique nocturnes. Allie, calme-toi. C'est à moi, Kevin, que tu parles. Ne me fais pas ça.

— Ce n'est pas moi qui l'ai fait ! rectifia-t-elle en maîtrisant de son mieux les tremblements de sa voix. JE. N'AI. PAS. FAIT. ÇA. Tu m'entends ?

Elle renifla, mais faisait la fière, certaine d'avoir raison, et reprit :

— C'est toi, le responsable. Ce soir, je vais m'absenter quelques heures. Tu pourras venir chercher tes affaires. Tout ce que tu laisseras ira à la Croix-Rouge.

Pas mal. Elle se sentait mieux. C'était parfaitement correct de lui donner cinq heures pour venir, avec les amis ou les petites amies qu'il réussirait à embaucher pour emballer ses quatre costumes, ses sept pantalons, le tiroir rempli de chaussettes dépareillées, le rasoir, le shampooing et le CD *Born in the USA* de Springsteen. Peut-être aussi la machine à café. Ils l'avaient achetée ensemble, mais il buvait plus de café qu'elle.

Elle ne chipoterait pas là-dessus.

Allie lui reprocherait plutôt les années qu'il lui avait volées, la dignité, la confiance en soi, mais pas la machine à café.

— Dois-je te laisser la clé ?

— Oh, Kevin ! Bien sûr, quelle question ! Pose-la sur la table de la cuisine. Je serai absente de 19 heures à minuit. Débrouille-toi pour être parti avant mon retour.

À l'autre bout de la ligne, elle l'entendit prendre une profonde inspiration. Très profonde. Rien ne le déconcertait. Et si c'était le cas, il n'allait pas le montrer. C'est ce qui faisait de lui un bon avocat, et aussi un ex particulièrement infect…

— Tu veux garder la machine à café ?

Tiens ? Surprise.

— Non.

— Et le grille-pain ?

Le *grille-pain* ! Avec tout ce qui leur arrivait, elle ne se souvenait même pas qu'ils en avaient un, mais Kevin passait en revue tout ce qu'ils avaient acheté ensemble, jusqu'à la bricole la plus insignifiante.

— Tu peux le prendre, répondit-elle tout en ayant envie de le garder.

— Et les DVD…

Quel connard !

— Prends tout ce que tu veux ! Laisse simplement les clés quand tu auras fini. Et ne m'appelle plus *jamais*.

Vivre bien serait sans doute la meilleure revanche. Mais être jolie passait tout de suite après. Et comme la première option n'était pas envisageable, Allie ferait tout son possible pour réussir la deuxième.

Elle était déjà en possession du maquillage. Maintenant, elle allait pouvoir se bichonner.

D'abord : Baigner – Exfolier – Hydrater.

Bref, s'efforcer de préparer de bonnes bases pour la suite.

Elle fit couler de l'eau bien chaude et esquissa une grimace en entrant dans la douche quand l'eau bouillante l'éclaboussa. Mais bien vite, elle sentit ses muscles se détendre.

Elle disposait d'une belle collection de shampooings et de démêlants et n'avait plus qu'à choisir. Kevin la traitait d'accro. Ce n'était plus si drôle, maintenant. Elle appliqua donc du Pantène Brillance qu'elle laissa reposer un moment et tartina généreusement son corps de sels exfoliants hors de prix, avant de l'oindre d'une huile parfumée, se gardant d'en perdre une goutte sur la paroi de la cabine.

Puis elle se dirigea vers le lavabo et sortit un vieux tube de masque dont la marque était écaillée car d'autres produits avaient coulé dessus, en particulier un acide quelconque qui avait brouillé les lettres. En tout cas, il sentait le concombre.

Et, qui plus est, il ne piquait pas. Allie faisait très attention à ce genre de chose, sachant que tout ce qu'elle mettrait sur elle… ou en elle… pourrait provoquer une vilaine réaction.

Elle appliqua le masque sur son visage et imbiba ses cheveux d'un autre masque – capillaire cette fois – Haute Réparation.

Puis… elle attendit.

Les miracles devaient survenir au bout d'une vingtaine de minutes, mais quand on ne peut s'adosser ni s'allonger nulle part de peur de salir le canapé, les draps ou les vêtements, vingt minutes, ça semble une éternité.

Alors elle décida de prendre son vernis à ongles et d'attaquer une pédicure. Ce serait ridicule de se lancer dans une manucure, ce soir. Elle était bien trop nerveuse et finirait par érafler le vernis et abîmer ses ongles.

Limiter l'usage du vernis à ses orteils semblait une sage résolution et elle avait même de superbes nu-pieds Carfagnis pour les exhiber.

Si seulement elle dénichait la tenue parfaite pour les accompagner !

Les pantalons habillés ne manquaient pas dans son placard ni les petits hauts qui pourraient éventuellement leur être assortis, avec plus ou moins de bonheur. Par exemple, le Chico's noir allait presque avec tout… sauf avec le petit chemisier bleu nuit ou le cœur croisé Anne Klein, plus flatteur mais d'un noir différent. Si le Chico's amincissait son popotin et le petit haut Anne Klein sa poitrine et… mon Dieu… ses bras, lequel choisir ?

Ensemble, ils formaient une véritable cacophonie. Il paraissait donc évident que la combinaison des deux serait à proscrire.

Restait à savoir quelle illusion de minceur elle voulait offrir…

Finalement, elle opta pour le petit haut. Mieux valait être une fille avec un gros popotin qu'avec des épaules de déménageur. De toute façon, les yeux des gens se portent plus souvent sur le visage, les cheveux et le torse que sur les hanches.

C'est du moins ce qu'elle pensait.

Elle repartit donc sous la douche pour se rincer le visage, les cheveux, et essuya son corps sursaturé d'huile avec des serviettes en coton égyptien.

Puis elle se contempla dans le miroir.

Déception.

Ces rituels donnaient jadis des résultats. Quand elle était plus jeune, avec un visage bien plus frais, les exfoliants à l'abricot et les masques d'argile suffisaient à lui donner un teint rose et lumineux.

Maintenant, elle virait au cake marbré.

Une fois de plus, elle caressa l'idée d'annuler, mais ce serait ridicule. Elle n'allait tout de même pas se comporter en poule mouillée, même devant un ami aussi facile à vivre que Noah.

Par bonheur, son nouveau maquillage allait la sauver. Du matériel de qualité, sûrement à la hauteur.

Il ne lui fallut que quinze minutes pour émerger de la salle de bains avec des cils Dior, des paupières MAC, des joues Bare Minerals, des lèvres Nars et, franchement, elle se sentait plutôt jolie.

Assez jolie pour avoir envie de faire un petit tour à cette réception. Elle allait s'habiller, s'y rendre, supporter ces futilités pendant une heure ou deux, puis rentrer chez elle regarder des rediffusions de *Seinfeld*.

Dans vingt-quatre heures, tout serait terminé.

Le train Acela Express se traîne aujourd'hui, pensait Olivia en regardant défiler Wilmington, Delaware, par la fenêtre : un magma de vieux bâtiments, de graffitis et de mauvaises herbes poussant le long des rails.

Ce samedi, les voyageurs ne se bousculaient pas trop à bord et, même si le Metroliner marquait moins d'arrêts qu'en semaine entre New York et Washington, le trajet semblait interminable.

Olivia feuilletait un numéro de *Vanity Fair*, mais n'arrivait pas à se concentrer sur les articles.

Cette soirée ne la réjouissait pas.

Ce n'était pas elle qui avait décidé de quitter Potomac au beau milieu de sa dernière année de lycée, mais après que le déménagement eut été programmé et effectué, elle était plus que ravie d'avoir déguerpi.

Elle n'y réfléchit qu'après, durant le long trajet jusqu'en Californie. Les années qui suivirent, elle avait dû beaucoup apprendre, beaucoup travailler, mais aucune idée de regret ou de retour ne lui avait jamais effleuré l'esprit.

Et voilà qu'elle revenait dans ce Maryland, pour la pire des raisons : une soirée organisée dans le seul but de voir des gens et des lieux qui lui rappelleraient le pire de son existence.

Mon Dieu ! Pourquoi avait-elle accepté ?

Impossible de blâmer Noah. Il ne se souvenait certainement pas de ces moments terribles qui avaient précédé son départ, pas avec la même précision qu'elle. Pour lui, il s'agissait de retrouvailles, un doux mélange d'amusement et de mélancolie.

Rien de plus.

Olivia, en revanche, savait à quoi s'attendre. Ce serait à la fois sinistre, déprimant, familier et nouveau. Déconcertant, en tout cas.

Pourquoi avait-elle accepté ?

Que se passait-il au tréfonds de son inconscient ? Était-ce une curiosité morbide qui l'attirait ainsi ? Un besoin viscéral de se confronter à son passé pour le bannir de son présent ?

Peut-être.

À moins qu'elle ne veuille apprendre à souffrir vingt-quatre heures sans interruption.

Wilmington disparut et les rails les promenèrent à travers un paysage de l'Amérique rurale : herbe verte, arbres touffus, granges rouges et lacs bleus. Une nature omniprésente, brute et indistincte, reposante finalement avec ses teintes vert et bleu.

Le train roulait vers son passé.

Noah serait là-bas. C'était évident.

Et Allie ?

À une époque, la perspective de revoir Allie l'aurait réjouie. Puis elle s'était mise à redouter ces retrouvailles, à en rejeter l'idée, à vouloir à tout prix les éviter.

Mais tout cela remontait à des années et elle n'aurait jamais imaginé, vingt ans après, ressentir des émotions aussi contradictoires à ce sujet. Elle avait toujours considéré la « presque quarantaine » comme une période de *sérénité*, où l'on devrait savoir *qui* on est et *où* l'on va, sans même se souvenir des idioties de la période du lycée.

C'était loin d'être le cas !

Quel que soit ce que Olivia avait accompli entre-temps – et la route avait été longue –, elle n'avait jamais pu oublier cette angoisse stupide de l'adolescence.

Maintenant, elle allait devoir s'y confronter.

Elle posa le magazine sur ses genoux et se laissa aller contre l'appuie-tête un peu trop dur, afin d'admirer le paysage et se libérer l'esprit.

C'est du moins ce qu'elle espérait.

Toujours vierge de toute habitation, le paysage devait être exactement semblable à celui d'il y a vingt ans.

D'une humeur mélancolique, elle ne pouvait s'empêcher de s'interroger. Où se trouvait-elle à la même date, vingt ans plus tôt ?

Avant que le monde ne lui explose à la figure.

Avant que tout ne change.

Cinq

Classe de quatrième

De gré ou de force,
il se laissera toujours prendre par Douceur Bébé[1]

Publicité pour Love's Baby Soft

— Tu as vu le nouveau ? demanda Allie tout excitée en jetant son sac de classe près de la table du couloir.

Puis, agitant la main pour s'éventer, elle ajouta :

— Il fait une de ces chaleurs ici !

C'était l'avant-dernière semaine de cours, une date de rentrée catastrophique pour un nouvel élève et il faisait aussi chaud et poisseux qu'en plein mois d'août. Malheureusement, le père d'Allie était trop pingre pour faire fonctionner le climatiseur, qui ne devait servir qu'en cas d'extrême urgence. L'intérieur de la maison faisait penser à un sauna.

— Je l'ai juste aperçu de très loin.

1. « *You can try hard or you can try soft. Soft will get him every time* », publicité pour une eau de Cologne des années soixante-dix. *(N.d.T.)*

Olivia jeta son sac à dos sur celui d'Allie dont les livres dégringolèrent sur le sol. Tant pis, elle les ramasserait plus tard ! Contrairement à chez elle, ici il n'était pas nécessaire de ranger tout de suite. Cela lui plaisait.

— Il est mignon ?

— Oooh…

Allie feignit de s'évanouir sur le canapé, parmi les coussins.

— … il est carrément craquant. Il pourrait passer pour le frère de Clark Brandon, je te jure. Cheveux noirs, yeux bleu pâle, un nez parfait et… ô mon Dieu ! Une bouche superbe ! Des lèvres ni trop minces, ni trop épaisses, ni trop féminines non plus.

Olivia vint s'asseoir à côté de son amie.

— J'ai entendu dire qu'il vient du Sud. Je parie qu'il a un accent super cool. Un peu comme les types dans *Shérif, fais-moi peur.*

— C'est vrai, mais ils ne sont pas aussi mignons que lui.

— Je ne sais pas, j'aime assez les mecs plus âgés, commenta Olivia.

Allie se redressa et sourit.

— Ahhhh, mais c'est dé-goû-tant !

— Non mais je ne parle pas de vieux vraiment vieux !

— Les types de *Shérif, fais-moi peur* sont hyper vieux ! Ils doivent avoir au moins trente ans.

Olivia haussa les épaules. On ne la détournerait pas de son amour pour John Schneider et Tom Wopat. Elle avait un jean coupé Daisy Duke pour le prouver, même s'il était planqué au fond de son placard et qu'elle ne le porterait jamais en public, quand bien même sa mère l'y autoriserait.

Ce qui était tout à fait inconcevable.

— Tu veux un hamburger ? demanda Allie en se rendant à la cuisine.

Quelle question ! C'était leur menu quasi quotidien, parfois agrémenté d'une tranche de fromage fondu.

— Oui, miam ! répondit Olivia du canapé.

Allie posa une poêle sur la cuisinière puis tira une boîte de steaks hachés du congélateur : deux pour elle, un pour Olivia qui se limitait à une tranche de pain et un seul steak.

— Il paraît que le nouveau s'appelle Noël, lança-t-elle en commençant à faire cuire la viande.

— Non, Noah.

— Vraiment ? C'est un nom bizarre.

Elle ramassa la télécommande que sa mère avait laissée sur le plan de travail ; elle avait l'habitude de suivre le journal télévisé tout en préparant les repas. Quand elle appuya sur le bouton, un *kachunk* tonitruant retentit et la télévision s'anima.

— Je pense qu'ils sortent ensemble, dit Allie distraitement en écoutant l'interview de Burt Reynolds par Dinah Shore.

— Qui ?

— Ben… Dinah Shore et Burt Reynolds.

Olivia fronça le nez et regarda plus attentivement l'écran.

— Impossible. Il a au moins mille ans de moins qu'elle.

— Et alors ? Tu viens juste de dire que tu sortirais bien avec un type de mille ans plus vieux que toi.

Elle retourna à la cuisinière pour jeter un coup d'œil aux steaks.

— Il est assez petit.

— Burt Reynolds ?

— Non, Noah.

Allie retourna la viande et l'assaisonna.

— Oui, je sais. Je me demande pourquoi les beaux garçons sont toujours petits.

— Ils grandissent moins vite. Ou plus tard. Je pense que c'est ça. Ils grandissent plus tard que les filles.

Après avoir sorti deux assiettes, elle y mit le pain, y posa de fines tranches de fromage qu'elle recouvrit avec les steaks hachés suintant de gras à l'aide d'une spatule.

— Peut-être. Mais tu sais, le frère de Phil Cran ? Il est en seconde et il est plus petit que moi.

— Mais toi, tu es particulièrement grande.

Allie pouffa et plia le sandwich d'Olivia en deux. C'est ainsi qu'elle l'aimait.

— Pas tant que ça. Il mesure environ un mètre cinquante et n'a jamais grandi depuis. Ce Noah pourrait être du même style.

Olivia grimaça, persuadée que Noah était mignon tel quel et que ça importait peu s'il ne grandissait pas beaucoup plus. D'autre part, Olivia était plus menue qu'Allie et ce genre de choses ne la préoccupait pas beaucoup.

— En tout cas, il mérite qu'on le surveille. Il va faire des ravages ! assena Allie en attaquant son sandwich avec appétit.

Finalement, il fut assez facile pour Olivia de garder un œil sur Noah, au moins l'après-midi, car il était assis dans sa ligne de mire pendant le cours de géographie de M. Horner.

Quand il lui avait proposé d'être son binôme pendant la session de révision, elle en fut à la fois surprise et flattée.

— D'accord !

Tandis qu'ils se dirigeaient vers la table près de la fenêtre ouverte pour préparer l'interrogation du lendemain, elle estima qu'il était juste de la bonne taille pour elle.

— Je déteste ce cours, déclara Noah en jetant ses livres sur la table. M. Horner est tellement mou.

— Oui, c'est vrai.

Tout en étant terrifiée à l'idée de se faire surprendre et envoyer chez le directeur, elle avait acquiescé.

Noah valait bien cette audace.

Elle posa ses livres un peu plus discrètement que lui et s'installa. Une odeur de crayons et de vieux manuels scolaires emplissait la salle.

— Il travaille ici depuis les années soixante, expliqua-t-elle en baissant les yeux sur les livres afin que le professeur ne voie pas remuer ses lèvres. Ou même avant !

Quelqu'un avait gribouillé LYNARD SKYNARD RULES sur la table avec un gros stylo noir. Probablement Peter Ford, qui parlait toujours de Lynyrd Skynyrd. Le seul élève de sa connaissance à être assez intéressé par le groupe pour graver leur nom sur un bureau et assez sot pour le truffer de fautes.

— Je parie qu'il est dans ce bahut depuis plus longtemps que ça et qu'il ne doit pas savoir que Hawaii est devenu un État, persifla Noah.

Ils pouffèrent de rire et M. Horner se mit aussitôt à aboyer pour les rappeler à l'ordre, les faisant rire de plus belle, mais avec discrétion, cette fois.

— Tu es amie avec la fille blonde, pas vrai ? demanda Noah un peu plus tard. Allison ?

Olivia ressentit un désagréable picotement au creux de l'estomac.

— Allie, corrigea-t-elle comme si Allison était complètement à côté de la plaque. Oui, pourquoi ?

Elle prit un taille-crayon dans son sac et en affûta la mine.

— Elle est plutôt mignonne, non ? commenta-t-il en haussant une épaule.

— Si, si.

Elle continua à tailler son crayon et les copeaux tombaient sur la table, diffusant une odeur de bois.

— Tu sais si elle sort avec quelqu'un ?

Elle faillit répondre « on ne *sort pas vraiment* dans cette école », mais c'était faux. Il s'en rendrait vite compte et la prendrait pour une menteuse. De plus, si elle lui laissait entendre qu'elle-même ne voulait sortir avec personne, il ne le lui proposerait jamais.

Alors elle se lança sur une autre piste :

— Je ne sais pas. Elle aime assez Brian Poska.

C'était presque vrai, puisque Allie lui avait raconté avoir dansé avec ce garçon lors d'une petite soirée de classe, deux ans plus tôt, et qu'elle avait été un peu amoureuse de lui jusqu'à la fin de l'année. Olivia n'était pas encore dans l'établissement, à cette époque, et n'aurait su dire si Allie ressentait toujours un faible pour ce garçon.

Une chose était sûre, cependant. Son amie ne le détestait pas et donc, par défaut, l'aimait forcément.

— Ah, lui…

De toute évidence, Noah avait remarqué que Brian comptait parmi ces rares garçons ayant profité d'une poussée de croissance. Il mesurait près d'un mètre quatre-vingts et certains prétendaient même qu'il se rasait.

Beaucoup de garçons le regardaient avec envie.

— Oui, ils se connaissent, pour ainsi dire, depuis toujours, assura Olivia avec un hochement de tête pour enfoncer le clou. Difficile de les séparer.

La mine du crayon qu'elle taillait se cassa et elle dut recommencer.

— C'est ça, le genre de type qu'elle fréquente, en général ?

— Comment ? Grand ?

Aïe ! elle aurait pu se gifler pour cette maladresse. Ce n'était pas ce qu'elle voulait dire. Elle ne cherchait qu'à mettre en avant quelque chose d'indéniablement différent de Noah. Mais de là à l'insulter…

— C'est-à-dire qu'il est si immense que c'en est bizarre.

Noah lui jeta un drôle de regard et elle comprit qu'elle avait failli commettre une boulette.

— Enfin, pour moi, en tout cas ! nuança-t-elle pour faire bonne mesure.

Et le crayon se cassa de nouveau. Excédée, Olivia renonça et jeta le tout sur la table.

— On ferait mieux d'étudier avant que Horner décide de nous coller une interro-surprise pour bavardage, dit Noah en évitant son regard.

Elle laissa échapper un rire, tout en sachant que personne n'avait jamais donné d'interro comme punition durant toute sa scolarité dans cet établissement.

— Tu as raison. Il est très con.

Noah acquiesça et ouvrit son livre aux pages indiquées au tableau par le professeur.

Ils n'échangèrent plus un mot durant le reste du cours et, plus tard, quand ils se croisèrent dans le couloir, Noah lui fit un signe de la tête. Olivia ne put s'empêcher de noter qu'il semblait toujours un peu gêné.

— Devine qui m'a demandé d'être son binôme, aujourd'hui, en géo, piailla-t-elle plus tard, quand Allie et elle grimpaient péniblement la pente près des terrains de basket en rentrant, le soir.

On venait de tondre et des brins d'herbe lui collaient aux pieds.

L'odeur de l'herbe fraîchement coupée embaumait l'air.

— Qui donc ?

Olivia fit attendre la réponse juste assez longtemps pour piquer la curiosité de son amie.

— Noah Haller !

— C'est vrai ?

Allie se mordilla un moment la lèvre inférieure, seul signe témoignant de sa jalousie, puis demanda :

— Et qu'est-ce que tu as répondu ?

— J'ai accepté, bien sûr ! Tu ne pensais tout de même

pas que j'allais refuser ! Ce garçon est juste de la bonne taille, pour moi !

— *Quoi ?*

Olivia comprit aussitôt qu'elle poussait le bouchon un peu trop loin. Et pourquoi était-ce la taille qui, entre tous les critères, lui était venue à l'esprit en tant qu'argument imparable ?

— Je veux dire qu'il n'est pas si petit, en fin de compte. Tu te souviens, on en parlait justement l'autre jour et tu le trouvais beaucoup trop petit pour toi !

Allie fronça les sourcils.

— Oui, enfin si on veut. Mais toi aussi, tu avais dit qu'il ne t'intéressait pas.

Elle ne précisa pas « et tu savais que moi, il m'intéressait », mais c'était inutile car cette réalité semblait maintenant occuper tout l'air qui les entourait.

Olivia fit mine de ne se rendre compte de rien et elles s'engagèrent sur le terrain de football pour le traverser.

— En tout cas, quand on se tenait l'un à côté de l'autre, j'ai constaté qu'il ne mesurait que trois centimètres de plus que moi. Donc, désolée, mais il est beaucoup plus petit que toi.

— Cela ne lui fait que quelques centimètres de moins que moi, protesta Allie, sur la défensive dès qu'il s'agissait de sa taille, qui la complexait. Tu as dit toi-même qu'il grandirait encore.

— Peu importe, puisqu'il a le béguin pour quelqu'un d'autre.

Si elle avait su que ses mensonges allaient l'emmener droit en enfer aussi rapidement, elle aurait fabriqué une corbeille en osier en cours d'économie domestique plutôt que de se lancer dans ce quatre-quarts au goût de savon.

Allie se figea.

— *De qui ?*

— Comment ça, *de qui* ?

— De qui a-t-il le béguin ? s'impatienta Allie. Tu sais très bien de quoi je parle. C'est de toi ? Il t'a demandé de sortir avec lui ?

Un instant, les yeux plongés dans ceux de son amie, Olivia fut tentée de lui raconter toute la vérité. *Non, c'est de toi !*

Et Allie serait aux anges.

Ensuite, elle commencerait à sortir avec Noah, bavarderait avec lui au téléphone toute la nuit, et Olivia resterait seule dans le froid, sans meilleure amie, sans petit copain. Seule avec Simon, le vieux chat de sa mère.

Et puis, Allie était habituée à être sollicitée. C'était toujours elle que les garçons choisissaient, c'était toujours elle qui recevait la meilleure note pour le gâteau préparé en classe, même s'il avait le même goût de savon que le sien. Voire plus encore.

Alors, non. Olivia n'allait pas flatter l'amour-propre d'Allie.

— De Vickie Freedman, s'entendit-elle répondre.

Si elle avait eu l'intention de dégoûter Allie de Noah, elle avait tapé en plein dans le mille.

— Tu plaisantes ? Quelle horreur ! Je le croyais bien plus intelligent que ça !

D'un léger haussement d'épaules, Olivia lui fit comprendre qu'elle était de son avis. Elle ressentit une légère culpabilité mais, aveuglée par sa joie, elle s'empressa de l'oublier.

— Comment peut-on être assez bête pour se laisser berner de la sorte, railla Allie. Surtout lui ! Vickie est une telle imposture !

— Peter Ford l'aime bien.

— Peter Ford a un QI de moucheron. Elle est pompom girl et lui, membre de l'équipe de basket. Il est bien obligé de l'apprécier.

Olivia risquait de se faire dépasser par cette conversation.

Impossible d'imaginer que quelqu'un de normal puisse avoir un faible pour Vickie Freedman.

— Et que penses-tu de Brian Poska ?

Allie la dévisagea comme si elle venait de lui demander ce qu'elle pensait des gens qui noient les chiots.

— Brian Poska ?

— Tu l'aimais bien, non ?

— Bof ! En primaire, oui. Pourquoi ?

— Parce qu'il est mignon…

En dépit de l'expression de plus en plus furibonde d'Allie, elle insista :

— … et tu as dit toi-même que tu voulais un petit ami, alors pourquoi ne pas sortir avec lui ?

— Pour la bonne raison qu'il sort avec Rena Dromerick.

Aïe ! Rena était un joli brin de fille avec des cheveux blonds jusqu'à la taille, de magnifiques yeux bleus, un petit nez délicat et parfaite pour être une pom-pom girl au lycée et ramasser le plus beau garçon de l'équipe de foot.

Aucune fille dotée d'un minimum de jugeote n'essaierait de piquer le petit ami de Rena Dromerick. Le simple fait d'essayer suffirait à la faire passer pour une idiote.

— Je ne le savais pas.

— Tu le saurais si tu les avais vus se rouler des patins près du conservatoire, après le déjeuner. C'était dégoûtant, ajouta-t-elle avec une grimace. Je ne suis pas particulièrement prude, mais je n'ai aucune envie de les voir se léchouiller sans la moindre discrétion. George Michael, oui. Brian Poska, non.

Grâce à la description réaliste d'Allie, Olivia pouvait fort bien s'imaginer la scène. Dieu merci, elle avait échappé au spectacle.

— Il y a qui d'autre, sinon ?

Allie réfléchit longuement à la question, puis essuya les petites gouttes qui perlaient sur son front avant de reprendre la marche.

— Il y a toujours Peter Ford. Il plaque une fille par semaine.

— Pas très motivant. En plus, il est répugnant.

— Tu as raison. Tu sais ce qu'il nous faudrait ?

— Quoi ?

— Un nouveau look.

— Tu crois ? demanda Olivia, intriguée.

— Oui, l'été est presque là. Il nous faut un super bronzage, des cheveux longs avec des mèches, comme Rena Dromerick.

— Tes cheveux ressembleraient à ceux de Rena, mais les miens à ceux de Cruella d'Enfer.

— Penses-tu ! Si on fait un effet « coup de soleil », ils éclairciront tout en restant naturels. Sans racines noires.

— Tu es sûre ?

— Fais-moi confiance. D'ici l'automne, on sera complètement transformées.

— Je vais m'inscrire à l'école de mannequinat de Barbizon, annonçait Vickie à ses amies, assez fort pour qu'Allie l'entende.

Elle avait dû le faire exprès car, à l'époque où elles jouaient encore ensemble, Allie lui avait confessé qu'elle voulait prendre des cours dans cet établissement. En effet, une jeune actrice faisait de la publicité pour cette école, alors elle était forcément bonne, non ?

— Tu vas être mannequin ? demanda Stephanie Lowenstein, tout excitée.

Il était impossible que Vickie devienne mannequin, ou *ressemble à un mannequin*, comme l'assurait la publicité. Elle était trop petite !

— Oh, je suppose, minauda Vickie avec son air de sainte-nitouche. Tu comprends, ils m'ont écrit à plusieurs reprises pour me proposer de venir visiter l'école.

— J'ai reçu les mêmes pubs dans ma boîte aux lettres,

lança Allie en passant devant elle. Tout ce qu'il faut, c'est du fric.

— Alors c'est dommage que tu n'en aies pas, c'est ça ? susurra Vickie, venimeuse.

Ses amies éclatèrent de rire.

— Et même si tu en avais, ajouta-t-elle, ils ne te prendraient jamais. Tu as une peau affreuse !

Allie se sentit rougir comme une pivoine. Sa peau avait en effet été assez vilaine, dernièrement, depuis qu'elle avait ses règles. Elle aurait dû se douter qu'en jetant une vacherie à Vickie, celle-ci la lui renverrait à la figure au centuple.

Vickie s'arrêta et fixa Allie comme si elle braquait un projecteur sur elle.

— Ben alors ? Le chat a mangé ta langue ?

— J'essaie juste de trouver une raison de vouloir fréquenter le genre d'école qui accepte de te prendre.

Navrant. C'était navrant, mais mieux que rien.

Vickie continua à la toiser d'un air méchant, puis hocha la tête avec agressivité.

— Tu es une vraie ratée, Allison ! Je n'ai même rien à te répondre. Tu es simplement jalouse, comme d'habitude.

— Je la comprends, fit Stephanie en se plantant à côté de Vickie. Si j'avais des boutons comme elle, je serais jalouse de toi aussi. Je serais à peu près jalouse de tout le monde.

Sur ce, elles s'éloignèrent en pouffant de rire. Puis autre chose dut les amuser, car elles s'efforcèrent de ricaner jusqu'au bout du couloir.

Allie resta sur place, comme si l'humiliation l'avait scellée dans le sol.

Elle n'aurait pas dû défier Vickie, surtout devant les autres. Voilà un moment de honte qu'elle n'oublierait jamais.

Six

Calgon, emmène-moi[1] !

Publicité pour les sels de bain Calgon

Deux salles de conférences du Shoreham Hotel, sur Calvert Street, avaient été prévues pour la soirée. Au même endroit que le bal de fin d'étude. Plutôt drôle, non ? Ce n'était donc que la deuxième fois qu'Allie mettait les pieds en ce lieu et, même si l'hôtel avait été rénové et transformé de fond en comble, il lui sembla étrangement familier.

Pourtant, les mêmes questions de l'époque la taraudaient : *Je suis comment ? Qui d'autre sera là ?*

Sauf qu'en ces années-là, elle était encore assez sûre d'elle dans sa robe Jessica McClintock, parfumée du White Shoulders de sa maman et escortée de Ben Paroby. Cette fois, en revanche, sa robe Liz Clairborne ne dissimulait sans doute que difficilement ses kilos superflus et sa marche précipitée avait dû faire tourner son parfum Clinique, paradoxalement appelé Happy, en

1. Dans cette publicité des années quatre-vingt, une femme prise dans le stress infernal du quotidien crie : « *Calgon, take me away !* » et se retrouve dans un bain relaxant. *(N.d.T.)*

un effluve de transpiration qu'elle ne pourrait même pas cacher derrière quelqu'un, puisqu'elle arrivait seule.

Par chance, la lumière tamisée se montrait plutôt flatteuse. Dans le passé, le comité du bal de fin d'année avait empli la salle de décorations ringardes et d'agrandissements de photos. Celles des élèves les plus populaires ou qui s'étaient distingués d'une manière ou d'une autre : meilleur élève, clown de la classe, premier prix de bavardage, etc. Dieu merci, ils n'avaient pas jugé utile de réafficher les mêmes portraits afin que les gens puissent se lancer dans de fâcheuses comparaisons AVANT/APRÈS.

En balayant la salle du regard, Allie constata qu'elle n'était pas la seule à avoir changé depuis les années lycée. Une heure de bavardage le confirma. Peter Ford, l'un des premiers qu'elle aperçut, avait pris une bonne bedaine alors que Bucky Kincaid, toujours obèse de la maternelle à la terminale, était devenu mince et séduisant. Alex Hartner était toujours aussi blonde et jolie, comme si le temps avait suspendu son vol afin de faire des jalouses. Dieu merci, les rondeurs de Marlene Newman étaient en pleine expansion, mais cela, Allie le savait déjà à force de tomber sur elle absolument partout.

— Oh, quelle chance de te trouver ici ! s'exclama Marlene en renversant du vin de son verre trop plein.

Voilà qui commençait bien. Pour une fois, Allie était contente de la voir. Cela lui éviterait d'être plantée là, toute seule, mal à l'aise.

— Ah, bonjour, Marlene. C'est incroyable de te voir là !

— Alors, tu t'amuses ?

De toute évidence, Marlene était aussi heureuse que si on l'avait élue Reine du Bal.

— C'est super, commenta Allie sans conviction.

Puis, pour paraître plus enjouée, elle ajouta :

— C'est impressionnant, le nombre de gens qui sont venus.

— Je sais ! Où est ton jules ? Sur le site Internet, j'ai vu que tu venais accompagnée. C'est le type avec lequel je t'ai aperçue à l'aéroport, en Floride ?

Très juste. L'aéroport de Floride…

Kevin et Allie s'étaient rendus sur un coup de tête à Disney World en cliquant sur une promo, un soir où ils avaient un peu forcé sur la bière. Ils s'étaient enregistrés sur le vol de 7 heures le lendemain matin, direction Orlando et, dans un aéroport quasi désert, il avait fallu qu'ils tombent sur Marlene et sa sœur en déplacement pour un congrès Tupperware quelconque.

— Oui, il devait venir, mais en fin de compte… euh… il n'en a plus eu envie.

Après tout, elle ne devait d'explications à personne.

Marlene leva les yeux au ciel.

— Louis, mon mari, a essayé de me servir la même excuse, mais je lui ai fait comprendre que, s'il n'en avait pas envie, il pouvait aller se brosser pour tout le reste… si tu vois ce que je veux dire.

Doux Jésus…

— C'est tout vu.

— Tiens, quand on parle du loup…

Un homme se précipitait vers elles, avec tignasse et barbe poivre et sel qui lui donnaient un petit air de Walter Huston dans *Tous les biens de la terre*. Allie en fut toute tourneboulée.

Tous trois restèrent un instant plantés là, cherchant désespérément un sujet de conversation autre que : *C'est fou, comme vous ressemblez à Walter Huston !*

— Oh, oh, je n'en crois pas mes yeux ! s'exclama soudain Marlene à l'intention d'Allie et de Louis qui échangèrent un regard surpris. Regardez qui vient d'arriver ! Olivia Pelham. Ouah ! Elle est superbe !

Allie tourna la tête comme au ralenti. C'était bel et bien Olivia, mais elle fut étonnée que Marlene l'ait reconnue aussi rapidement. Loin du poulain dégingandé de l'époque du lycée, Olivia était devenue une splendeur, même de loin. De sa coupe au carré auburn à la pointe de ses nu-pieds, elle était parfaite.

Au lycée, Allie avait été *la mignonne* et Olivia *l'intelligente*. Ce déséquilibre ne dérangeait pas Allie car elle se savait douée et préférait qu'on se rende compte de ses qualités dès le premier regard.

Maintenant, Olivia était sans conteste *la jolie* et Allie… eh bien, Allie était *la grosse*. Ou *la boulotte*. Ou *la laissée-pour-compte*… Ou bientôt *la pochtronne*, si elle devait s'attarder ici !

Marlene lui assena un coup de coude dans le dos.

— Tu ne vas pas la voir ? Vous étiez inséparables, au lycée.

— Nous n'avons pas…

Allie s'interrompit. Elle devait cesser de révéler trop de choses aux gens. Inutile d'expliquer à Marlene la fin de son amitié avec Olivia ou sa rupture avec Kevin.

Il lui suffirait de s'excuser poliment et de se rendre aux toilettes où elle pourrait se laisser aller à ses émotions contradictoires.

— Je crois que je vais m'éclipser, annonça-t-elle. Louis, c'était un plaisir de vous rencontrer. Marlene, je suis certaine qu'on va bientôt se revoir.

Sans doute dans un autre endroit inattendu.

Allie se rendit aussitôt dans le hall d'accueil. Tant pis pour Noah. Elle lui parlerait plus tard. Elle n'avait qu'une envie, rentrer chez elle et passer ce qu'il restait de la soirée avec Ben, Jerry et la quatrième saison complète des *Gilmore Girls*.

L'idée lui semblait si séduisante qu'elle ne prêta guère attention aux personnes qui l'entouraient et fut donc surprise quand on l'interpella :

— Et voilà Allie Denty ! Quelle coïncidence !

Levant les yeux, elle aperçut une femme imposante qui lui faisait signe. Claire quelque chose. Quel était son nom de famille ? Elle n'avait pas du tout changé depuis le lycée. Et, à côté d'elle, comme s'ils jouaient les Laurel et Hardy, se tenait Olivia.

— On parlait justement de toi ! déclara Claire. Et te voilà ! Tes oreilles ont dû siffler.

— Et que disiez-vous ? demanda Allie d'un ton moins léger qu'elle ne l'aurait souhaité.

— Que tu étais ici, répondit simplement Claire. Et Olivia aussi. Vous étiez inséparables, au lycée. Allie, tu ne trouves pas qu'Olivia est superbe ?

Allie et Olivia se fixèrent longuement.

Et, pendant un instant, le temps se mit à tourbillonner. Les yeux d'Olivia n'avaient pas changé mais ils étaient plus en valeur qu'au lycée. Allie leur trouva un air douloureusement familier qui lui coupa le souffle.

Claire s'excusa, laissant Allie et Olivia face à face.

— Salut, Allie, dit Olivia avec raideur.

C'était la voix d'une adulte, rien d'étonnant à cela, mais une fois de plus, avec quelque chose de familier.

— Salut. C'est sympa de te voir. Qu'est-ce que tu deviens ?

C'était une question si banale après une telle éternité sans nouvelles.

— Ça va. Et toi ?

— Très bien.

Elle ne voulait pas se donner un air triomphant. Pourtant, on pouvait l'interpréter ainsi. Surtout quand elle ajouta :

— Super. On ne peut plus super.

Le silence s'étirait au point d'en devenir inconfortable.

— Qu'est-ce que tu fais en ce moment ? demanda Olivia d'un ton léger.

— Je suis entre deux boulots.

Techniquement, c'était la vérité. Du fait de ses missions intérimaires, Allie était toujours entre deux boulots.

— Et toi ? reprit-elle.

— Je travaille pour le magazine *What Now.*

— Ah oui ? Comme c'est intéressant ! Qu'est-ce que tu y fais ?

Elle avait failli ajouter : « Tu n'as pourtant jamais aimé écrire », mais elle se retint de peur de ressembler à toutes ces filles qu'elle méprisait. Et puis, à quoi bon exhumer le passé ?

— Je suis la rédactrice en chef des pages Beauté.

Olivia eut un sourire furtif, une esquisse du sourire dont se souvenait Allie. La courbe de sa bouche était à peu près la même, mais ses dents avaient été réalignées et polies, d'un blanc immaculé. Pas de ceux que l'on obtient avec des produits minute, un blanc naturel et parfaitement régulier.

— Génial ! C'est impressionnant.

— Merci, Allie.

S'il n'y avait pas eu cette foule autour d'elles, on aurait pu entendre les cigales.

— Donc...

Quand elle était nerveuse, Allie avait la fâcheuse manie de raconter des âneries pour combler les silences gênants. Si elle avait tenu sa fichue langue, Olivia serait passée à quelqu'un de plus bavard et Allie aurait pu s'éclipser au bar pour y prendre un remontant. Au lieu de cela, il ne lui restait qu'à faire de son mieux pour entretenir la conversation avec des petits riens insignifiants.

— Comment va ta maman ?

Inutile de demander si M. O'Brien et elle se sont remis ensemble...

— Très bien, répondit Olivia avec un peu trop d'enthousiasme. En fait, elle est chez moi en ce moment.

— Seule ? Ou bien avec...

Ô mon Dieu ! Pourquoi ne pouvait-elle pas simplement la boucler ? Ce n'étaient pas ses oignons, après tout.

— Non, rétorqua Olivia d'un ton sec. Ça fait longtemps qu'elle a quitté Donald O'Brien…

Ses mâchoires se crispèrent et elle ajouta :

— … une vingtaine d'années, maintenant.

Bien sûr. C'était pour cette raison qu'Olivia et Caroline avaient déménagé.

Caroline s'était toujours montrée adorable avec Allie, mais celle-ci lui en voulait de ne pas avoir été une meilleure mère pour Olivia. Même aux yeux encore jeunes d'Allie, il semblait que Caroline Pelham O'Brien s'intéressait bien trop à l'idée qu'elle se faisait de l'amour pour être responsable de sa vie et de celle de sa fille.

De temps à autre, ces souvenirs venaient hanter l'esprit d'Allie, surtout quand elle se sentait prête à se lancer la tête la première dans une relation discutable.

Allie devait donc une fière chandelle à la mère d'Olivia qui lui avait permis de rassembler assez de force pour botter les fesses d'un Kevin volage au lieu de se laisser tenter par la facilité. Conflit, cœur brisé, retour à la case départ… tout cela était une forme de résistance.

Un autre silence tendu enfla entre elles.

— J'adore ton rouge à lèvres, bredouilla Allie, incapable de trouver autre chose à dire. Je ne voudrais pas me montrer indiscrète, mais…

Olivia éclata de rire.

— Il n'y a rien d'indiscret. Juste le genre de détail que je remarque aussi. C'est un Shiseido. Je crois qu'il s'appelle Raisin. On m'en a offert un échantillon pour que je l'essaie.

— Je suppose que tu as accès à des centaines de produits de maquillage pour cette rubrique Beauté.

Elle prit bien note de la marque et de la couleur. Il était vraiment fabuleux. Cela lui rappelait le rouge à lèvres de Monica Lewinsky lors de son interview avec Barbara Walters ; tout le monde voulait en connaître la couleur au lieu de savoir jusqu'où elle était allée avec Bill Clinton.

— C'est vrai. C'est un sacré avantage.

— Quelle veinarde !

Craignant aussitôt de paraître amère, elle ajouta :

— Sérieusement, j'adorerais un boulot comme ça.

Elle continuait sa scène de remplissage.

Pourquoi était-ce si compliqué ? À une époque, elle n'aurait jamais imaginé qu'il lui serait aussi difficile de parler avec Olivia.

Il y avait si longtemps de cela.

— As-tu aperçu Noah Haller ? demanda finalement Olivia en jetant un coup d'œil derrière Allie. Je suis censée le rencontrer ici mais j'ai oublié son numéro à l'hôtel.

Quelques années plus tôt, Noah avait mentionné qu'il revoyait Olivia, mais comme il ne lui en avait plus jamais reparlé, Allie ignorait s'ils étaient restés en contact.

Il faut dire qu'elle en avait fait tout un plat :

Elle t'a parlé de moi ?

Tu lui as parlé de moi ?

Pendant combien de temps vous êtes-vous parlé ?

Qu'est-ce que tu lui as dit ?

Un interrogatoire interminable ! Pas étonnant qu'il n'ait plus jamais abordé le sujet.

— Tu as rendez-vous avec Noah ? demanda Allie sur un ton aussi détaché qu'elle le put.

Olivia acquiesça en souriant.

— Oui, il a réussi à me faire venir à cette soirée.

— T'a-t-il dit quelque chose sur la personne qui l'accompagne ?

— Je ne crois pas. Pourquoi ? Qui est-ce ?

— Je l'ignore. Une certaine Tori qui aurait aussi fréquenté Churchill. Mais je ne me souviens pas d'une Tori dans notre classe. Et toi ?

— Le nom ne me dit rien, répondit Olivia au bout d'un moment. Mais toi et moi n'étions pas du style à connaître tout le monde à l'école.

— C'est sûr.

— Par exemple, savais-tu qu'on allait au collège avec Lucas Vanderslice ? Figure-toi qu'il est devenu un grand réalisateur.

— Ah oui ? Tu parles sérieusement ?

— Tout à fait. Il faut dire qu'on ne sortait pas beaucoup. Oh, tiens, voilà Noah !

Allie suivit son regard et le vit se diriger vers elles. Une femme l'accompagnait, mince et sexy, avec de longs cheveux noirs et des lèvres pleines et sensuelles. Elle sortait tout droit d'une publicité Cover Girl.

— Oh là là ! Et ça, je suppose que c'est la fameuse Tori ?

— Vraisemblablement.

— Mon Dieu ! Elle n'a plus grand-chose d'origine !

— Elle ?

Le regard d'Allie passa d'Olivia à l'amie de Noah. La reconnaissait-elle ? Olivia éclata de rire puis concentra toute son attention sur la femme accrochée au bras de Noah pour la détailler comme un cheval dans une foire aux bestiaux :

— Implantation de pommettes, léger gonflement des lèvres au collagène, un coup de Restylane pour se débarrasser des rides sans avoir l'air botoxée. Il se peut même qu'il y ait une réduction de paupières, ajouta-t-elle avec un hochement de tête. Mais je dois avouer que c'est du beau travail. Je la reconnais à peine. Aux yeux de quelqu'un de non averti, elle a l'air assez naturelle.

Allie était totalement perdue.

— Depuis quand la connais-tu ?

Olivia ouvrit la bouche, mais n'eut pas le temps de répondre avant l'arrivée de Noah.

— Je vois que vous vous êtes retrouvées, toutes les

deux ! Comment ça se passe ? demanda-t-il en se tournant tout de suite vers Allie, un peu gêné.

— Super ! rétorqua Allie comme s'il n'y avait aucune autre réponse possible. C'est tellement sympa.

— Alors accroche-toi, ma chérie ! Ça va devenir du tonnerre ! dit la femme qui accompagnait Noah avec un sourire Ultra Bright.

Olivia se pencha en avant pour évaluer le travail. Elle devait savoir ce que coûtait un tel sourire.

Beaucoup d'argent, sans doute !

Le visage semblait assez familier à Allie. Une présentatrice de la télévision, peut-être ? Mais elle n'osa pas lui poser la question de peur de la froisser.

Toujours au bras de cette créature, Noah se redressa.

— Olivia, Allie, vous vous souvenez de Tori, n'est-ce pas ? Elle mourait d'envie de vous revoir.

Dieu du Ciel, qui était cette nana ? Les seules Tori que connaissait Allie étaient Tori Amos, la chanteuse, et Tori Spelling, l'actrice, et cette femme n'était ni l'une ni l'autre.

— Bien sûr !

Allie perçut une indéniable froideur dans la voix d'Olivia qui ajouta aussitôt, éclairant sa lanterne :

— Cette chère Vickie Freedman ! Comment l'oublier ?

Sept

Elle le fait... ou pas[1] ?

Publicité pour Miss Clairol

On aurait dit qu'Allie allait tomber dans les pommes ou vomir. Les deux, peut-être. Olivia avait vu la même expression sur son visage quand elles avaient goûté un verre de liqueur Southern Comfort à ce concert des Eagles, au Capital Center de Landover, il y avait plus de mille ans de cela. Depuis, c'était devenu un centre commercial, ce qui attristait Olivia, même si elle n'avait nullement l'intention d'y retourner.

— *Vickie ?* répéta Allie, incrédule.

— Je me fais appeler Tori, maintenant, expliqua Vickie avec dédain en toisant Allie. Incroyable ! C'est fou comme tu ressembles à ta mère !

Noah en resta sidéré.

Les épaules d'Allie s'affaissèrent. De toute évidence, elle s'était laissé surprendre.

— Quoi ? demanda-t-elle d'une voix faible.

1. « *Does she or doesn't she ?* », campagne publicitaire fracassante à la fin des années cinquante pour lancer les premières teintures pour cheveux, encore inavouables à l'époque. *(N.d.T.)*

— Je dois avouer que ça fait des années que je n'ai pas vu ta mère, mais elle était charmante, à l'époque.

La mère d'Allie était en effet une femme formidable, mais elle avait eu deux enfants et cuisinait à merveille, le tout ayant sérieusement épaissi son tour de taille. Pour Olivia, Mme Denty avait incarné toutes ces choses délicieuses qu'on associe au mot *mère*. Mais il était indéniable – et il n'y avait là rien d'insultant – qu'elle avait l'air d'une mère.

Aucune fille n'avait envie d'entendre dire qu'elle ressemblait à sa mère.

De plus, Vickie n'avait certainement pas eu l'intention de lui faire un compliment, même plombé d'hypocrisie.

— Oh, je suis désolée…

La peau de son front frémit à peine. Grâce aux talents d'un chirurgien esthétique, elle ne pouvait guère s'étirer davantage.

— … ai-je dit une bêtise ? Ta mère… ta mère est encore parmi nous, n'est-ce pas ?

Allie lui jeta un regard impatient.

— Oui, Vickie, elle arrive encore à survivre dans ce monde. Remarque, elle a du mal. Mais c'est étrange parce que toi, tu ne ressembles pas le moins du monde à la tienne. Ni même à ton père. À vrai dire, tu ne te ressembles même pas. Qu'est-ce qui s'est passé ?

Ah ! Enfin l'Allie super caustique dont se souvenait Olivia…

Vickie piqua un fard.

— C'est parce que j'ai eu la chance de vieillir en beauté, rétorqua-t-elle, pète-sec. Allison, si je t'ai offensée, j'en suis désolée. Je me rappelle seulement que ta mère était une femme adorable et je croyais en toute sincérité que tu serais fière de lui ressembler. Apparemment, c'est pour toi une insulte. Je regrette que tu le prennes ainsi.

Olivia eut envie de disparaître. L'excuse bidon de

cette peste lui soulevait le cœur. Il fallait changer de sujet au plus vite.

— Noah, la dernière fois que nous nous sommes parlé, tu t'apprêtais à redessiner les plans du pavillon d'exposition de Fredericksburg. Comment ça s'est passé ?

— Ah, non alors ! On ne va tout de même pas discuter boulot ! protesta Vickie.

— Pourquoi tu ne m'as pas parlé de *ça* avant ce soir ? demanda Allie, le regard rivé à celui de Noah.

— De quoi ?

— De *ça*, précisa-t-elle en désignant Vickie du menton.

— Nous en parlerons plus tard, insista-t-il.

La tension entre eux devenait palpable.

— C'est arrivé comment ?

On aurait dit qu'Allie essayait de rejouer la scène d'un terrible accident.

— Qui d'autre as-tu revu ? s'emporta-t-elle. Olivia, Vickie... Bon Dieu, qui d'autre ? Est-ce que M. Horner figure aussi dans ton répertoire de portable ? Est-ce que tu as mis le directeur Massi sur ta liste d'envoi de blagues sur Internet ?

Noah avança d'un pas vers elle, abandonnant le bras de Vickie.

On aurait dit qu'ils avaient oublié la présence des autres.

— Comment est-ce que vous vous êtes retrouvés, tous les deux ? intervint Olivia.

Il fallait à tout prix empêcher que cette conversation ne dégénère.

— Sur un projet à Urbana, en mars dernier, répondit Vickie avec assurance.

Elle était tellement suffisante qu'elle ne semblait pas remarquer l'intensité du courant qui passait entre Noah et Allie.

— Noah participait à l'élaboration des plans pour un

nouveau centre commercial et j'intervenais pour les services de la Protection du Patrimoine afin que l'intégrité des champs de bataille de la guerre civile ne soit pas compromise.

Olivia n'avait aucune envie d'engager cette conversation, et encore moins avec cette peste. Mais dans la mesure où personne ne pipait mot, c'était à elle de l'entretenir.

— Tu travailles donc pour le gouvernement ?

— Je travaille pour qui m'embauche.

Allie profita de la courte pause pour lui jeter une petite vacherie.

Vickie l'ignora et s'adressa à Olivia :

— Je suis avocate spécialisée dans l'environnement. Je travaille chez Cohen, Hahn & Everett, sur K Street.

— Ce doit être passionnant ! lâcha Olivia, ne trouvant rien de plus original à dire.

— Ça l'est. Beaucoup de gens pensent qu'il ne s'agit que de pollution, de déchets… mais tu serais épatée de savoir à quel point la protection et la préservation de l'environnement affectent tout ce qui nous entoure.

— J'imagine.

Olivia ne se serait pas attendue à un tel altruisme de la part de Vickie, mais tout le monde a le droit de changer, n'est-ce pas ?

— Les politiciens intelligents commencent à s'en rendre compte maintenant. C'est là que se trouve le vrai pouvoir. Contrairement à ce qui se passait il y a encore quelques années, on ne peut plus exploiter l'environnement de façon éhontée. Mais beaucoup de vieux politicards ne l'ont pas encore compris et c'est là, dans mon domaine, qu'on peut se faire de l'argent si on est malin.

— Quelle coïncidence que vous vous soyez rencontrés, Noah et toi !

— C'est étonnant que ça ne se soit pas produit plus tôt. L'un des architectes avait l'intention de construire une tour de bureaux devant d'anciens champs de bataille. C'est complètement stupide de planter là un bâtiment de cette taille en cassant les pieds à tout le monde, alors qu'il y a assez de terrain pour construire trois immeubles moins hauts et de vastes parkings, permettant de bien meilleurs revenus.

Elle secoua la tête avec le même sourire condescendant qu'elle avait dû adresser au pauvre type responsable du projet.

— C'était on ne peut plus crétin ! ajouta-t-elle. Noah intervenait seulement pour s'assurer que les magasins du centre seraient conçus dans le même style que les autres réalisations.

— C'est normal. Noah est très doué, intervint Allie, aussitôt sur la défensive.

— Oh, je ne dis pas le contraire, admit Vickie. Mais il pourrait gagner bien plus d'argent en moins de temps s'il concentrait ses efforts à la reconstruction du Southeast.

D'après le coup de coude qu'elle lui envoya dans l'estomac, ce n'était pas la première fois que cette conversation revenait sur le tapis.

— Il n'y a peut-être pas que l'argent qui l'intéresse, *lui* ! fit sèchement remarquer Allie.

— Allie… commença Noah.

— Quoi ?

— J'aimerais te dire deux mots, d'accord ? Nous n'en avons que pour une minute, ajouta-t-il à l'intention des deux autres jeunes femmes.

Il entraîna Allie un peu plus loin et Olivia remarqua que celle-ci lui parlait assez vivement. Leur langage corporel trahissait une grande familiarité.

— À vrai dire, je pensais qu'elle aurait surmonté les vieilles jalousies du passé, soupira Vickie. Pour moi, le lycée remonte à la nuit des temps mais, à voir Allison, on dirait que c'était la semaine dernière.

— Elle est vraiment très proche de Noah. Tu dois le savoir, non ?

Vickie repoussa ce constat d'un geste sec.

— Nous ne parlons pas beaucoup des femmes de son passé.

— On dirait qu'elle fait aussi partie de son présent, répondit avec calme Olivia. Ils sont amis.

Vickie ne se laissa pas démonter et se contenta de hausser les épaules.

— Plus ou moins, je suppose. Pas autant qu'elle le souhaiterait. Ça se voit ! ajouta-t-elle en ricanant méchamment.

Poursuivre cette conversation n'avait aucun intérêt. Vickie n'était pas prête à reconnaître que l'amitié entre Noah et Allie était réelle. Et Olivia était mal placée pour nier les sentiments qu'Allie pouvait éprouver pour lui.

Elle ne se sentait proche d'aucune de ces femmes. Mais que cet homme si logique et intelligent ait pu craquer pour quelqu'un ayant fait preuve de tant de hargne et de méchanceté durant sa jeunesse la séduisait.

Certes, Olivia n'était pas psychologue et ne pouvait s'appuyer sur une grande expérience pour se forger une opinion. Mais comment Noah Haller pouvait-il tomber amoureux d'une personne toujours prête à faire le mal autour d'elle et à s'en réjouir ?

— Tori ?

C'était Lucy Lee qui venait les interrompre. Elle n'avait pas changé d'un poil depuis le lycée et arrivait au bras d'un homme brun, très grand et incroyablement séduisant.

— Lucy !

Vickie s'inclina et posa deux fausses bises près des joues de la nouvelle venue. Le genre de bises qu'Olivia avait données maintes fois dans son milieu professionnel. Puis elle se tourna vers l'homme, plissa les yeux, joua des paupières et susurra :

— Todd.

— Tori… Comment vas-tu ?

Il se pencha vers elle et lui fit une bise, une vraie cette fois. Alors Vickie posa la main sur l'épaule de Todd, où elle la laissa reposer un peu trop longtemps, au goût d'Olivia.

Soit. Cela faisait longtemps qu'Olivia n'avait pas eu l'occasion d'expérimenter ce genre de contacts intimes et se montrait peut-être hypersensible sur la question. Elle estima néanmoins que les deux comparses méritaient d'être surveillés avec plus d'attention.

— Lucy, tu te souviens d'Olivia Pelham ? fit Vickie, mielleuse à souhait.

Lucy concéda un sourire glacial à Olivia, la considérant comme un achat envisageable mais inintéressant.

— Non, je ne pense pas…

Olivia vint à son secours :

— Nous ne fréquentions pas les mêmes milieux. Je ne pense même pas que nous ayons jamais pris un verre ensemble.

Lucy sourit.

— Cela me fait tout de même plaisir de te voir ! Voici mon mari, Todd Reigerberg, déclara-t-elle en tendant une main où scintillait une ribambelle de diamants accrochés à son doigt fin.

— Ravi de vous rencontrer.

Olivia aurait aimé que la soirée se termine sur cet échange. Elle avait atteint ses limites en matière de sourires creux et bavardages futiles. À partir de maintenant, il lui fallait trouver une occasion pour s'éclipser et retourner à l'hôtel au plus vite.

— Oh, regardez-moi ça ! C'est Sue Ward ! s'écria Lucy. Mince ! Elle est superbe ! Il faut que j'aille lui faire la bise. Vous deux, à plus tard. Oh, et puis toi, Olivia, j'étais ravie de te voir.

Olivia acquiesça, prête à s'esquiver à son tour, ayant

même commencé à prendre congé avec un « eh bien, Vickie… » quand Todd capta le regard de Vickie et lui indiqua la terrasse d'un signe de tête. Elle approuva d'un discret plissement d'yeux avant de se tourner vers Olivia. Ces deux-là semblaient évoluer dans une bulle d'intimité qu'ils pouvaient invoquer et dissiper à loisir. Très étrange.

— Moi aussi, je vais saluer quelques personnes. Ravi d'avoir fait votre connaissance, Olivia ! jeta-t-il en la regardant à peine.

Puis il adressa un hochement complice à Vickie et s'éloigna.

Perplexe, Olivia le suivit du regard puis se tourna vers Vickie.

— Vous semblez très proches, tous les deux, commença-t-elle sans prendre de gants. *Vraiment* très proches.

Vickie feignit la surprise.

— Qui ? Todd et moi ? Oh non, on se connaît à peine.

Olivia faillit éclater de rire.

— Ah oui ?

— Nous nous sommes croisés une fois quand Lucy m'a interviewée à propos d'un problème important de patrimoine. Todd est le présentateur du journal de 18 heures ici, tu sais.

— Non, je l'ignorais.

Vickie secoua la tête pour confirmer. Son regard balaya la salle, s'arrêta sur quelque chose ou quelqu'un… Todd, sans doute… Puis retourna vers Olivia.

— Où en étions-nous ?

— Je partais, répondit Olivia d'un ton plus sec qu'elle ne l'aurait voulu. C'était sympa de te revoir, Vickie. Dis à Noah que je lui parlerai plus tard, dans la semaine !

Elle s'éloigna sans laisser à Vickie une chance de lui répondre. Quelques mètres plus loin, elle se retourna pour voir Vickie s'approcher de la silhouette aisément reconnaissable de Todd. C'était comme dans un mauvais film d'espionnage. Vickie passa devant lui en ralentissant le pas puis, trois secondes plus tard, il la suivit.

Olivia fut tentée de les filer jusqu'à la terrasse pour voir ce qu'ils tramaient. Cela pouvait être n'importe quoi, bien sûr. Vickie pouvait jouer le rôle d'informatrice pour un sujet sur lequel travaillait Todd, par exemple, ou une complice anonyme dans un trafic de stupéfiants. Ou peut-être vendait-il simplement sa voiture ?

Mais, pour Olivia, c'était à coup sûr un rendez-vous amoureux.

Devrait-elle le signaler à Noah ? Vingt ans plus tôt, la question ne se serait pas posée, mais Noah était un adulte maintenant et il devait savoir où il en était. Peut-être Vickie et lui entretenaient-ils une relation très libérale, pas très sérieuse, commode pour l'un et l'autre.

Olivia avait déjà expérimenté ce genre d'arrangements.

Quoi qu'il en soit, faire part à Noah de ses spéculations non fondées sur le comportement de sa petite amie serait aussi embarrassant pour Noah que pour elle-même.

Il y avait de fortes chances qu'il l'envoie balader en la priant de s'occuper de ses oignons. Et il aurait raison.

De plus, il était évident que leur liaison n'était qu'une passade, n'est-ce pas ? Puisqu'il ne l'avait pas prise suffisamment au sérieux pour en parler à ses deux meilleures amies avant ce soir. Connaissant Noah, il était bien trop intelligent pour se laisser berner par Vickie Freedman.

— Je suis désolée, balbutia Allie entre quelques reniflements peu élégants. Je ne sais pas ce qui m'arrive. Bien sûr, c'est ta vie et si tu veux tout fiche en l'air en sortant avec ce parasite de Vickie Freedman, c'est ton droit.

Noah laissa échapper un petit rire.

— Merci, ma vieille ! Je savais que tu comprendrais.

— Oh, Noah ! Je suis désolée de me comporter comme une amie aussi minable.

Elle se jeta dans ses bras. Il sentait bon. Comme toujours, d'ailleurs. Le savon, l'eau et le linge propre. Comment pouvait-il être aussi stupide avec une odeur aussi délicate ?

Elle se reprit et le regarda dans les yeux.

— Tu es une amie géniale, Al ! Peut-être pas pour Tori…

— Vickie ! rectifia-t-elle avec une grimace de dégoût.

Il préféra l'ignorer.

— Mais comme ce n'est pas toi qui sors avec elle, ça n'a pas vraiment d'importance. Ce n'est pas comme si tu allais la revoir…

Elle le fusilla du regard.

— Ce soir est une exception.

— Ce n'est pas de la voir qui me gêne, expliqua-t-elle. Je m'inquiète pour toi. Tu as affaire à une psychopathe.

— Elle ou toi ?

— C'est injuste. Écoute, tu ne sais pas à quel genre de nana tu as affaire. Il y a des années que tu ne l'as pas vue.

— Toi non plus ! Bon sang, Allie, il faut que tu arrêtes de vivre dans le passé !

— Je ne vis pas dans le passé mais je me souviens de son caractère et de son comportement.

— Dans le passé.

— Oui. Bon. Et alors ? Et toi, tu ne t'en souviens pas ? As-tu oublié toutes ses manigances ?

— D'accord. C'est possible. À vrai dire, je ne me souviens plus trop d'elle, au lycée.

— Tu te fiches de moi ?

— Non, je t'assure. Nous ne fréquentions pas les mêmes milieux. Quand je l'ai revue, je ne l'ai même pas reconnue.

— Bien sûr ! Elle s'est fait refaire tout le visage.

Il croisa les bras.

— Allie, c'est ridicule. Cette conversation est stupide.

— Je sais, admit-elle, les yeux brûlants de larmes.

Oui, elle le savait. Mais Noah se montrait trop inconscient. L'époque du lycée remontait à des millions d'années et les horreurs subies par Allie la concernaient *elle*, pas lui. Il avait le droit de se laisser duper et de s'imaginer que cette jolie femme était une trouvaille merveilleuse.

Comment Allie pouvait-elle lui révéler la vérité alors qu'il était intimement persuadé de la détenir ?

Elle considéra les voitures qui défilaient sur Connecticut Avenue puis se tourna vers lui :

— Dis-moi… dis-moi en toute franchise ce que tu lui trouves.

— Je t'en prie, Al ! On sort juste ensemble. Il n'y a pas lieu d'en faire un drame.

— Mais ça t'arrive si rarement de sortir avec une fille, Noah, avec ton emploi du temps chargé ! Si tu la vois depuis trois mois, cela signifie que tu lui trouves quelque chose et moi je suis là pour te dire qu'il n'y a rien à trouver chez cette garce.

— N'importe quoi !

— Quoi ?

— Je ne voudrais pas te froisser, mais franchement, Allie, tu n'en sais pas plus sur le monde qui nous entoure que les autres. Kevin et toi avez nagé dans la médiocrité pendant quoi, deux ans ?

— Un an. Un peu plus d'un an.

— Et avant cela ?

— Mais ça n'a rien à voir !

— Non, rien ! Mais réfléchis-y ! ajouta-t-il en tapotant sa tempe de l'index.

— Je ne veux pas que tu fasses une grosse connerie, c'est tout ! Et je te jure, Noah, si ça devient sérieux avec cette fille, ce sera une connerie monumentale ! Tu le regretteras.

Il la considéra un instant en silence.

— On sort juste ensemble.

Elle déglutit avec difficulté, comme si la fierté qu'elle ravalait formait une boule bien réelle.

— Je suis désolée, dit-elle doucement.

Quelque chose n'allait pas. La sensation étrange au creux de son estomac lui fit comprendre qu'elle perdait quelque chose et qu'elle ne pouvait rien y faire.

Olivia allait quitter la réception de l'hôtel quand elle vit passer Allie qui se dirigeait vers les toilettes. Noah suivit quelques secondes plus tard et, quand il aperçut Olivia, il vint à sa rencontre.

— Il fait une chaleur d'enfer ! fit-il en passant deux doigts dans son col de chemise pour laisser entrer un peu d'air. Alors, toi aussi tu veux me dire que Tori est épouvantable ? J'aime autant me débarrasser de ça tout de suite.

Tori… Il allait falloir s'y habituer.

— C'est ce qu'a fait Allie ? Elle t'a dit que Tori était épouvantable ?

Il fixa quelque chose au loin et Olivia remarqua que les muscles de sa mâchoire tressautaient comme une petite corde fine de guitare.

— Je suppose qu'elles ne s'entendaient pas trop bien.

— Vickie… enfin Tori, s'entendait avec peu de gens.

— Je ne crois pas qu'on reste celle ou celui qu'on était vingt ans plus tôt. Ce sont des conneries.

— Tu étais différent, toi ? le défia-t-elle.

Il prit le temps d'y réfléchir un instant avant de répondre :

— Je ne voudrais pas qu'une personne qui me connaissait à cette époque s'attende à ce que je sois toujours le même.

— Tu as toujours les mêmes amis.

— Certains, dit-il amèrement en regardant dans la direction qu'avait prise Allie.

Cela ne la regardait pas, mais elle se sentit obligée d'intervenir :

— Montre-toi patient avec Allie. Pour une raison ou une autre, cela semble la paniquer et je ne pense pas que ce soit parce qu'elle préférerait te voir malheureux.

— Je ne sais pas ce qu'elle veut, et de toute façon elle se remettra avec ce crétin de Kevin plus tôt qu'on ne le croit.

— Kevin ? Je ne sais pas qui c'est.

— Peu importe. C'est sans intérêt. Tu retournes à la soirée ?

— Non, mon train part très tôt, demain matin. Mais c'était sympa de te revoir, Noah. Ça faisait un bout de temps.

— Tu n'as qu'à revenir bientôt, dit-il, sachant pertinemment qu'elle ne le ferait pas.

— Je reviendrai.

Elle n'en pensait pas un mot, bien sûr.

Ils s'embrassèrent et elle rejoignit la queue sur le trottoir pour attendre un taxi. Au bout de dix minutes, toujours plantée là, elle sentit tomber les premières gouttes de pluie.

— Je peux te déposer quelque part ?

Olivia se retourna en entendant cette voix à la fois familière et inconnue.

— Où es-tu descendue ? demanda Allie en sortant les clés de son sac à main.

Ses yeux étaient encore tout gonflés de larmes, mais elle s'efforçait de faire comme si de rien n'était.

— Au Wardman Park Hotel.

— Viens, je t'emmène, tu ne vas pas attendre sous la pluie.

— Non, je t'assure, ça m'ennuie que tu fasses un détour pour moi.

Allie attarda ses yeux bleus sur Olivia et, vu les circonstances, c'était devenu plus gênant que de regarder un ancien amant dans les yeux.

— C'est sur mon chemin. Ne fais pas l'idiote !

Olivia ne put s'empêcher de rire. Elle s'était attendue à une forme ou une autre d'excuses pour enterrer le passé.

Là, c'était du Allie tout craché.

Ne fais pas l'idiote.

— Bon, d'accord.

Olivia sourit et fit le court trajet jusqu'à la voiture sous la pluie côte à côte avec Allie.

— J'ai eu une chance folle pour le parking, déclara Allie en actionnant la télécommande pour déverrouiller sa Toyota Camry bleue. Dieu savait que j'allais devoir filer dare dare.

— Tu ne t'es pas amusée à la soirée ?

Allie la considéra comme si elle venait de lui demander si elle avait mangé des écureuils au petit déjeuner.

— Non.

— Je ne sais pas qui apprécie ce genre de réunion.

— Les masochistes. Les égotistes. Vickie, répondit Allie en démarrant.

La Toyota s'engagea dans la circulation.

— Noah ne se souvient pas d'elle. Il ne sait plus comment elle se comportait.

— Trop facile.

— Elle ne comptait pas.

Les mains agrippées au volant, Allie s'arrêta au feu rouge.

— Oui, mais aujourd'hui c'est différent, répondit-elle en fixant la route devant elle.

Olivia observa son profil.

— Je me demande… J'ai l'impression que c'est juste une passade.

Allie saisit aussitôt la perche :

— Ah bon ? Noah te l'a dit ?

— Pas exactement.

— Alors qu'est-ce qui te fait penser ça ?

Un klaxon retentit derrière elles et Allie appuya sur l'accélérateur.

— C'est juste une impression, se contenta de répondre Olivia, peu encline à s'étendre sur le sujet.

Quelques pâtés de maisons défilèrent en silence, où n'était perceptible que le bruissement léger des pneus sur les flaques d'eau.

— Alors, quoi de neuf dans le maquillage ? finit par demander Allie.

Olivia pouffa de rire.

— Beaucoup de mauve.

— C'est pas nouveau, ça.

— Si, tous les cinq ans.

Allie sourit en pianotant sur le volant.

— Eh bien tant mieux ! Le mauve se marie bien avec la couleur de mes yeux.

— C'est vrai. Un mauve profond, presque violet, fait ressortir le vert de tes yeux. Bien sûr, il faudra attendre l'automne. Pour l'instant, on est encore dans les tons pastel. Quelle horreur !

— Moi aussi, je hais les pastels. L'autre jour, j'ai essayé la couleur pêche qui, soi-disant, sied à tout le monde et je ressemblais à un cadavre. Je t'assure.

— Le pêche de chez Juno ?

— Exact !

Olivia hocha la tête.

— Un mauvais tuyau. C'est moche sur pratiquement tout le monde.

— Ouf ! Ce n'était pas ma faute, alors.

— Non, du tout.

La conversation qui avait failli pétiller un instant retomba à plat. Le silence qui suivit était si lourd de non-dits qu'en arrivant en vue du Wardman Park Hotel, Olivia eut l'impression de ne plus pouvoir respirer.

Allie engagea la voiture dans la voie réservée aux pompiers et s'arrêta.

— Et voilà !

Était-ce du soulagement dans sa voix ou n'avait-elle rien d'autre à dire pour alléger la tension ?

— C'était sympa de te revoir, Allie.

Il aurait été normal de faire un geste, de proposer de rester en contact, mais elle s'en sentit incapable.

— Oui, toi aussi, Olivia. Merci pour tes tuyaux sur le maquillage.

Elle semblait triste. C'était comme si leur complicité de jadis restait suspendue au-dessus d'elles, inaccessible, comme un épais brouillard.

Irréelle.

— Tu as bien réussi, continua Allie. Tu dois être fière.

Curieusement, ce devait être la première fois que quelqu'un prenait conscience du parcours accompli par Olivia. Un véritable exploit.

C'était triste, mais que répondre ?

— Tu es gentille. Merci de m'avoir raccompagnée. Vraiment. Je ne veux pas qu'il y ait de malentendu. Cela fait si longtemps et… après ce qu'on a vécu, cette haine et tout ça…

— Je ne t'ai jamais haïe, protesta Allie, aussitôt vexée.

C'était comme si Olivia s'était postée à côté d'elle devant un miroir et avait lancé :

« Mon Dieu, qu'on a l'air grosses ! »

Certes, Allie savait qu'elles avaient été en froid.

Mais de là à se haïr ? Olivia en était-elle arrivée à ce point ?

— Bon, je vais y aller, dit-elle, espérant la faire réagir.

Mais Olivia prit conscience du malaise qu'elle venait de créer.

— Je ne voulais pas dire *haïr*.

Puis, sur une impulsion, elle plongea la main dans son sac et en tira sa carte de visite.

— Tiens, voilà mes coordonnées. Envoie-moi un petit mot un de ces jours. Tiens-moi au courant de ce que tu deviens.

— Oui, répondit Allie en la saisissant. Pourquoi pas ? Merci.

Quand les poules auront des dents.

Huit

Classe de troisième[1]

Parfois on a besoin d'un peu de Finesse,
parfois de beaucoup[2]

Publicité pour le shampooing Finesse

Olivia détestait les jours où Allie prenait ses leçons de piano car, au lieu de leur routine habituelle qui consistait à se rendre à pied jusqu'à la maison d'Allie pour y dévorer des friandises en regardant des séries télévisées, elle devait rentrer chez elle.

Ce jour-là, elle faisait le trajet seule dans l'air frais d'automne, donnant des coups de pied dans les feuilles mortes. Elle aimait ce bruissement sec et l'odeur de terre qui en émanait. Ces teintes flamboyantes, rouge et or, de l'automne dans le Maryland.

Quand elle arriva à la maison, elle déverrouilla et

1. Aux États-Unis, la troisième correspond à la première année de lycée avec souvent un changement d'établissement. *(N.d.T.)*

2. « *Sometimes you need a little Finesse, sometimes you need a lot.* » *(N.d.T.)*

poussa la porte. Contrairement à l'après-midi doré de l'extérieur, tout ici semblait gris et froid, loin de l'explosion en Technicolor de la résidence des Denty.

Elle alluma l'entrée et le couloir, ignorant la voix de son beau-père qui, dans sa tête, lui reprochait de gâcher de l'électricité, et se rendit à la cuisine.

— Salut, Flicker ! lança-t-elle en passant devant la cage de l'oiseau qui figurait en tête de liste des choses que détestait Donald.

Ce crétin d'oiseau pue !

Ça vit longtemps, ces sales bestioles ?

Je n'ai même pas fini la page des sports et tu l'as déjà fichue dans cette satanée cage !

Olivia traversa la maison de Donald, s'efforçant de s'isoler de ces voix.

Elle mourait de faim. C'était bien plus important que les remontrances de Donald.

Le réfrigérateur se montrait avare. Un peu de brocoli cru dont les extrémités brunissaient, des yaourts sans sucre qui donnaient la migraine à Olivia, un reste de rôti datant de plusieurs jours et cet étrange jus d'orange artificiel que Donald O'Brien préférait au jus naturel. Le congélateur n'était guère plus généreux, mais au moins y trouva-t-elle la jardinière de légumes à la sauce au beurre qu'elle adorait. Elle sortit le paquet, le versa dans une casserole et le réchauffa sur la cuisinière tout en écoutant Luke et Laura se disputer dans un épisode de *General Hospital* dans la pièce voisine.

— Qu'est-ce que c'est que ce foutoir ?

Elle tendit l'oreille et cessa un instant de remuer la jardinière. Qui était-ce ? Luke parlait encore, c'était donc quelqu'un d'autre…

Puis le son fut coupé et une silhouette se profila à l'entrée de la cuisine.

— Pourquoi c'est encore allumé partout ?

Olivia fut tellement surprise qu'elle laissa tomber la cuiller sur le sol.

— Oh, Donald !

Elle se baissa pour ramasser l'ustensile.

— Cela ne te ressemble pas d'être aussi maladroite, dit-il en s'approchant d'elle.

Cette promiscuité la mit mal à l'aise, comme si des ondes de chaleur émanaient de lui.

Elle recula.

— Désolée, je ne l'ai pas fait exprès.

Puis elle se dirigea vers l'évier pour rincer la cuiller. Ses mains tremblaient.

— Pourquoi tu es si nerveuse ? demanda Donald, maintenant planté derrière elle.

Une fois de plus, sa chaleur l'agressa.

— Je ne suis pas nerveuse.

Elle tourna les talons et alla accrocher la cuiller en bois sur son support, même si elle n'avait pas encore fini de s'en servir.

— Tu as sursauté comme si tu avais vu un fantôme, insista-t-il.

Il n'avait rien d'un spectre avec sa peau ultrabasanée qui, du moins l'espérait-il, lui donnait un air de riche. Les années avaient creusé de profondes rides sur son visage qu'Olivia trouvait menaçant. Pourtant, elle avait entendu dire que d'autres femmes le trouvaient bel homme. Il portait également les cheveux trop longs pour son âge. Lui, bien sûr, estimait que cela le rajeunissait.

Olivia, elle, le trouvait répugnant.

Mais elle n'aurait su dire pourquoi cet homme la rendait aussi nerveuse. Certes, elle avait toujours été sensible aux craquements nocturnes de la maison, imaginant que des gens allaient sauter sur elle dans les moindres recoins sombres. Peut-être regardait-elle trop de films d'horreur à la télévision.

En plus de cela, sa mère et elle habitaient dans la

maison de Donald. Même après bientôt deux ans, c'était toujours chez *lui*. Olivia n'était pas autorisée à accrocher des posters aux murs de sa chambre avec des punaises car cela ferait des trous et elle devait partager la salle de bains avec les occupants de la chambre d'amis, que ce soit la vieille mère grognonne de Donald qui venait fréquemment leur rendre visite ou des gens de passage. Tout signe de résidence permanente d'Olivia y était donc proscrit et elle devait rassembler ses affaires de toilette dans un bac en plastique bleu rangé dans son placard.

La maison avait l'air propre, c'est sûr, mais elle préférait le désordre surchargé et chaleureux de celle d'Allie. Dieu merci, cet endroit l'accueillait comme si elle y habitait. On lui permettait même d'ajouter des suggestions à la liste des courses de Mme Denty.

— Bon, je te repose la question, grommela Donald d'un air soupçonneux. Pourquoi es-tu si nerveuse ? Tu prends quelque chose ?

— Si je prends quelque chose ? Je ne comprends pas.

— De la drogue ! Tu as pris un truc ? Fumé quelque chose ? insista-t-il, certain de l'avoir coincée.

— Non !

— Je ne tolérerai pas ce genre de choses dans ma maison, tu le sais !

Elle se redressa et lui fit face bien qu'elle n'eût qu'une envie : lui donner un coup de pied bien placé et filer loin d'ici.

— Je ne prends pas de drogues. Je ne connais personne qui en prenne.

Il la scrutait, toujours méfiant.

— Tu as intérêt à dire la vérité. Pour ton bien et pour le nôtre.

— C'est la vérité.

Elle aurait aimé se montrer forte, l'intimider comme lui-même l'intimidait. Pourtant, elle se donnait l'impression de n'être qu'une pauvre petite chose. De plus, elle détestait l'idée que lui et sa mère soient devenus un « nous », une entité plurielle, comme si Olivia n'était qu'une intruse.

— Tu sais quand maman va rentrer ? demanda-t-elle.

Continuant à la fixer comme si elle allait sortir un joint de sa poche s'il la quittait des yeux ne fût-ce qu'une seconde, il répondit :

— Elle doit travailler jusqu'à la fermeture parce qu'ils préparent les soldes. Elle rentrera certainement après minuit, ce soir.

Olivia ne supportait pas la perspective de se retrouver seule avec Donald aussi longtemps. Non pas que sa mère arrondisse les angles mais, au moins, quand elle était présente, Donald pouvait s'intéresser à autre chose qu'aux étourderies d'Olivia.

— Je peux sortir quelques steaks du congélo pour le dîner, proposa Donald comme si c'était une offre généreuse. Tu sais les préparer ?

— Pas vraiment et je passe la nuit chez Allie. Je ne serai donc pas là, répondit-elle alors qu'elles n'avaient fait aucun projet.

Elle dormait presque tous les week-ends chez Allie et ne prenait donc pas trop de risques en s'avançant ainsi. Et même si cela ne devait pas se faire, elle préférait rester dehors le plus tard possible, différant ainsi sa colère, si ce devait être le cas, que de rester ici à dîner en face de lui dans un silence de mort.

Il se dirigea d'un pas lourd vers le réfrigérateur.

— Allie, Allie, Allie. J'espère que ta présence incessante ne dérange pas trop sa famille. Ils ont déjà deux enfants, tu sais.

— Je sais.

C'était bien de lui d'instiller encore un peu plus de doute dans sa maigre estime de soi. *Tu sais, ton amie a déjà sa propre famille et ils ne veulent pas de toi. Tu le sais, n'est-ce pas ?* Ce n'était peut-être même pas intentionnel, de sa part, mais seulement le fait de sa personnalité négative.

— Ils m'ont invitée, rétorqua Olivia, sur la défensive. Sa mère m'a invitée. Alors je suppose que cela leur convient.

— Sans doute.

Il ne la regarda pas et commença à siffloter en jetant un steak congelé sur la table avant de prendre une tomate dans le frigo.

— J'exige que tu aies une attitude correcte quand tu es chez eux. Je ne veux pas que les voisins jasent et disent que la fille de mon épouse est une dévergondée.

Était-ce parce qu'elle se sentait toujours nerveuse en sa présence ou parce qu'il la retardait alors qu'elle désirait filer au plus vite ? En tout cas elle explosa :

— Je ne suis pas une dévergondée !

— Ne me parle pas sur ce ton, petite !

— Je ne suis pas une dévergondée, répéta-t-elle, un ton en dessous.

Il haussa les épaules.

— Comment veux-tu que je sache ce que tu fais quand tu n'es pas là ?

La colère gonfla dans la poitrine d'Olivia.

— Rien ! Je ne fais rien ! Si j'étais coupable de tout ce dont tu m'accuses, tu en aurais probablement déjà entendu parler !

Il s'arrêta et la regarda.

— Ne me parle pas sur ce ton ! répéta-t-il d'une voix devenue glacée, lourde de menaces.

— Je suis désolée. Je ne voulais pas crier.

Elle se détestait de ramper ainsi devant lui.

— Ne t'avise pas de recommencer !

— D'accord, murmura-t-elle, ne sachant trop comment se sortir de ce pétrin. Hum ! Il faut que j'y aille, maintenant.

Elle jeta un coup d'œil à l'horloge. Seulement 4 h 30. Allie ne serait pas chez elle avant une bonne heure.

— N'oublie pas de parler de tes projets à ta mère, lui rappela Donald.

Comme s'il ne pouvait pas le lui dire !

— Je l'appellerai en arrivant chez Allie, lança Olivia sans regarder en arrière.

— Olivia !

Elle s'arrêta net et pivota sur ses talons, le souffle court.

— Oui ?

— Vérifie tout de même avec Peggy Denty que tu peux dormir chez eux.

— Elle me l'a dit.

— Je te demande de confirmer. Tu ne peux pas imposer ta présence, n'est-ce pas ?

Un vrai caporal !

— Oui, je vais m'en assurer, répondit-elle, docile, en baissant la tête.

Sur ce, elle courut vers la maison d'Allie comme si elle avait un fantôme à ses trousses. C'est un peu ce qu'elle ressentait. Dans son imagination, Donald était partout, malgré tout le mal qu'elle se donnait pour le fuir.

Il n'avait rien fait ou dit de vraiment méchant, mais ses paroles la frappaient comme des gifles : tous ses non-dits, ses gestes la faisaient souffrir.

Ces vexations permanentes prouvaient ce qu'aucun d'entre eux ne pouvait ignorer : Olivia n'était qu'une intruse dans cette maison, le prix fâcheux que Donald devait payer pour avoir épousé sa mère. Maintenant, Olivia lui devait quelque chose, sans pour autant savoir quoi. Sans doute juste de la gratitude et une soumission éternelle.

La maison d'Allie se trouvait un peu plus loin dans

la rue, de l'autre côté, après le tournant. Si la voie ne sinuait pas, elles pourraient s'envoyer des signes de leurs fenêtres, la nuit, avec une lampe de poche.

Sachant qu'Allie se trouvait toujours à sa leçon de piano et que son frère aîné Ross serait sans doute seul à la maison, Olivia passa tout de suite dans le jardin de derrière pour attendre son amie. Aussi longtemps que le soleil brillerait, il y ferait bon. À cette époque de l'année, l'air ne devenait frisquet qu'à la tombée de la nuit.

Installée sur le trampoline, elle observa cette partie de la maison. Les grandes fenêtres du premier étaient ouvertes et les rideaux voletaient doucement dans une brise qu'elle sentait à peine. Celle de la cuisine, en bas à gauche, était ouverte, elle aussi. Olivia pouvait distinguer une odeur de café qui se mêlait agréablement à celle des feuilles mortes qui jonchaient la pelouse. Mme Denty tenait toujours du café au chaud.

Souvent, quand Allie et Olivia revenaient de l'école, Mme Denty était avec une amie et, toutes ensemble dans la véranda, elles prenaient un café avec du sucre et de la crème, accompagné de ces délicieux gâteaux fondants qu'elle préparait elle-même.

Olivia s'allongea sur la toile tiède du trampoline et admira le ciel. De gros moutons blancs se déplaçaient lentement, changeant peu à peu de forme. Mickey devenait un éléphant pour se transformer ensuite en girafe avant de se diluer dans le néant bleu.

Un spectacle reposant.

— Olivia ?

Elle se redressa.

Mme Denty se tenait au milieu du jardin, la main en visière pour se protéger du soleil.

— Je pensais bien que c'était toi !

— Je suis désolée !

— Mais pourquoi donc ?

Mme Denty s'approcha, vêtue d'une salopette en tweed

sur une blouse blanche bouffante. Olivia les avait vues chez Hecht et les avait trouvées plutôt chères.

— Tu n'as rien fait de mal, mon petit. Je me demandais juste qui était cet enfant mort sur le trampoline.

Olivia éclata de rire.

— Ce n'était que moi.

— Si tu veux rester dehors pour une raison ou une autre, c'est parfait ainsi. Mais ne préférerais-tu pas entrer ?

— Je pensais que Ross serait seul et je ne voulais surtout pas le déranger.

Déjà en terminale, Ross n'avait pas de temps à perdre avec de petites mômes agaçantes comme Allie et Olivia.

Mme Denty pouffa.

— Avec sa stéréo à fond, il ne t'aurait sans doute pas entendue. Entre ! Tu ne nous dérangeras jamais. Viens bavarder un instant avec moi en attendant qu'Allie revienne. Je suppose que tu dors chez nous ?

— Oui, c'était mon intention.

Puis, taraudée par sa conscience, elle ajouta :

— Donald voulait être certain que cela ne vous ennuierait pas que je passe la nuit chez vous.

— Mais cela ne nous ennuie jamais ! protesta Mme Denty avec véhémence. D'ailleurs, je le lui ai dit des centaines de fois.

— Je pense qu'il veut juste s'en assurer. Il a peur que les gens parlent de lui, disent du mal. Que la fille de sa femme soit un vrai pot de colle ou une vandale…

— Toi ? s'esclaffa Mme Denty. Il ne se rend pas compte. Tu es une fille adorable.

— Je sais, admit Olivia, heureuse de sentir le bras chaud de Mme Denty autour de ses épaules.

— Les gens qui n'ont pas d'enfants ont parfois du mal à communiquer avec eux. J'espère que tu sais que ce n'est pas ta faute.

— Je sais.

La gorge d'Olivia se serra. Elle en était en effet consciente, mais comment se sentir complètement chez soi, dans sa situation ? La gentillesse de cette femme la rassurait tout en la faisant culpabiliser.

Comme si elle ne le méritait pas.

— Tiens, assieds-toi. Je vais te servir un peu de ce délicieux chocolat chaud que j'ai acheté aujourd'hui.

Allie entra en trombe à cet instant.

— Coucou ! Je suis là !

Puis, dès qu'elle aperçut Olivia, elle hurla :

— Ah, toi, ma vieille ! Tu es dans de sales draps !

— Moi ? paniqua Olivia.

Un effroi bien pire qu'elle ne l'aurait jamais imaginé.

— Je viens de passer chez toi pour te prendre. M. O'Brien croyait que tu te trouvais avec moi. Quand je lui ai annoncé que je revenais de mon cours de piano, il a eu l'air super furieux. Il veut partir à ta recherche et m'a demandé de le contacter si je te voyais.

Allie prit un moment pour reprendre son souffle, puis ajouta :

— Il était furieux. C'est un vrai con, ce type !

Olivia se mordit la lèvre. Comment réagir ? L'image d'un Donald O'Brien fou furieux en train de sillonner la ville était terrifiante.

— Je ferais mieux d'y aller, murmura-t-elle, prête à se jeter dans la fosse aux lions.

— Non ! lança Mme Denty.

Elle n'avait pas hurlé car elle ne hurlait jamais. Mais elle n'en était pas loin.

— Je t'en prie, Olivia, insista-t-elle. Laisse-moi l'appeler.

D'un pas décidé, elle rentra dans la maison et prit le téléphone.

Olivia lui en était profondément reconnaissante car le courage de le faire elle-même lui manquait.

On mit une éternité à répondre.

— Donald ? Oui, bonjour. Peggy Denty à l'appareil. J'appelle pour savoir si ma fille serait passée chez vous, par hasard. Olivia est ici et on attend qu'elle revienne de son cours de piano et…

Allie pouffa de rire, mais Olivia était tendue.

— … ah ? Elle est passée ? Juste à l'instant ? continua Mme Denty.

Olivia sentit le soulagement la parcourir comme de l'eau fraîche.

— Alors je suppose qu'elle ne va plus tarder à rentrer. Oh, la voilà en effet ! fit-elle en direction d'Allie qui comprit aussitôt le message.

— Salut, m'man ! Salut, Liv ! cria-t-elle en traversant la pièce en courant.

Puis elle ajouta :

— Oh, Liv ! M. O'Brien veut que tu l'appelles immédiatement.

Mme Denty adressa un signe d'approbation à sa fille qui se contenta de sourire en silence.

— Comment ? Oui, oui, nous prenions un bon chocolat chaud en bavardant. Vouliez-vous lui parler ?

Elle marqua une pause puis secoua la tête en direction d'Olivia.

— Non, je vous assure, Donald, elle ne nous dérange pas le moins du monde. Je vous l'ai déjà dit à maintes reprises. Nous sommes ravis de l'avoir ici. D'accord. Toutes mes amitiés à Caroline. Nous vous renverrons Olivia dans un jour ou deux. Entendu. À très bientôt.

Elle raccrocha le combiné et le considéra un instant, l'air plutôt mécontente, avant de se tourner vers les deux filles.

— Il était furax ? s'enquit Allie.

— Au début, oui. Mais quand il a compris qu'Olivia était bien là où elle lui avait dit qu'elle serait, il s'est calmé. Je n'encourage pas le mensonge, mais parfois il faut savoir comment s'adapter aux gens. Si je m'étais contentée de l'appeler pour lui dire la simple vérité, il aurait pensé que je couvrais Olivia.

— Comme s'il lui arrivait de faire des bêtises, s'indigna Allie.

— Il m'est déjà arrivé d'en faire.

— Je ne te crois pas ! rétorqua Allie.

Mme Denty les invita à se calmer et s'expliqua :

— Ce que je veux dire, c'est qu'il faut parfois faire appel à de pieux mensonges pour que quelqu'un croie la vérité. Bon, et si nous prenions maintenant ce bon chocolat ?

Neuf

Rendez-vous heureux avec une petite chatouille[1]

Publicité pour le déodorant Tickle de Bristol Meyers

Après avoir déposé Olivia à l'hôtel, Allie ne se sentait pas fatiguée du tout. En fait, elle était plutôt à cran. La perspective de rentrer chez elle, de retrouver la pile de courrier sur la table, les restes de poulet à la noix de cajou dans le frigo qui n'étaient peut-être plus consommables et trente-huit minutes du dernier épisode de *America's Next Top Model*, ne l'inspirait pas le moins du monde.

Alors, elle prit le chemin des écoliers en écoutant un vieux CD déprimant de Jackson Browne en remontant Woodley Road jusqu'à National Cathedral. Elle fredonna avec le chanteur une triste ballade au sujet d'un photographe malheureux en amour, puis décida de se garer devant le vieux marché aux herbes.

C'était probablement stupide. Peut-être même dangereux, car le quartier avait mauvaise réputation à cette heure

1. « *Make yourself happy with a little tickle* » (*to tickle* veut dire chatouiller, voire peloter). Campagne des années soixante-dix qui a fait bondir les ventes. *(N.d.T.)*

tardive. Mais elle adorait cet endroit depuis son enfance, quand son grand-père l'amenait au marché aux fleurs tous les premiers vendredis du mois de mai. Elle ne pouvait venir ici sans éprouver une certaine nostalgie étonnamment réconfortante.

Ignorant la voix qui lui ordonnait de s'en abstenir, elle sortit de la voiture.

Cette voix s'élevait presque en permanence dans sa tête, lui interdisant à peu près tout. *Ne conduis pas sur l'autoroute, c'est trop dangereux. Ne pars pas en Europe. N'achète pas ta salade à l'épicerie, elle doit être couverte de bactéries.*

Depuis longtemps, elle avait compris qu'elle s'en sortait mieux en n'en tenant aucun compte.

Comble d'ironie, elle verrouilla la portière de sa voiture, puis fit délibérément demi-tour pour la rouvrir. Si elle prenait un risque en venant dans ce lieu seule à cette heure-ci, la voiture pouvait en faire autant, bon sang !

De plus, si jamais elle devait s'enfuir en catastrophe, ce serait plus pratique de sauter dans une voiture ouverte que d'avoir à s'arrêter pour tripatouiller une télécommande qui la fermerait plusieurs fois au lieu de l'ouvrir.

Voilà ! Elle se montrait prudente au point de penser à tout cela. Le bon sens ne lui faisait pas défaut.

Elle traversa Bishop's Garden, un dédale de buis qui renfermait un siècle d'odeurs de terre, de verdure et de beauté. Un chemin de larges dalles de pierre serpentait à travers les feuillages, ponctué de petites niches avec un banc de jardin par-ci, une chaise en fer forgé par-là, jusqu'à l'endroit qu'elle préférait entre tous : un petit belvédère en bois, qu'on appelait la Maison des Ombres, au centre du labyrinthe.

Enfant, il lui semblait presque impossible d'arriver jusqu'au belvédère par ce dédale, mais maintenant elle se demandait comment elle aurait pu se perdre. Quiconque pouvait regarder par-dessus les buissons le repérait immédiatement et savait comment l'atteindre, même s'il fallait pour cela se faufiler entre les branches basses de certains arbres.

C'était peut-être là la clé de l'affaire. Quand elle était encore toute petite, son grand-père était ravi de la prendre par la main pour l'y entraîner, lui désignant toutes les petites fleurs, créatures et insectes au long du chemin.

Aujourd'hui, même s'il était parti pour devenir le jardinier de Dieu, elle avait l'impression qu'il se trouvait à ses côtés, la guidant à travers l'obscurité vers le lieu le plus propice à la réflexion.

Elle escalada le belvédère, ses pas résonnant sourdement sur le bois mouillé, et s'assit.

La paix l'envahit. L'environnement artificiel de l'hôtel s'évanouit, tout comme les paillettes, le maquillage, les visages faussement souriants faisant assaut de souvenirs. Allie se retrouva enfin seule avec ses pensées intimes.

C'était curieux, elle pensait peu à Kevin, ce soir. Ce fut la première chose qui la frappa. Après deux ans passés avec lui, elle aurait imaginé ressentir de la fureur devant sa trahison et un profond agacement que cela se soit produit au mauvais moment, l'obligeant à se rendre seule à cette soirée.

Elle ne ressentait qu'un peu d'agacement. Elle n'avait pas le cœur brisé, n'éprouvait aucun regret lié à des occasions perdues, ni l'envie qu'il fasse amende honorable.

Non qu'elle fût sans cœur. Dieu sait qu'elle s'était montrée fidèle et loyale envers Kevin. Elle l'avait toujours traité avec le plus grand respect et, aussi longtemps qu'il agissait de même à son égard, elle pouvait envisager de rester avec lui pour toujours.

Plus ou moins heureuse.

C'est ce *plus ou moins* qui l'avait fait réagir.

Laissant échapper un long soupir, elle s'adossa à la rambarde en bois du belvédère. Le ciel s'étalait devant elle dans toute sa splendeur. Les nuages commençaient à s'égailler et la lune caressait leurs contours, les éclairant comme la scène d'ouverture d'un film romantique des années quarante.

Kevin aurait trouvé cette comparaison ridicule.

Et c'était bien là le problème. Il ne la comprenait pas. Et elle, pour être honnête, ne devait pas bien le comprendre non plus, et c'était probablement la raison qui l'avait poussé dans les bras de cette Charlotte, alors qu'il vivait avec une jeune femme intelligente, adorable, fidèle et en âge de procréer. Bref, en toute logique parfaite pour lui.

Peut-être avait-il été irrité par ses incessantes références à Cary Grant tout comme elle-même avait été agacée par son manque de compréhension ? Peut-être détestait-il ses pâtes aux boulettes de bœuf autant qu'elle avait horreur des steaks de thon qu'il préparait parfois (rarement). À moins que l'intro de I Feel Fine des Beatles lui donnât envie de s'arracher les cheveux tout comme les interminables solos de Dave Matthews qu'elle ne supportait plus.

Conclusion : ils n'étaient sans doute pas faits l'un pour l'autre et à cela il n'y avait aucun remède.

Pourquoi ressentirait-elle du regret de perdre quelque chose qu'elle n'avait pas vraiment voulu ?

Que voulait-elle, en fait ?

C'était *ça*, la question. Elle eût aimé être heureuse et ne l'était pas, rester mince et jolie, comme avant, mais c'était raté, revenir en arrière et impressionner tout le monde à la soirée, comme Olivia. Ça aussi, c'était impossible.

Et elle brûlait de dire à Noah que Vickie était une sale petite garce qui n'avait pas changé depuis l'époque du lycée, mais elle ne le ferait pas.

S'il lui avait dit la même chose au sujet de Kevin, elle ne l'aurait pas cru non plus. Ou, pour être plus réaliste, s'il lui avait annoncé que Kevin couchait avec Charlotte pendant qu'elle-même travaillait, elle l'aurait traité de fou.

Personne, d'ailleurs, n'aurait réussi à la convaincre.

Tout se passait comme dans ces films mal ficelés dont les héros voyagent dans le temps, où l'on sait tout de suite ce qui va arriver, que c'est le destin, et qu'il n'y aura aucun moyen d'arrêter le type de se précipiter (à pied, en voiture, en roller ou en surf) droit vers son infortune.

De nouveaux nuages passèrent devant la lune et Allie entendit quelques grosses gouttes de pluie s'écraser sur le toit en bois.

Cela ne la dérangeait pas. Il y avait fort longtemps, elle avait entendu dire que les pluies de printemps apportaient des ions négatifs et que ceux-ci amélioraient l'humeur.

Elle en avait bien besoin.

Elle prit une profonde inspiration, comme pour se purifier, et étudia l'architecture complexe de la cathédrale s'élançant vers le ciel. Les projecteurs illuminaient la structure, projetant des ombres, mettant en valeur les anges sculptés, soulignant les expressions menaçantes des gargouilles. Cette beauté lui fut presque douloureuse, car elle remuait en elle un profond sentiment de solitude.

Allie avait depuis longtemps rejeté toute notion d'âme sœur. Certes, Olivia et elle croyaient jadis être des âmes sœurs, mais elles n'étaient alors que des gamines et elles passaient tellement de temps ensemble qu'il n'y avait rien de surprenant que l'une finisse la phrase de l'autre. Mais elles n'étaient pas… elles étaient amies.

Cela dit, Noah et elle en faisaient autant. Étaient-ils des âmes sœurs ?

Elle y avait réfléchi. Mûrement réfléchi. Car la réponse qui lui venait à l'esprit avec évidence était : oui. Ils se connaissaient depuis toujours, pouvaient se faire toute confiance et se comprenaient à demi-mot comme avec Olivia, à une certaine époque.

Et voilà que Vickie allait mettre fin à tout cela.

Allie avait toujours su qu'il rencontrerait quelqu'un un jour, et que ce ne serait pas elle car le cliché « sexe et amitié ne font pas bon ménage » apparaissait comme un leitmotiv dans presque tous les feuilletons.

Dans son esprit, cependant, elle n'arrivait pas à admettre qu'il puisse y avoir une tierce personne dans cette relation privilégiée entre Noah et elle.

C'était tout à fait ridicule. Elle avait été persuadée qu'il serait un bourreau des cœurs toute sa vie et personne, pas même Warren Beatty, ne restait fidèle à ce genre de réputation.

Mais que ce soit Vickie Freedman, entre toutes, qui vienne entraver leur relation, c'était le bouquet ! L'arrivée de n'importe quelle autre femme l'aurait attristée, mais qu'il eût choisi Vickie l'inquiétait plus encore.

Et lui, impossible de le sauver.

Rien à faire.

Elle avait appris une chose durant les trente-huit années de sa vie : on ne croit jamais ce qu'on raconte sur la personne avec laquelle on couche. Il faut toujours le découvrir par soi-même.

Et rester ici, ou à la maison, à geindre sur l'injustice de la situation et la bêtise de Noah n'allait rien changer à l'affaire. Pas un iota, ni pour lui ni pour elle.

Si les choses évoluaient dans le bon sens, Noah se rendrait compte avant peu que Vickie n'était qu'une sale garce et la vie reprendrait son cours.

En attendant… elle n'avait qu'à avancer.

Mais que son travail ne lui apporte aucune satisfaction ne faisait qu'empirer les choses.

Et qu'elle soit terriblement jalouse d'Olivia, de sa beauté, de son apparence si juvénile, de ce métier qu'elle avait toujours rêvé d'exercer un jour n'étaient que les symptômes de la médiocrité de sa propre vie.

Alors, au lieu de dépenser toute cette énergie à se montrer envieuse et protectrice à l'excès pour les autres, il fallait qu'elle restructure sa propre vie, ou qu'elle s'en fasse une nouvelle.

C'était la recette : une transformation radicale de sa vie, une nouvelle façon de voir les choses qui la turlupinaient depuis toujours.

Et cela, dès le lendemain !

S'il y avait eu une agence de location de voitures dans les environs, Olivia aurait loué un véhicule, n'importe lequel, pour quitter la ville la nuit même. Une fourgonnette, un vélo, un chameau, peu importe…

C'est dans cet état qu'elle avait fait halte dans le centre d'affaires de Wardman Park, espérant en vain trouver un vol pour New York. Mais le dernier avait décollé depuis dix minutes.

C'était idiot de se sentir aussi désespérée, elle en était bien consciente. N'avait-elle pas une chambre dans un des plus beaux hôtels de l'une des plus belles villes du monde ?

Et Dieu sait qu'elle en avait fréquenté beaucoup, presque tous.

Mais il est difficile de combattre les émotions avec de la logique. Peu importait que l'hôtel soit somptueux, que la soirée se soit somme toute bien passée et que, aussi loin que remontent ses mauvais souvenirs d'enfance, ils aient eu lieu à plus de quinze kilomètres.

D'une certaine manière, elle avait l'impression qu'ils étaient ancrés ici. Et maintenant.

Il faisait chaud. La chambre sentait le renfermé. Elle mit en marche le climatiseur mais se retrouva sous un jet d'air glacé. Quelle que soit la position qu'elle adoptait dans le lit, l'air la débusquait pour la transpercer jusqu'aux os.

Finalement, elle éteignit l'appareil et ouvrit la fenêtre en grand. C'était l'un des avantages de descendre dans les vieux établissements, les fenêtres pouvaient encore servir.

Après avoir éteint les lumières, elle retourna se coucher, soulagée de respirer la brise délicate qui soulevait les rideaux. Un doux mélange d'odeurs de pluie, de buis et de gaz d'échappement lui rappela qu'elle avait un jour aimé cette ville, surtout quand revenait la douceur du printemps, qui embellissait ce que deux siècles y avaient édifié.

L'horloge annonçait qu'il restait dix minutes avant minuit.

La nuit promettait d'être longue. Très, très longue.

Dix

Ce soir, vous allez rayonner[1]

Publicité pour Sun-In

En dépit de ce que toute une vie lui avait enseigné, Olivia fut très étonnée en débarquant dans son appartement le dimanche matin : sa mère avait reçu un monsieur pour la nuit.

— Olivia, je te présente Bob ! annonça-t-elle en servant des pancakes sur les assiettes du plus beau service d'Olivia.

— Rob ! rectifia l'homme sans quitter Olivia des yeux.

Il était court sur pattes, trapu, rougeaud, avec de petits yeux d'animal nerveux.

— Et je dois avouer, continua-t-il en agitant un index boudiné, que je vous aurais reconnue n'importe où. Je sais de qui vous tenez, ma petite demoiselle !

Olivia resta sans voix.

— Je vous remercie, répondit-elle finalement à Rob.

1. « *You'll be glowing tonight.* » Sun-In est une lotion capillaire qui éclaircit et fait briller les cheveux. *(N.d.T.)*

Puis, se tournant vers sa mère, elle demanda :

— Maman, est-ce que je pourrais te dire deux mots dans la pièce d'à côté ?

— Aïe, aïe ! Je suis dans de mauvais draps ! s'écria Caroline d'une voix flûtée.

— Et tout de suite, maman !

Elle poussa la porte battante de la cuisine et arpenta le salon jusqu'à l'arrivée de sa mère.

— C'est vraiment très impoli, chuchota Caroline. Notre invité va se sentir de trop !

— Notre invité ? Tu plaisantes ? C'est *ton* invité ! Dans *mon* appartement. Où as-tu rencontré ce type, d'ailleurs ?

— Olivia, voyons ! Il va t'entendre !

Olivia était exaspérée.

— Je m'en contrefiche. Rassure-moi, tu ne l'as pas encore épousé ?

Caroline en resta ébahie.

— Olivia Rose Pelham, tu vas retirer ça tout de suite !

Hors de question.

— Qui est-ce, maman ?

— Un type très gentil.

— Qui est-ce ? insista-t-elle.

— Mon cousin.

Olivia resta un moment pétrifiée. De toutes les répliques que sa mère aurait pu trouver, c'était la plus inattendue.

— Ton quoi ?

— Mon cousin. Je crois.

Le regard dans le vague, Caroline comptait sur ses doigts et précisa :

— Il était marié à la nièce de tante Cassandra, qui était ma cousine germaine, donc… eh bien, techniquement, il devrait être mon cousin germain par alliance. Enfin, je ne suis pas sûre. Comment appelle-t-on les maris des cousines germaines ?

— Des étrangers ! Mais en général, les étrangers ne dorment pas dans mon appartement.

— Oui, je comprends que cela puisse te surprendre. Mais il se trouvait chez tante Cassandra, hier, pour y déposer des commissions, ce qui est tellement adorable. Puis il m'a proposé de me raccompagner pour que je n'aie pas à prendre les transports en commun.

— Et ensuite il a passé la nuit ici, conclut Olivia avec lassitude. Alors, où est sa femme ?

— Ils sont divorcés.

— Maman !

— Quoi ?

— Alors ce type n'est plus ton cousin je-ne-sais-quoi. C'est juste un type quelconque, installé dans ma cuisine, en train de boire mon café, marié on ne sait quand à une lointaine parente. Et si c'était un psychopathe ? Doux Jésus, maman ! C'en est peut-être un, tu te rends compte ? Pourquoi est-il ici ?

— Bon, s'il faut que tu le saches, c'est parce qu'il voulait à tout prix me présenter à un ami. Quelqu'un qui vit ici, dans le quartier.

Olivia s'assit et se prit la tête dans les mains. Combien de fois sa mère allait-elle encore se comporter comme une dingue dans le seul but de rencontrer l'amour ? Quand est-ce que cela allait prendre fin ? Avec la mort ?

— Et tu l'as vu, ce type mystérieux ?

— Il se trouve qu'il n'était pas en ville.

— Et Bob…

— Rob.

— … reste ici jusqu'au retour de son ami ?

— Bien sûr que non, ne sois pas ridicule. Il vit de l'autre côté de l'Hudson. À Harrison.

Il était difficile de rester calme avec tous ces événements. Très difficile. Olivia aurait pu tomber sur un bain de sang dans son appartement et ne jamais savoir au juste ce qui s'y était passé. Si cet homme était normal, ce qui n'était pas encore garanti, elle avait eu de la chance.

Mais pourquoi un type de soixante et quelques années aurait-il reconduit sa mère chez elle et passé la nuit sur place au lieu de rentrer à Harrison qui ne se trouvait qu'à vingt minutes ? Même s'il voulait réellement la présenter à son ami, ce qui semblait on ne peut plus bizarre, pourquoi rester là alors que de toute évidence son ami était en voyage ?

Quelle que soit la réponse, Olivia ne pouvait compter sur sa mère pour gérer la situation.

— Je vais me débarrasser de lui, annonça-t-elle en se levant.

— Attends ! Et son ami ?

— Au point où on en est, je suis contente qu'il ne soit pas là de surcroît.

Elle poussa la porte de la cuisine, manquant de faire valser Rob qui se tenait juste derrière. Sans doute écoutait-il leur conversation.

Peu lui importait.

— Rob, je vous suis reconnaissante d'avoir raccompagné ma mère hier soir, sincèrement, mais je crains que nous ne soyons très occupées aujourd'hui à préparer le déménagement. Je vais donc devoir vous demander de partir.

— Le déménagement ? demanda Rob en jetant un regard intrigué vers Caroline.

Celle-ci haussa les épaules.

— Mon bail prend fin la semaine prochaine, affirma Olivia. Par chance, c'est une location meublée mais nous serons très prises avec tous ces vêtements à emballer, sans parler des livres et des bibelots. Si cela ne vous ennuie pas… ? À moins que vous n'ayez envie de porter des cartons ?

Rob se leva comme un ressort.

— Non, non ! Il faut que je rentre chez moi. Leanne m'attend.

— Leanne ? s'étonna Caroline.
— Ma femme.
Olivia jeta un regard noir à sa mère puis se tourna vers lui :
— Je croyais que vous étiez divorcé !
— Audrey et moi sommes divorcés, expliqua-t-il. Leanne et moi sommes mariés depuis deux ans.
Quelle famille ! Pour eux tous, la vie n'était qu'un éternel jeu de chaises conjugales.
— Audrey ! s'écria sa mère, triomphante. Tu te souviens de la cousine Audrey.
— Non.
— Elle se faisait appeler Mary Pat quand tu l'as connue, expliqua Rob.
— Tu te souviens de la cousine Marie Pat, n'est-ce pas ? ironisa Olivia en s'adressant à sa mère.
— Elle n'est pas votre cousine au sens strict du mot, démêla Rob. Mais c'est une vieille amie de la famille. Assez proche pour être considérée comme une parente. Presque.
Caroline sembla enfin comprendre.
— Merci encore de m'avoir raccompagnée, Rob. Mais comme le disait ma fille, il faut vraiment qu'on commence à emballer nos affaires.
— Si on dînait ensemble, un de ces jours ?
Olivia leva les yeux au ciel et quitta la pièce. Derrière elle, sa mère déclina l'offre, mais ajouta :
— Restons en contact. Je vais vous noter mon adresse e-mail…

— Tu aurais pu te faire tuer !
— Il fait partie de la famille. Je ne pense pas qu'il me tuerait.
— De la famille ? Tu ne sais même pas avec qui il était marié.
— Bien sûr que si ! C'était Mary Ruth.

— Pat, maman. Mary Pat et ce n'était pas une des cousines de papa. Tu n'étais parente avec aucune d'entre ces femmes et ne crois pas une seconde qu'il l'ignorait.

— Écoute, Olivia…

— Et de toute façon, tu ne sais pas qui est cette femme comme tu ne sais pas non plus qui sont Mary Ruth ou Audrey ou Tartampion…

— Il n'y a pas de Tartampion !

— Amener un étranger ici était dangereux, aussi bien pour toi que pour moi. Sans parler de mes affaires, bon sang ! Mes bijoux, les vêtements, mes appareils… Il aurait pu tout me piquer !

— Pas avec moi ici !

Olivia s'efforça de rester patiente, mais ses nerfs étaient à rude épreuve.

— Maman, cela fait une éternité que je n'ai plus de colocataire mais, même à l'époque, nous savions qu'il ne fallait pas amener un étranger dans l'appartement. C'est quelque chose qu'il te faut apprendre, maintenant. Pas que pour moi, mais pour toi aussi. En fait, davantage pour toi que pour moi parce que tu ne vas pas vivre ici éternellement et il faut que tu apprennes à te prendre en charge.

Caroline eut l'air blessée.

— Tu me jettes dehors ?

C'était le comble ! Comment réussissait-elle encore à lui faire ce coup après toutes ces années ?

— Non, maman, je ne te jette pas dehors…

Ce n'est pourtant pas l'envie qui m'en manque, pensa-t-elle.

— … je dis simplement que tu dois te montrer plus prudente, où que tu sois.

Sa mère hocha la tête.

— Je vois. Et même si je pense que tu as tort de te montrer si parano envers les membres de la famille, je vais respecter tes désirs pendant que je vis chez toi.

Cette bonne vieille Caroline. Elle n'allait pas admettre

qu'elle avait tort. Même si c'était évident et qu'elle allait changer de comportement pour y remédier, il fallait que ce soit présenté, non comme une nécessité, mais comme un égard dû aux autres.

Pour Olivia, prisonnière de son rôle de Fille de Devoir, il était plus facile de jeter l'éponge que de le lui faire avouer.

Toutes deux savaient *qui* avait raison.

Mais seule l'une d'entre elles l'admettrait.

— Donc, plus d'étrangers ici ! résuma Olivia.

— Non, pas pour la nuit, en tout cas.

— *Comment ?*

Caroline laissa échapper un petit rire en grelot.

— J'ai l'intention de sortir avec des hommes, tout de même.

— Mais tu disais que l'intérêt de ta venue à New York était de cesser de chercher les aventures et de commencer à t'accepter telle que tu es. Seule.

— Eh bien oui… J'y travaille en ce moment même. Je me sens déjà beaucoup mieux, d'ailleurs, déclara Caroline en se redressant. Je suis toujours en pleine forme, tu sais. Je ne suis pas encore une vieille carne qu'il faut envoyer à l'abattoir.

En pleine forme ou pas, en ce qui concernait les affaires de cœur… Non, Olivia ne voulait pas avoir ce genre de conversation avec sa mère. Caroline devait être au courant des tendances du marché de ces vieux messieurs.

Les hommes mûrs avec de gros moyens ou un physique avantageux s'intéresseraient plus volontiers à Olivia ou à une fille plus jeune encore qu'aux dames de leur âge.

C'était là une pensée bien déprimante. D'une certaine manière, Olivia et sa mère commençaient toutes deux à se faire vieilles.

— Pas d'homme ici du tout, corrigea Olivia.

— Tu ne veux quand même pas dire que je suis trop vieille pour aimer, n'est-ce pas ? demanda Caroline d'une voix un peu tremblante.

Dieu que c'était tentant ! Olivia avait tant de choses à dire et le moment serait parfaitement choisi pour vider son sac. Toute la vérité, sans fard.

Mais la vérité était trop cruelle.

— Non, maman, mentit-elle. Je ne dis pas cela du tout. Je veux juste que tu sois prudente. C'est une jungle, dehors. Tu as dû en entendre parler. Il faut que tu respectes un certain nombre de règles de base avant toute chose.

— Des règles de base pour sortir avec des hommes ? répéta Caroline comme si elle ne parvenait pas à croire que sa fille puisse présumer en savoir plus qu'elle.

— Non, des règles de sécurité, maman. Sé-cu-ri-té. D'abord, composer étoile puis 6 et 7 avant d'appeler un type que tu ne connais pas afin qu'il ne puisse pas trouver ton adresse grâce à ton numéro de téléphone. Ensuite, ne pas lui demander de venir te chercher ici parce qu'il saurait ainsi où tu habites.

Caroline sembla soulagée.

— Oh ! Ce sont de bonnes suggestions. Et je suis contente qu'on ne déménage pas vraiment. C'est un appartement charmant, je trouve.

— C'était juste pour virer Rob d'ici.

— Bob.

— Non, Rob. Son nom était Rob.

Caroline secoua la tête.

— Non, ma chérie. Il s'appelait Bob. Un diminutif pour Robert.

— Rob est aussi un diminutif pour Robert.

— Mais ce n'est pas son nom.

Olivia leva les bras au ciel.

— Et enfin, note bien son nom dès le début. Cela nous sera utile pour remplir le rapport de police…

Onze

Un peu plus, un peu moins, là où vous en avez besoin[1]

Publicité pour le shampooing Silkience

Que ces personnes déambulant dans la pièce soient plus grosses qu'elle n'y changerait rien. Allie ne monterait sur la balance devant aucun témoin, et encore moins devant une foule !

C'était paraît-il fait dans la discrétion.

Enfin, si on veut…

À son avis, on ne pouvait se peser que dans l'intimité de son foyer, un grand verre de vodka à portée de main pour amortir le choc.

Les piscines avaient été ouvertes quelques semaines plus tôt, pour le Memorial Day, le dernier week-end de mai. Il y avait donc de fortes chances que ces gens aient subi le même traumatisme et la même souffrance qu'elle : devoir enfiler un maillot de bain pour la première fois depuis un an, avant de s'afficher en public.

1. « *More where you need it, less where you don't* » : ce shampooing est supposé s'adapter aux besoins du cheveu. *(N.d.T.)*

Curieusement, se rendre à la piscine ne provoquait plus la même excitation qu'à l'époque de ses huit ans.

En faisant la queue devant la balance pendant sa réunion des Weight Watchers, elle se sentait comme une biche pendant la saison de la chasse, regardant à gauche et à droite en quête d'une ouverture pour fuir. Parce qu'elle n'allait pas monter sur ce truc pour qu'une inconnue enregistre son poids, l'annonce peut-être à voix haute et que les autres en profitent. Non !

Au mieux, elle s'en sortirait avec une bonne soirée de vexations diverses, au pis, avec des semaines et des semaines de réunions où on vous oblige à perdre du poids en vous humiliant.

La plupart des clients recevaient de chaleureuses félicitations, même pour quelques centaines de grammes de perdus. Que se passait-il si on ne se débarrassait pas du moindre poids pendant une semaine ? Et si on en prenait ? Se faisait-on fouetter en public ?

Cela pourrait être assez motivant, voire amusant.

— Au suivant.

Pouvait-on se faire renvoyer des Weight Watchers ? Si on échouait carrément, si on n'y arrivait pas, si on ne suivait pas les règles, si on attrapait une livre par semaine, ou même si on restait stable… que se passait-il alors ?

— Excusez-moi, mademoiselle ?

Peut-être affichaient-ils votre photo derrière le comptoir, comme le font certains magasins avec les chèques en bois ?

Quelqu'un lui donna un coup dans le dos et elle se retourna, alarmée.

— C'est votre tour, annonça un grand type avec un léger accent du New Jersey en pointant vers elle un index en forme de saucisse.

— Quoi ?

Elle vit la balance inoccupée et, juste à côté, une femme qui l'attendait, un bloc-notes à pince à la main.

— Oh ! murmura Allie.

Puis elle avança avec appréhension, comme vers un peloton d'exécution.

Que c'était désagréable !

Il y avait des années qu'elle ne mettait plus les pieds chez le médecin pour échapper à la pesée, alors pourquoi le ferait-elle ici ? Et comment ? Et dans ces conditions ?

Parce qu'elle voulait être jolie. Voilà pourquoi. Et en bonne santé et bla, bla, bla… Mais franchement, c'était surtout pour être jolie. Elle voulait de nouveau se sentir sexy, se faire harceler par les ouvriers des chantiers qui lui lançaient des grossièretés quand elle passait devant eux, car leur silence actuel était devenu vexant.

Et puis il y avait ce type à Georgetown qui avait arrêté son marteau piqueur pour la suivre des yeux pendant qu'elle traversait la rue. Puis il s'était mis à brailler : « J'aime les gros culs, les culs de baleine… »

Elle fit un autre pas vers la balance.

— Je ne tiens pas à connaître mon poids. Vous pourriez peut-être l'inscrire sur mon dossier sans me le dire. Et sans pousser de cri ni faire de commentaire, s'il vous plaît.

La femme sourit, révélant un espace entre les incisives. Mille ans plus tôt, Ross, le frère d'Allie, avait placardé un poster de Lauren Hutton dans sa chambre. Elle avait le même sourire.

La beauté avait tant de facettes.

— Comme dans le cabinet du médecin ? demanda la femme.

— Exact !

— Désolée, mais nous ne sommes pas là pour administrer un dosage précis d'antibiotiques. Il va falloir affronter, assimiler et prendre un plaisir inouï à regarder ce chiffre diminuer.

Et s'il ne diminue pas ?

Allie ignora la voix geignarde dans sa tête et insista :

— Ne puis-je pas vous demander de l'inscrire en silence pendant quelques semaines, le temps que mon pantalon soit un peu moins serré et que j'aie l'impression de pouvoir y arriver ?

La femme secoua la tête.

— Ça fait mal une minute seulement.

— La première fois est toujours la plus dure, dit l'homme derrière Allie.

Elle se retourna et il lui tendit la main.

— Glenn Streckman. Membre à vie.

Il était grand et large d'épaules en plus d'un petit embonpoint. Avec sa belle tignasse de cheveux blancs et son visage avenant, il ressemblait au frère du Père Noël, un brin plus vieux, plus grand, plus mince.

— Allie Denty.

— Oui, Allie, comme je vous le disais, ce n'est que le premier pas qui coûte. Tout le monde est d'accord là-dessus. Mais comme l'affirme Arlene, dès qu'on perd une livre, on voit que c'est possible et on se sent beaucoup plus sûr de soi.

Comment résister à tant de gentillesse ?

— Vous avez sans doute raison. C'est d'accord, je me lance.

— Bravo ! Excellent !

— Vous m'avez convaincue. J'y vais.

Elle retira son bracelet qu'elle posa sur la table. Puis sa montre. Devant le regard perplexe d'Arlene, elle s'exclama :

— Hé ! Je ne vais tout de même pas prendre à mon compte les grammes que je n'ai pas !

Sur ce, elle ôta aussi ses boucles d'oreilles.

— Je crains que nous ne disposions pas d'endroit assez isolé pour que vous puissiez vous déshabiller entièrement, s'affola Arlene.

— J'y ai pensé, figurez-vous ! répliqua Allie en

défaisant la barrette assez lourde qui retenait ses cheveux.

Tiens… les cheveux… Combien pesaient-ils ? Devrait-elle les faire couper ?

— Et si j'ajoute deux kilos pour les vêtements ? reprit-elle.

Devant l'air ahuri de la matrone et pour éviter un conflit, elle se ravisa :

— Soit. Mais vous remarquerez que c'est un pantalon de jogging très lourd que j'ai spécifiquement choisi de porter à chaque pesée. Comme je n'ai pas envie de geler cet hiver, je l'ai pris très épais. Et même s'il ne pèse pas deux kilos, je me laisse cette marge de sécurité pour chaque pesée.

Arlene sourit.

— D'accord. Tout le monde a sa petite manie pour se donner du courage.

— Ce sera la mienne.

Allie monta sur la balance et ferma les yeux très fort.

— Allez-y ! Dites-moi !

Arlene annonça le chiffre. Il y avait cinq bons kilos que n'avait pas prévus Allie, y compris les deux kilos des vêtements.

Elle crut défaillir.

— Vous êtes sûre ? couina-t-elle, au bord de l'hystérie.

— Ce n'est pas si mal, la rassura Glenn.

Il avait entendu ! Tout le monde avait dû entendre ! Allie se sentit blêmir.

— À vous voir, ça ne doit pas être si terrible, poursuivit Glenn.

Donc, il avait seulement été témoin de sa réaction.

Alarmée, Arlene posa son bloc-notes.

— Ça va aller ? Je vais vous chercher de l'eau.

— Non, non, c'est parfait.

Allie s'efforça de se ressaisir mais elle avait l'impression d'étouffer. C'était épouvantable. Comment avait-elle pu se laisser aller à ce point ? Comment était-elle arrivée à prendre kilo après kilo sans se rendre compte de cette débandade ? Si elle avait su plus tôt, elle aurait pu s'arrêter à temps et revenir à son poids réel plus vite.

Sauf que c'était ça, son poids réel, maintenant.

Et dire que d'autres pouvaient plaisanter avec les kilos ! L'incontournable « Ô mon Dieu ! J'ai dû prendre douze kilos ! » des lendemains de fête n'avait rien d'amusant pour Allie.

Elle pesait douze kilos de trop !

Douze paquets de farine. Quarante-quatre plaquettes de beurre. L'épicier serait obligé de les ranger en plusieurs sacs et elle serait obligée de faire plusieurs allers-retours à sa voiture pour les charger.

Mais tout était là. Sur le ventre, les hanches, les fesses…

— Je n'arrive pas à le croire, marmotta-t-elle.

Arlene posa une main rassurante sur son bras :

— Ne vous inquiétez pas, mon petit. Cet endroit est tout indiqué pour ce genre de choses et vous avez déjà fait le premier pas. Vos kilos se seront envolés avant même que vous ne vous en rendiez compte.

Il y a une part de vérité quand on prétend que cette première pesée est sans doute la pire.

Quelques jours après l'enfer de cette expérience désastreuse, Allie restait déterminée à perdre coûte que coûte ses kilos en trop.

Elle se rendit donc à l'hypermarché Target et acheta tout un attirail. Un pèse-personne indiquant même les centigrammes afin de pouvoir fêter ses moindres progrès. Des élastiques dont on louait les vertus pour se muscler et donc brûler les graisses. Un pack d'eau minérale. Quelques en-cas ayant obtenu l'approbation des autres membres, car les gros savent ce qui est bon. Mieux que quiconque !

Ces petits en-cas étaient la clé de sa réussite car Allie avait conscience de son appétit. Il y aurait des moments où le besoin de prendre des sucreries se ferait sentir. Mieux valait donc avoir en réserve des ersatz plus ou moins sains, sinon elle risquait de compromettre ses efforts en se précipitant sur le premier chocolat venu.

Hors de question d'assumer le remords d'une expédition à la supérette au beau milieu de la nuit.

Quand elle revint à son appartement, son répondeur téléphonique clignotait. Un fol instant, elle crut que c'était Kevin qui avait appelé pour s'excuser, la supplier, ramper par terre afin de revenir à leur ancienne vie, telle qu'elle était un an plus tôt, ou même un mois. Avant qu'Allie n'apprenne que son corps ressemblait à celui d'une grosse truie et que Noah sortait avec la Pire Garce au Monde.

Mais ce n'était pas Kevin. Les deux premiers messages provenaient de son agence d'intérim. Dans le premier, on lui proposait une mission d'une semaine qui devait commencer le lendemain et lui rapporter le double de ce qu'elle gagnait d'ordinaire. Pam, à l'agence, appréciait Allie et lui donnait toujours la priorité pour les super jobs.

Malheureusement, comme Allie ne lui avait pas répondu assez vite, elle avait laissé un autre message, sur lequel elle se plaignait que le portable d'Allie fût éteint (sans doute pendant la séance de Weight Watchers) et lui annonçait qu'elle avait dû confier la mission à une autre.

À Vickie Freedman, par exemple.

Le suivant, dont la fin était tronquée, la suppliait de rester à l'écoute pour cause de « message important ». Insensible, semble-t-il, à l'argument, son répondeur avait décidé de ne pas attendre plus de trente secondes. Allie n'avait plus qu'à guetter un hypothétique rappel.

Le quatrième provenait de sa mère.

« Bonjour, toi ! Je t'appelle pour te signaler qu'il y a une petite réception au Kennedy Center jeudi prochain à 19 heures, après le récital d'une femme qui joue sur des pianos miniatures. Il paraît que c'est merveilleux. En tout cas, ne t'inquiète pas, tout ça se passe au même endroit. Dis-moi si cela t'intéresse ! »

Elle s'était déjà rendue à ces cocktails du Kennedy Center, essentiellement à base de vin et de fromage. Un régal ! Mais… il lui fallait avant tout vérifier la valeur calorique du vin. Et surtout du fromage ! À partir de là, elle déciderait si elle avait assez de volonté pour y aller ou pas.

L'ancienne Allie n'aurait pas hésité et aurait choisi de « profiter des joies de la vie pendant une soirée », mais la nouvelle Allie était bien plus lucide. Et, avec un peu de chance, elle serait plus mince, aussi !

En fait, la nouvelle Allie n'avait pas besoin de se renseigner pour savoir qu'un peu de vin appellerait beaucoup de fromage, qu'elle devrait ensuite accompagner de beaucoup de vin… pour finir avec beaucoup de culpabilité et de dégoût de soi.

Abattue, elle nota donc mentalement de décliner l'invitation.

Elle s'apprêtait à prendre le téléphone quand le répondeur lui délivra un cinquième message. Noah.

— Salut. Il est… je ne sais pas… dans les 6 h 30. Entre 6 heures et 7 heures. Je ne suis pas chez moi. Je pensais passer chez toi pour te parler. Oui, c'est ça. Il faut que je te parle. Rappelle-moi.

C'était bizarre. Il avait l'air contrarié. Pas en forme. Elle jeta un coup d'œil à l'horloge. 20 h 5. Elle composa son numéro de portable, se demandant si elle réussirait encore à le joindre.

— Allie.

— Noah ? Tout va bien ?

— Bien sûr ! Super ! Pourquoi ? Qu'est-ce qui te fait dire ça ?

— Ton message sur mon répondeur. Il avait l'air… euh… bon, peu importe. Tout va bien ?

— Bien sûr ! Super ! Pourquoi ? Qu'est-ce qui te fait dire ça ?

Elle pouffa de rire, soulagée.

— Je crois que j'ai déjà entendu cette blague quelque part !

— Désolé. J'en ai une autre. Trois bonnes sœurs entrent dans un bar et l'une d'entre elles dit…

— Tu as bu ?

Le téléphone à la main, elle se rendit à la cuisine pour explorer le réfrigérateur, à la recherche d'un Coca light. Pour cette conversation, l'un des deux, au moins, se devait d'être réveillé et sobre.

— Je crois que ça ne commence pas comme ça.

— C'est vrai. Une bonne sœur buvait. Mais je te demande si *toi*, tu as trop bu.

— Tout dépend de ce que tu appelles trop boire.

D'accord. Il avait déjà abusé de la bouteille. Serait-ce trop optimiste de penser qu'il avait enfin largué cette stupide Vickie ?

— Ouvrir la bouche et ingurgiter un liquide. De l'alcool. Beaucoup d'alcool.

— Alors oui. D'après cette définition, j'ai trop bu. Oui.

— Alors je te repose la même question et si tu me donnes la même réponse idiote, je me fâche. Sérieusement. Qu'est-ce qui ne va pas ?

— Rien !

— Tu ne m'appelles pas d'un bar, complètement éméché, en prétendant que tout va bien. Noah ! Je t'en prie ! Maintenant dis-moi ce qui se passe.

— C'est compliqué.

— Tu es seul ?

Il y eut une pause.

— Non, cet endroit grouille de gens.

— Quel endroit ?

— Durty Nellies.

Il avait horreur de ce bar. Depuis qu'un incendie avait transformé ce bon vieux pub en un bar branché pour jeunes cadres dynamiques.

— Et ces gens sont avec toi ?

Un gros soupir fit grésiller le téléphone à l'oreille d'Allie.

— Non, pas tout à fait. Écoute, il faut qu'on parle.

— D'accord. Je viens te rejoindre.

— Non, non ! C'est moi qui viens chez toi.

— Comment ?

— J'ai ma voiture.

Hors de question. Elle n'allait pas le laisser conduire dans cet état, même si elle devait s'y opposer physiquement.

— Es-tu garé en face, sur le parking du Hyatt ?

— Exact. Donne-moi dix, non, vingt minutes et…

— J'arrive, tu ne conduis pas dans cet état.

— Je suis en pleine forme !

Demain, la semaine prochaine, ou dans un mois, elle lui rappellerait ces absurdités mais, pour l'instant, elle ne devait surtout pas le braquer pour parvenir jusqu'à lui à temps, avant qu'il ne prenne le volant.

— Il se trouve que c'est aussi là qu'ils servent les meilleures ailes de poulet frit de toute la région, improvisa-t-elle.

Elle avait horreur des ailes de poulet, ces petits moignons d'os et de peau, et n'aurait donc pas de mal à leur résister.

— Commande-m'en, des bien épicées à emporter, et je viens vous chercher, toi et les ailes !

— Tu détestes ça.

— Pas du tout !

— Si ! Tu veux juste m'empêcher de conduire.

Éméché, peut-être, mais pas idiot.

— Bon, je te l'accorde, Noah. Je ne veux pas que tu conduises et demain tu seras content d'être encore en vie. Alors, veux-tu bien attendre que j'arrive ? Dans dix minutes ?

— D'accord.

— Hum. Facile.

— Je suis un peu pinté, Al, mais pas idiot. Pas complètement. Non, attends. Je dois…

Une bonne demi-heure plus tard, il était installé sur le canapé d'Allie, en train de boire du café dont il avait le plus grand besoin.

— Tu te souviens de la fois où on a basculé les vaches ? demanda-t-il après sa seconde tasse.

Basculer les vaches était une activité légendaire dans le nord-ouest du Maryland. Les adolescents éméchés avaient la réputation d'entrer dans les pâturages pour renverser les vaches à moitié endormies.

Autant qu'elle pouvait se le rappeler, ni elle ni Noah ne l'avaient jamais fait.

— Nous n'avons jamais basculé les vaches, protesta-t-elle. On en a beaucoup parlé, c'est tout.

— Oui, tu t'en souviens ? On y est allés ?

— Non, Noah. Non.

Il y réfléchit un instant.

— On aurait dû. Ça a l'air marrant.

— Je n'en suis pas sûre. Et puis c'est méchant. Et ça peut être très dangereux. Tu sais à quelle vitesse ces vaches peuvent se relever ?

— C'est vrai, elles peuvent être rapides.

— Vraiment très rapides.

Il prit la tasse des deux mains et en contempla le contenu.

— Voilà. Il y a ce truc…

Elle s'attendait à une autre séance de philosophie sur l'intérêt de basculer les vaches, quand il déclara :

— Il faut que je te parle d'un truc. Et ça ne va pas être facile.

Allie sentit son estomac faire le grand huit.

— Tu sais que tu peux me parler de n'importe quoi, l'encouragea-t-elle en espérant ne pas se tromper.

Il hocha la tête sans la quitter des yeux.

— Oui, en général.

— Et cette fois, c'est différent ?

Il laissa échapper un petit rire triste.

— Oh, oui !

— Noah, tu commences à me faire peur. Allez, accouche.

Il inspira profondément, retint son souffle avant de le relâcher en demandant :

— Tu aurais une bière ?

Elle le considéra un instant, hésitant entre une attitude maternelle ou amicale.

— Tu restes dormir ici ?

— Je peux prendre un taxi.

— Donne-moi tes clés, insista-t-elle en tendant la main.

— Il faut que je marche près de quarante minutes avant même d'arriver à ma voiture !

— Au bout desquelles tu risques de ne toujours pas être dégrisé. Non, non, pas question. Donne-moi ces clés.

— Mais il faut que je récupère ma voiture demain.

— Alors je t'y accompagnerai demain. Après une nuit de sommeil et une bonne dose de café.

Il plongea la main dans la poche et en retira un porte-clés et une carte magnétique qu'il lui lança.

— Voilà ! Satisfaite ?

— Oui, satisfaite.

Elle les emporta dans la cuisine et les cacha dans un tiroir avant de prendre deux Corona light dans le réfrigérateur, de les décapsuler et d'y verser quelques gouttes de citron vert d'une fiole en plastique.

— Désolée, je n'ai pas de citron frais, s'excusa-t-elle en lui tendant l'une des bouteilles.

— C'est la dernière fois que je viens ici.

— On ne peut pas t'en vouloir.

Elle s'installa dans un fauteuil en face de lui et le fixa dans les yeux.

— Alors, qu'est-ce qui se passe, bon sang !

— Tu es très mignonne, ce soir.

Complètement démaquillée et en vieux jogging délavé, elle savait que Noah lui racontait des craques.

— Tu veux me baratiner pour que je te rende un service ? C'est ça ?

— J'aimerais bien, ce serait plus facile, crois-moi ! déclara-t-il en se frottant le visage.

— Je suis tellement bonne poire.

Il leva les yeux vers elle. Juste un instant, mais cela suffit à accélérer le pouls d'Allie.

Elle aurait aimé prendre le temps d'y réfléchir, mais au lieu de cela, elle le pressa de parler :

— Bon, ça vient ou faut-il que je continue à jouer aux devinettes ?

— Bois un coup, proposa-t-il en prenant lui-même une grosse lampée. Je t'assure, Al. Tu vas en avoir besoin.

En disant ces mots, il avait l'air sobre pour la première fois depuis une heure. Allie sentit sa gorge se serrer.

— Tu n'es pas malade, n'est-ce pas ? Tout ça ressemble aux films où un type adorable est en train de mourir. Si ce genre de truc épouvantable devait t'arriver, alors j'aimerais que…

— Je vais me marier.

— … tu me le dises.

Elle s'arrêta. Rembobina les mots dans sa tête.

Ne put les croire.

— Tu plaisantes ?

Il secoua la tête.

— Je vais me marier, répéta-t-il comme si lui-même ne semblait pas très certain du sens de sa phrase.

Combien de temps lui fallut-il ? Cinq secondes ? Cinq minutes ? Cinq heures avant de pouvoir articuler la question dont elle connaissait déjà l'horrible réponse ?

— Avec qui ?

— Tori. Tori et moi allons nous marier. Bon… si on portait un toast ?

Alors Allie se mit à boire.

Douze

Classe de seconde

Sensuel, mais pas trop loin de l'innocence[1]...

Publicité pour le parfum Jontue

— Tiens-toi tranquille !

— Ça pique !

Allie continua, impatiente.

— Il faut souffrir pour être belle.

— C'est ridicule. Et ce n'est pas vrai.

— Bien sûr que si ! Les gens se fondent forcément sur quelque chose pour dire ça, tu sais. Pas de fumée sans feu.

— Laisse-moi me rincer.

— Je n'ai même pas fini de l'appliquer !

Allie plongea ses doigts dans le pot de masque facial

1. « *Sensual, but not too far from innocence...* », publicité des années soixante-dix, qui avait provoqué des polémiques à cause du double stéréotype de la femme qu'on veut à la fois sexy et virginale. *(N.d.T.)*

à la menthe Queen Helene et étendit la crème recueillie sur le front d'Olivia.

— Voilà. Maintenant tu n'as plus qu'à attendre une dizaine de minutes. Franchement, Oliv, ce produit a fait merveille sur ma peau.

La peau d'Allie semblait en effet purifiée, mais Olivia savait qu'un dermatologue lui avait prescrit de la tétracycline, sans doute plus efficace que tout autre produit.

Olivia passa un doigt sur son front et considéra la matière visqueuse d'un air méfiant. Sa couleur était totalement indéfinissable, et très éloignée de toutes les teintes que l'on trouve dans la nature. Une sorte de vert peut-être.

— Je ne vais pas pouvoir supporter ça.

— Ça a un effet bénéfique, la rassura Allie. Pas l'inverse. Enfin, pour que ça marche, tu n'es pas censée parler ni rire, sinon le masque va se craqueler. Et là, ce sera la plaie !

Comment cette cochonnerie verte allait-elle donner à sa peau l'éclat satiné qu'Allie lui avait promis ? Sans doute deviendrait-elle toute rouge et marbrée à cause de l'irritation.

Mais Allie s'était montrée si enthousiaste, si convaincante au sujet de cette journée de soins qu'Olivia ne voulait pas la vexer.

Et puis, c'était plutôt sympa que quelqu'un la dorlote ainsi. Qu'on fasse tout cela pour son bien-être à elle. Allie s'était même donné la peine de lui préparer sa pizza congelée préférée au pepperoni avant leur départ pour la soirée dansante des ados organisée par l'école à 20 heures.

De la chambre d'Allie, elles pouvaient entendre Cold as Ice des Foreigner.

Elles se rendraient à la soirée en célibataires et avaient décidé de faire montre d'une grande décontraction à ce sujet.

Une décontraction qu'elles ne ressentaient pas et dont elles devaient sans cesse se persuader.

À dire vrai, elles venaient d'entrer en seconde à l'automne et se retrouvaient soudain mêlées à des élèves venant d'autres écoles, dont certains étaient plus âgés et d'autres carrément prêts à entrer à l'université. Les raisons de se sentir mal à l'aise ne manquaient pas. Allie commençait à s'adapter et elle avait pris les choses en main dès qu'Olivia lui avait avoué ne pas se sentir sûre d'elle, à cause de son physique, de ses vêtements et du manque d'empressement des garçons à l'inviter.

Allie avait décidé de s'occuper d'Olivia.

Il lui était facile de se montrer charitable, puisqu'elle était déjà sortie avec trois garçons et venait de rompre avec Chris McCure deux ou trois semaines plus tôt, en se fichant éperdument que la soirée dansante approche – que les fêtes de fin d'année en général approchent – et qu'elle se retrouve toute seule pour l'occasion.

— Est-ce que les démangeaisons diminuent un peu ? demanda Allie en allumant la radio.

Il passait maintenant une chanson des Carpenters au sujet des cartes de vœux et des illuminations sur les arbres.

— Plus ou moins.

C'était mieux que ce masque à la crème fouettée qu'Allie lui avait prescrit, prétendant qu'il gommerait les peaux mortes. Une idée tout à fait répugnante.

Et d'autant plus répugnante que cela avait fonctionné.

— Maintenant, sers-toi de ça. Les boules de coton sont dans le tiroir.

Elle lui tendit la lotion Ten-O-Six de Bonne Bell. Inutile de lui annoncer qu'elle aussi allait picoter. Cela ne ferait que la décourager alors que tout le monde savait qu'elle accomplissait des merveilles.

— Aïe ! cria Olivia dès qu'elle entra en contact avec sa peau.

— Ça ira mieux dans une seconde.

— Y a intérêt ! gémit Olivia en s'éventant le visage avec la main.

Allie fredonna l'air de la radio en ouvrant son armoire pour en sortir plusieurs chemisiers, y compris le petit cache-cœur vert émeraude qu'elle avait adoré durant toute sa troisième.

— Tu vois ! Je t'avais dit que ça ne te ferait pas mal longtemps.

Olivia pensa qu'Allie avait pris trop de poitrine pour ce top mais préféra ne pas le lui dire. Elle se contenterait de le lui faire remarquer si elle insistait pour le porter, frisant ainsi l'indécence.

Allie vint se planter à côté d'Olivia, devant la coiffeuse.

— Bon. J'ai autre chose à te proposer et j'aimerais vraiment, *vraiment* que tu me fasses confiance.

Olivia tenta de froncer les sourcils mais la peau se tendait sous ce qui lui restait du masque et la faisait souffrir.

— À quel sujet ? s'enquit-elle en remuant à peine les lèvres.

— Je pense que tu devrais me laisser te couper les cheveux.

— *Quoi ?*

Aïe !

— Calme-toi. Tu fais craquer le masque ! Mais écoute-moi, je suis sérieuse. Tu n'as pas eu de coupe digne de ce nom depuis… enfin jamais, quoi ! Tu serais superbe avec une frange. Maman a une amie coiffeuse qui m'a montré comment procéder.

C'était une coïncidence car Olivia avait vu une photo de Cindy Harrel en couverture de *Seventeen* avec des cheveux raides, exactement comme les siens, avec une jolie frange droite. Mais si Allie ratait son coup ? Et si elle la coupait trop court, et que son amie ressemblait à une gamine de sixième ?

— Une minute ! tenta-t-elle de dire en dressant l'index.

Elle se leva et se dirigea vers la salle de bains pour se débarbouiller le visage.

Cette discussion allait exiger une certaine mobilité faciale.

Elle se mouilla, frotta, rinça et, quand elle eut terminé, sa peau avait pris une jolie teinte rosée.

— Applique une noix de ce lait, ordonna Allie en apparaissant comme par magie.

Elle lui tendit un flacon de Milk +6.

Obéissante, Olivia étala la crème. Dans ce genre de domaine, Allie était de loin l'experte. Inutile de le nier.

La lotion fut aussitôt absorbée par la peau et sa bonne mine n'avait toujours pas disparu.

Un vrai miracle.

Si on faisait abstraction de ce sac plastique enfoncé sur la tête pour couvrir la crème hydratante dont Allie lui avait demandé d'enduire ses cheveux. Cette gélatine sentait bon mais avait une texture de morve.

— Pas mal, commenta Allie, positive.

— C'est vrai.

Les yeux toujours rivés sur le miroir, Olivia se toucha délicatement les joues. La peau, d'habitude sèche comme du papier, était étonnamment douce.

— Bon alors, qu'en dis-tu ? Au sujet de la frange ?

Jusqu'à maintenant, elle avait fait confiance à Allie. Autant aller jusqu'au bout.

— D'accord. Mais fais gaffe de ne pas les couper trop court.

— Ne t'inquiète pas, voyons ! Je ne suis pas idiote !

Elle se dirigea vers la douche et fit couler l'eau.

— Rince tes cheveux pendant que je vais chercher des ciseaux.

Olivia entra dans la cabine, tira le rideau imprimé jungle, et bascula la tête en arrière sous le jet d'eau chaude. C'était divin et ça sentait délicieusement bon. Cette journée devenait décidément un vrai bonheur. Depuis une semaine déjà, elle se faisait du mauvais sang au sujet du bal, changeant sans cesse d'avis. Aujourd'hui, pour la première fois, elle se sentait optimiste.

Quand l'eau coula bien claire et qu'il ne resta plus de savon, Olivia ferma le robinet, saisit la serviette-éponge moelleuse accrochée au mur et s'en enveloppa la tête avant de sortir de la douche.

Allie n'était pas encore de retour. Olivia en profita pour essuyer la buée qui s'était formée sur la glace et passa un coup de brosse dans ses cheveux emmêlés, essayant de jeter un regard objectif sur ce visage qui lui faisait face.

Elle n'était pas belle. Pas vilaine non plus. Juste ordinaire. Des yeux clairs ordinaires. Une peau pâle ordinaire, d'affreuses taches de rousseur et des épaules maigres. Elle ne pouvait voir le reste de son corps, mais il était plutôt anguleux. Pas du genre intéressant, du style « je mange tout ce que je peux et ne prends pas un gramme » mais dégingandé, gauche, comme un garçon de douze ans.

Il n'y avait donc pas grand-chose à perdre. Les talents de coiffeuse d'Allie donneraient peut-être de bons résultats. Sinon… eh bien… ça ne pouvait pas être pire que maintenant !

— Désolée, lança Allie en arrivant dans un courant d'air glacé venant du couloir. Je n'arrivais pas à les trouver. Maman s'en était servie pour préparer les paquets-cadeaux. J'ai payé une fortune pour ces ciseaux !

C'était fort probable. Allie semblait dépenser tout son argent de poche en produits de beauté.

Olivia devrait-elle en faire autant ? Allie était incontestablement plus jolie qu'elle. Plus heureuse, aussi. Et bien plus autoritaire !

— Assieds-toi ! ordonna Allie en désignant le siège

des toilettes. Il va falloir que tu restes tout à fait immobile pendant que je coupe.

Elle prit un peigne dans le tiroir et se mit à tracer la raie au centre.

— Interdiction de reculer ou de paniquer. Si tu bouges, je ne suis pas responsable au cas où les ciseaux t'entreraient dans un œil.

— Je vais essayer.

Mais au fond d'elle-même, Olivia savait que cela n'arriverait pas. Dans sa poitrine, l'excitation enflait, faisant battre son cœur comme les tambours dans Down Under de Men at Work.

Nettement plus à son goût que les Carpenters.

Allie ramena les cheveux vers l'avant du visage d'Olivia. Ils descendaient plus bas que le menton. Ils touchaient presque sa poitrine et poussaient probablement depuis le cours élémentaire.

Avec un soin infini, Allie coupa les mèches pour qu'elles soient bien alignées. Puis, s'agenouillant devant Olivia, elle les observa avec une extrême concentration, ses yeux bleu lagon passant d'un côté à l'autre. Puis elle maintint les cheveux entre l'index et le majeur de la main gauche, tira vers le bas jusqu'au milieu du nez d'Olivia et brandit les ciseaux.

— Compte jusqu'à trois, ordonna-t-elle.

Olivia prit une profonde inspiration.

— Un… deux…

Snip !

Olivia recula brusquement.

— Hé ! Tu m'as demandé de compter jusqu'à trois !

— Je sais, mais tu aurais paniqué en sachant que ça allait arriver. Il fallait le faire comme pour arracher une dent. Vite et par surprise.

Elle brandit la mèche qu'elle venait de sectionner et ajouta :

— Tu peux lui dire adieu.

Puis elle la jeta dans la poubelle.

— Es-tu certaine que ce soit une bonne idée ? demanda Olivia tout en sachant qu'il était trop tard pour revenir en arrière.

Allie commença à arranger la frange pour la mettre bien en place et sourit :

— Oh, oui ! Une idée excellente.

Elle donna encore quelques petits coups de ciseaux de-ci, de-là, reculant chaque fois pour vérifier si tout était bien aligné.

— Fais voir !

Olivia tenta de se lever, mais Allie la repoussa.

— Non, il faut que tu attendes. Laisse-moi le temps de les sécher et de te maquiller un peu pour que tu puisses voir l'ensemble.

— Je ne pense pas pouvoir attendre.

— Bien sûr que si !

Une main sur l'épaule d'Olivia pour l'obliger à rester assise, Allie saisit le sèche-cheveux sous le petit meuble de la salle de bains, branché en permanence, prêt à fonctionner.

— Je parie que Mark Grudberg t'invitera à danser, ce soir.

— Arrête de te moquer de moi.

— J'en suis certaine. Tu vas arriver avec une telle confiance en toi. Peut-être est-ce toi qui devrais l'inviter.

— C'est hors de question.

— Je te mets au défi.

— Inutile car c'est sûr que je ne l'inviterai pas à danser. Il va me prendre pour une folle.

Allie sourit et secoua la tête.

— Je ne crois pas. Mais attends de voir, d'accord ?

Elle semblait si enthousiaste qu'Olivia commença à frémir d'impatience.

Et si cela réussissait ?

Une fois le brushing terminé, Allie ouvrit son coffret

de maquillage – une série de flacons en verre ou en plastique rassemblés dans une boîte à chaussures.

— Tu ne peux pas imaginer comme tu es belle ! s'exclama-t-elle en secouant un flacon de fond de teint Cover Girl avant de retirer le capuchon.

Puis elle sortit une petite éponge ronde en précisant que tous les grands maquilleurs professionnels s'en servaient, et appliqua par petites touches le liquide à odeur de médicament.

— Évite de me faire ressembler à un clown.

— Je ne m'abaisserai même pas à te répondre.

Olivia attendit un instant, puis lança :

— J'apprécie ce que tu fais pour moi.

— Attends, tu n'as encore rien vu !

Il y eut du blush, de l'eye-liner, une touche de poudre de riz et, pour finir, une application de Mascara Professionnel Power Girl, à l'aide de l'une de ces nouvelles brosses incurvées.

— Ah, non ! protesta Olivia dès qu'elle l'aperçut. Je ne supporte pas d'avoir un truc sur les yeux.

— Ça va faire un effet dingue, la rassura Allie. Regarde le mur derrière moi et lève les yeux. Plus haut. Fixe l'endroit où le mur rejoint le plafond.

Olivia obtempéra, s'efforçant de ne pas cligner des paupières pendant qu'Allie approchait la brosse de ses yeux, l'un après l'autre, pour doucement lisser les cils.

— Ô mon Dieu ! s'enthousiasma Allie. Ô mon Dieu ! Tu es sublime !

— Fais voir !

Olivia voulut de nouveau se lever, mais Allie la repoussa à chaque tentative.

— Encore un truc, dit-elle. Ensuite, tu pourras t'admirer.

— Qu'est-ce que c'est ?

— Il faut que j'aille le chercher. Promets-moi de ne pas tricher.

— Non.

— Je t'en prie, Liv ! S'il te plaît. Joue le jeu un peu plus longtemps. Je reviens dans dix secondes, la supplia-t-elle.

Olivia fit une grimace.

— Bon, d'accord. Je compte. Un…

Allie se redressa d'un bond et s'élança dans le couloir.

— Deux…

Elle avait envie de jeter un coup d'œil mais savait qu'Allie serait anéantie si elle trichait. Alors elle se passa la main dans les cheveux.

Ils semblaient courts.

— Trois…

Et si Allie finissait par se faire inviter par un garçon ce soir et qu'Olivia restât toute seule ?

— Quatre…

C'était fort possible. Allie avait déjà eu beaucoup de succès auprès des garçons, cette année. Ils étaient tous nouveaux, venant d'autres collèges, et en voyant Allie, ils avaient flashé sur ses cheveux blonds, ses beaux nénés, ses jolis yeux bleus…

— Cinq…

Hors de question de se laisser abattre. Un instant plus tôt, elle s'était sentie optimiste. Il fallait qu'elle reprenne le dessus.

— Six…

Mark Grudberg. Il devrait être là. Et s'il la remarquait ? Et si, par miracle, il s'intéressait soudain à elle ? Peut-être ne l'inviterait-il pas à danser, mais un mot ou deux, ce serait déjà un progrès, non ?

— Sept…

Même si leurs regards ne faisaient que se croiser, ce serait déjà un miracle. Elle l'avait déjà dévisagé une fois ou deux en le rencontrant dans le couloir, mais il n'avait pas fait attention à elle. Peut-être… peut-être seulement… les choses changeraient ce soir.

— Huit…

Son cœur battit plus vite. Il était presque temps d'y aller.

— Neuf ! hurla-t-elle au moment où Allie déboula dans la salle de bains en brandissant le petit top émeraude.

— Je suis là, je suis là. Tu n'as pas regardé, hein ?

— J'en avais envie, mais j'ai résisté.

— Bien. Je pense que ce truc t'ira à merveille, lança-t-elle en lui tendant le cache-cœur. Je te le donne.

Olivia resta sans voix.

— À moins que tu n'aies pas envie de porter des vêtements d'occasion. Je pourrais le comprendre.

Elle reprit le petit haut et l'incertitude se peignit sur son visage.

— Tu es sérieuse ? Je peux l'avoir ? Mais c'est ton préféré.

— Je ne pense pas qu'il m'aille encore. Mais toi, je suis sûre que tu seras d'enfer avec. Et tu n'as encore jamais porté un modèle comme celui-ci. Tu sais, avec un décolleté en V. Tu dois en avoir plus qu'assez des vieux tee-shirts et des polos.

— Oh, oui !

Olivia le prit dans les mains. Il était doux comme de la soie. Probablement du polyester, mais tout de même de bonne qualité. Elle n'allait pas le quitter de la semaine.

Baissant jusqu'à la taille la serviette qui l'entourait, elle enfila le corsage.

Le visage d'Allie afficha un grand sourire radieux.

— C'est parfait.

— C'est vrai ?

— Regarde toi-même.

Allie la saisit par le poignet et l'attira vers le miroir.

La fille qui faisait face à Olivia lui sembla tout à fait étrangère, avec ces cheveux cuivrés (pas roux, avait protesté Allie) qui encadraient son visage, et ces yeux qui paraissaient immenses. D'un brun très vif, rien à voir avec le brun délavé d'avant. Les cils noirs ressortaient un max, en comparaison du blond vénitien auquel elle était habituée.

Elle avait l'air d'une personne totalement différente.

Elle était jolie.

Fabuleux ! Pour la toute première fois de sa vie, Olivia se sentait jolie.

— Merci, murmura-t-elle à Allie, refoulant les larmes qui lui montaient aux yeux.

— Ce n'est pas moi, protesta Allie sans verser dans le sentimentalisme. C'est toi. Ça a toujours été toi, mais tu ne le savais pas.

Olivia faillit se récrier, dire que c'était faux, qu'hier il n'en était rien et que demain on n'y verrait plus que du feu. Mais elle savait qu'Allie n'avait rien d'une fée et que cette transformation n'avait rien de magique.

Cela n'avait demandé qu'un tout petit effort.

— Allez, viens ! s'exclama Allie, impatiente de montrer son chef-d'œuvre au reste de la terre. Allons-y ! Il va falloir que tu empruntes aussi mon petit manteau en lapin blanc. Il est faux mais personne ne s'en rendra compte. Ce truc que tu portes n'est pas assez élégant pour ce soir.

— Merci.

Elles partirent au bal dans l'air vif de décembre, passant devant les maisons incrustées de guirlandes lumineuses, de bonshommes de neige et de rennes animés, braillant à tue-tête des chants de Noël jusqu'à ce qu'elles atteignent les abords de l'école où elles s'interrompirent de peur qu'un de leurs camarades ne les entende.

À la cantine, elles tendirent deux dollars, le prix de l'entrée. Une odeur de spaghettis réchauffés flottait encore dans l'air mais bientôt ce souvenir disparaîtrait pour laisser de cette soirée une impression de rêve.

C'était une nuit magique, avant, pendant et après le bal, dont elles garderaient un souvenir flou de lumière, de musique, de sourires, de rires, d'excitation et de satisfaction.

Cette soirée fut mémorable dans la vie d'Olivia qui allait y faire souvent allusion au cours des années suivantes. Non pas parce que Mark Grudberg lui avait effectivement demandé de sortir avec lui, devenant ainsi son premier petit ami. Une expérience unique. Mais parce que c'était la première fois qu'elle avait réellement vu, et surtout *senti*, les transformations que pouvait provoquer la beauté.

Une chose qu'elle n'oublierait jamais.

Treize

Elle est peut-être née avec[1]...

Publicité pour Maybelline

— Ce produit contient du venin de serpent qui paralyse plus ou moins tes muscles...

Caroline retira la main pour que le gel qu'Olivia pressait hors d'un tube ne l'atteigne pas et hurla :

— Du venin de serpent ? Je t'ai demandé de m'aider à me redonner un petit coup de jeune, pas de me tuer !

— C'est sans danger, maman.

— Comment est-ce possible ?

Olivia lui montra le flacon.

— Regarde l'emballage. Le marketing à lui seul coûte une fortune. Et en plus, c'est Peter Thomas Roth. Ils fabriquent pratiquement les meilleurs produits cosmétiques qu'on trouve sur le marché. Ça ne va pas t'empoisonner. Pour l'amour du Ciel, Nicole Kidman s'en sert ! Elle l'adore !

1. Campagne avec Christy Turlington dans les années quatre-vingt-dix, « *Maybe she's born with it...* » (ces cils, ces lèvres, etc.), à la fois belle et naturelle. *(N.d.T.)*

Sa mère réagit comme si c'était justement là une preuve que toute cette histoire n'était que sorcellerie.

— J'ai toujours pensé que quelque chose clochait, chez elle.

— Oh, maman !

— Il y a eu ce mariage bizarre avec…

— Tu veux parler de mariages ratés ? demanda Olivia comme si Nicole et elle étaient les meilleures amies et qu'elle se devait de la défendre.

Bien entendu, ce n'était pas le cas. Mais une chose était certaine, elle n'avait aucune envie d'écouter sa mère déblatérer des platitudes sur les conditions d'un bon mariage.

— Soit, rétorqua Caroline d'un ton sec. Mais de là à tartiner ma peau de venin de serpent…

Elle porta la main à son visage pour l'essuyer.

Olivia l'attrapa au vol et la maintint pendant qu'elle appliquait un peu de crème sur ses doigts.

— Voilà. Tu vois ? Tu es toujours vivante. Maintenant étale-la sur ton front.

Caroline eut l'air dubitative.

— La peau du visage est très fine, tu sais. Les produits, comme le poison par exemple, y pénètrent très vite.

— Oui, je sais. C'est pour cette raison qu'elle se ride.

Olivia trempa les doigts dans le gel pour l'étendre elle-même sur le front de sa mère. Puis elle recula.

— Tu sens quelque chose ?

Caroline joua des sourcils.

— Je ne suis pas sûre… ça picote un peu.

— Ce ne sera pas plus méchant que ça.

Elle prit le reste et l'étala sur son propre front.

— Tu sens comme ton front devient un peu plus rigide ?

Caroline grimaça davantage.

— Oui, c'est possible.

— Bien. Cela estompera tes rides du lion.

— Qui a dit que j'avais des rides du lion ? protesta Caroline en reculant.

— Moi, maman. Fais-toi une raison : tu as des rides intersourcilières.

Olivia jeta un coup d'œil sur l'étagère et prit un autre tube.

— Maintenant, mets cela très délicatement autour de tes yeux.

— Qu'est-ce que c'est ? Du cyanure ?

Pas mal. Olivia faillit rire, mais elle n'allait pas faire ce plaisir à sa mère. Cela encouragerait Caroline à se moquer de toutes les autres suggestions d'Olivia.

— C'est un produit à base de champignon qui aide à effacer ces fines ridules. Et regarde…

Elle tint le pot devant les yeux de sa mère afin qu'elle puisse lire le nom du Dr Weil sur l'étiquette d'Origins et ajouta :

— C'est conçu par un médecin, maman. Ce qui signifie que ça ne te tuera pas.

— Incroyable ce qu'on ne ferait pas pour rester jeune et belle. Mais j'en ai assez de me sentir comme une vieille chouette. Si je veux entamer une nouvelle vie, il me faut une nouvelle tête.

Sous le regard attentif d'Olivia, Caroline posa la crème par petites touches sur le contour des yeux.

Les cheveux jadis cuivrés – magnifiques, sous la lumière du soleil, il faut bien l'admettre – étaient devenus d'un rouge terne, le résultat de trop nombreuses teintures maison sur de vieux cheveux fatigués. Son visage restait assez joli. L'habitude d'appliquer de la crème Pond Cold, qui avait si bien réussi à sa grand-mère et à son arrière-grand-mère, avait également fait des merveilles sur sa mère. Les nouveaux produits d'Olivia ne feraient que l'aider à poursuivre dans cette voie. Et ses dents avaient une teinte naturelle, loin du gris tristounet qui affectait la plupart des femmes de son âge.

Mais elle était mince, peut-être un peu trop. Il lui manquait une dizaine de kilos. Olivia la connaissait par cœur. Sa mère jugeait sans doute cette minceur plus séduisante qu'une silhouette tout en rondeurs. Olivia trouvait pourtant qu'elle ressemblait à un petit oiseau frêle.

— Tu vas être impressionnée par son efficacité, dit-elle en lui tendant la crème.

— Je l'espère. Mais je doute de pouvoir me permettre ce genre de dépense.

Olivia sourit.

— Je vais te rendre accro.

— Il n'est pas question que tu deviennes mon dealer.

— Ne t'en fais pas. Tout ça m'est envoyé gratuitement, expliqua-t-elle en désignant les pots, flacons et autres tubes alignés sur les étagères.

— Et pourquoi font-ils cela ?

— Parce que les entreprises veulent que j'essaie leurs produits, que je les apprécie et que j'en parle dans notre magazine.

Elle lui tendit un gros pot de crème hydratante Visible Difference d'Elizabeth Arden, un produit à n'utiliser qu'au cœur de l'hiver, quand le chauffage déshydrate la peau. Mais sa mère pourrait s'en servir toute l'année, un produit parfait pour sa peau mature.

— Tiens, prends aussi celle-ci. Tu pourras en mettre deux fois par jour. Tu vas adorer.

Sa mère inspecta l'étiquette.

— Ah, oui ! Je l'ai déjà.

— Tu t'en sers ?

— Je la réserve pour les grandes occasions, vu ce qu'elle coûte.

— Maman, c'est une crème hydratante, pas du Chanel N° 5. Mets-en un peu en sortant de la douche ou après t'être démaquillée et ton pot durera bien assez longtemps.

— Je vais essayer, concéda Caroline.

Puis, après avoir observé sa fille un instant, elle ajouta :

— Dieu sait que tu es mieux conservée que je ne l'étais à ton âge.

— Si c'est vrai, c'est sans doute parce que je ne suis pas mariée.

Olivia jeta un coup d'œil à sa montre. Il était 13 h 30. Elle avait un rendez-vous dans une heure et sa mère devait être chez le coiffeur dans une demi-heure.

— Il faut que tu partes, lui annonça-t-elle. Ils t'attendent au salon de coiffure.

— Ah oui. Où était-ce déjà ? Chez Sacks ?

— Bergdorf Goodman. C'est au niveau du numéro 700 Fifth Avenue. Tu ne peux pas le louper.

— Et le nom du styliste ?

— John Barrett.

La plupart des gens tueraient pour décrocher un rendez-vous avec John Barrett mais, si Olivia le lui disait, Caroline trouverait sûrement cela trop extravagant et se rendrait chez Express Cuts pour un rendez-vous avec la première stagiaire venue.

— Son nom est indiqué sur la vitrine du salon, précisa-t-elle.

— Tu es sûre qu'il a l'habitude de coiffer des femmes d'un certain âge ? Je ne veux pas sortir de là avec une tête de punk.

Olivia pouffa de rire.

— Impossible, maman. Impossible.

— J'apprécie vraiment tout ce que tu fais, déclara Caroline après un moment de silence. Il y a longtemps que je ne me sens pas très à l'aise avec mon apparence.

— Alors tu vas bientôt être très heureuse. Maintenant, vas-y. J'ai beaucoup de travail.

Elle suivit sa mère des yeux, puis ajouta :

— Et arrête-toi dans un café en sortant de ton rendez-vous ! Il faut que tu manges un morceau !

Leurs rôles, ou du moins les rôles qu'elles étaient censées jouer, avaient été inversés.

— … et maintenant il va l'épouser, maugréa Allie. Tu te rends compte ? L'épouser ! Jusqu'à ce que la mort les sépare ! Mon Dieu ! Il vaudrait mieux que je le tue de mes propres mains. Ou elle.

Elles faisaient une petite promenade le long du canal, au nord de Georgetown. Sa mère marchait d'un bon pas, mais Allie se rendait compte, à bout de souffle, que chaque pas les éloignait de la voiture.

Un tapis de course aurait été plus indiqué. Sur cet engin, elle aurait pu mesurer ses progrès quotidiennement, se forcer un peu, mais aussi s'arrêter quand elle en avait envie.

Ou en avait besoin.

Sa mère émit un petit claquement de langue

— Tiens, tiens… Noah épouse Victoria Freedman… Bon, je dois avouer que nous ne sommes pas toujours d'accord sur les choix de Noah en matière de petite amie, toutes les deux. Mais ça ! J'avoue ne pas l'avoir imaginé un seul instant.

— C'est dingue, non ?

— Cela fait des années que je n'ai pas vu Victoria. Mais si elle est comme sa mère…

— Exactement ! Exactement ! D'ailleurs pourquoi en serait-il autrement ? Les chiens ne font pas des chats…

Sa mère lui lança un regard entendu.

— En tout cas, poursuivit Allie, c'est une nana horrible et j'ai à tel point disjoncté quand il me l'a annoncé qu'il ne veut même plus m'adresser la parole.

— Que s'est-il passé ?

— Nous avons bu quelques bières et il devait rester

dormir sur mon canapé, mais notre conversation a si mal tourné qu'il a préféré prendre un taxi pour rentrer. C'était moche.

— Tu lui as parlé, depuis ?

— Nous avons échangé quelques coups de fil bizarres, plutôt froids. Il semble redevenu normal, maintenant.

Elle marchait plus vite, d'un pas rageur qui trahissait sa colère.

— Calme-toi, Allie !

Elle ralentit aussitôt son allure.

— Je parlais au sens figuré, précisa sa mère.

Elle se montrait gentille car c'était son mode de fonctionnement habituel, mais tentait néanmoins de faire comprendre à sa fille que son comportement était excessif.

— Ne juge pas Noah aussi sévèrement. C'est un moment important, pour lui. On peut supposer que c'est plus important pour lui que pour toi.

— On peut le supposer, ironisa Allie.

Sa mère ignora son sarcasme.

— Est-ce qu'il t'a expliqué pourquoi il avait pris cette décision ?

— Non, mais c'est un peu rapide, tu crois pas ? Toi aussi, tu l'as remarqué !

Voilà. Si Allie se montrait acariâtre ou rancunière, sa mère, qui n'avait pas les mêmes raisons de juger la situation, trouvait, elle aussi, que c'était soudain.

— Il a dit que c'était bien ainsi, que ce genre de choses ne pouvait pas toujours s'expliquer… et un tas d'autres sornettes de ce style ! Si tu veux mon avis, c'est étrangement précipité.

— Tu penses que Victoria est… dans l'embarras ?

— Je n'arrive pas à croire qu'il puisse en être autrement. Attends, comment ça, *dans l'embarras* ? Tu veux dire enceinte ?

Sa mère acquiesça.

— C'est l'une des raisons pour lesquelles certains jeunes décident de se marier sans attendre.

— Oh, maman !

Allie passa son bras autour des épaules de sa mère et elles continuèrent à avancer, plus lentement, cette fois.

— Tu es gentille, mais nous ne sommes plus si jeunes que ça. Et on n'a pas ce genre de pépin, de nos jours. À moins d'être de vrais débiles. Pour Vickie, je n'en jurerais pas, mais Noah n'est pas débile.

À moins que… ? Elle ne connaissait rien de ses habitudes sexuelles. Sauf qu'il embrassait divinement. Ça, elle le savait et elle s'en souvenait.

Cela remontait à une éternité… à un soir qu'il avait sans nul doute oublié depuis longtemps. Comment se comportait-il maintenant, dans ce domaine ? Était-il le genre de garçon à prendre toutes les précautions voulues ?

Il serait probablement outré de savoir qu'elle s'interrogeait à ce sujet. Mais c'était plus fort qu'elle.

Quand il avait débarqué dans leur école, elle l'avait trouvé très mignon. Mais au fil du temps, au lieu de prendre le chemin de l'apparence hybride, mi-homme, mi-garçon, comme les autres adolescents de son âge, Noah était devenu un homme séduisant. Très séduisant. Ses traits enfantins s'étaient virilisés. Sa bouche s'était ourlée de manière sexy sans être trop douce. Ses dents, redressées par plusieurs années d'appareillage, méritaient maintenant des gros plans de stars de cinéma. Et puis, il y avait ces petites rides autour des yeux qui avaient pour origine ses sourires, et sa manie de plisser les yeux quand il se concentrait sur quelque chose.

Sans parler du bleu de ses yeux. Ni saisissants ni délavés, juste… chaleureux. Allie avait contemplé ce bleu maintes fois dans sa vie, essayant de déterminer leur teinte exacte, parvenant toujours à la même conclusion.

Ils étaient bleu Noah.

Une nuance de crayon de couleur.

De surcroît, Noah était sans doute la personne la plus intelligente qu'Allie ait jamais rencontrée, capable de comprendre les formulaires d'impôts – ô combien nébuleux ! – et les questions politiques tout en sachant les réexpliquer à Allie comme si elle était une gamine de six ans.

C'était très appréciable.

Noah était pratiquement l'homme parfait.

Pas étonnant que Vickie lui mette le grappin dessus.

Soudain, elle l'imagina avec cette fille. En train de l'embrasser. De la toucher. Une pensée qui lui tordait les tripes.

— Allison, je n'ai traité personne de débile.

Allie sortit de sa rêverie. Débile ? Ah, oui…

— Bon, très bien, nous sommes d'accord pour dire que Noah ne l'est pas, bredouilla-t-elle, encore à moitié perdue dans ses pensées. Sauf quand il s'agit de choisir ses petites amies.

— À moins que ce ne soit toi ?

— Quoi ? *Moi ?* Avec Noah ?

Sa mère acquiesça.

— Mais nous sommes amis !

La protestation resta légère.

— Des mariages très heureux ont vu le jour pour moins que ça.

Sur ce, Peggy Denty s'arrêta au milieu du chemin.

— Faisons demi-tour, veux-tu ? À ce rythme, on va finir en Géorgie.

Ouf ! Cela tombait à pic. Allie devait changer de sujet, réorienter le cours de ses pensées.

— D'accord. Comme tu voudras, concéda-t-elle en tournant les talons pour reprendre, avec gratitude, le chemin en sens inverse.

— Tu disais ? insista pourtant sa mère.

— Qu'il n'y a rien de plus, entre Noah et moi, que de l'amitié. Alors si tu as l'intention d'insinuer que je suis jalouse, tu peux t'arrêter tout de suite.

— Mais je n'ai rien dit de tel !

Sa mère avait l'air si sincèrement étonnée qu'Allie se sentit gênée.

— Bien.

— Mais maintenant que tu le mentionnes…

— Pas du tout. Oublie ce que j'ai pu dire. On risque de s'égarer. Le truc, c'est que Noah est sur le point d'épouser la vilaine sorcière de l'Ouest et que je dois l'en empêcher.

— Mais, ma chérie, c'est impossible, voyons ! Cette décision leur appartient et on dirait que Noah a fait son choix. Il ne te reste plus qu'à l'accepter et à rester son amie malgré tout.

Allie y réfléchit un instant. Avec sérieux.

Elle ne parvenait pas à s'imaginer Noah épouser cette garce sans réagir. Devoir l'appeler chez lui et demander poliment à Vickie si elle pouvait parler à son vieil ami. Et comment se rendre aux anniversaires de leurs enfants, à leurs remises de diplômes sans avoir cette peste dans les pattes ?

En fait, elle arrivait parfaitement à se l'imaginer et c'était bien cela le plus terrible. Il y aurait des poneys, des clowns et des Freedman dans tous les coins. Des enfants avec du bon sang Haller dans les veines courant dans tous les sens comme des Freedman.

Cette pensée lui était trop insupportable.

— Je ne suis pas sûre de le pouvoir, maman, s'entendit-elle répondre.

Et Allie comprit que c'était une vérité trop horrible à admettre. Elle n'était pas sûre de pouvoir rester les bras croisés à regarder son ami commettre une telle erreur. Peut-être devrait-elle disparaître à jamais de sa vie.

— Comment réagir quand ceux qu'on aime font une véritable folie ?

Sa mère passa sa main sous son bras et la pressa doucement.

— Tu restes à leur côté quoi qu'il arrive, dit-elle. Et tu espères qu'ils s'en rendront compte par eux-mêmes.

Quatorze

Aussi singulier que vous[1]...

Publicité pour le parfum Cachet

Quand elle arriva au bureau le lundi matin, une semaine après la soirée, Tim, l'assistant administratif d'Olivia, se précipita vers elle, avec une envie non dissimulée de faire des commérages.

— Tu as un message, annonça-t-il en brandissant un petit papier jaune qu'il agitait de gauche à droite.

— Bon, je donne ma langue au chat. Qu'est-ce que c'est ?

— Ça vient d'une vieille amie.

— De toi ou de moi ?

— De toi, bien sûr ! C'est quelqu'un que tu as vu à la soirée.

Il posa le message sur la table et s'assit en face d'elle avant d'ajouter, les poings sur les hanches :

— Je n'en reviens pas que tu sois allée à une soirée d'anciens sans m'en parler !

Olivia leva les yeux au ciel.

1. « *As individual as you are.* » *(N.d.T.)*

— Moi-même je l'ignorais encore quand tu es parti, vendredi. Sinon, tu aurais trouvé un moyen de me tirer les vers du nez.

— Vendredi dernier ?

— Une fois que c'était fait, quel intérêt d'en parler ? Ça n'avait rien d'intéressant.

— C'est à moi d'en juger.

— Plus tard. J'ai du boulot. Alors, tu me le donnes, ce message ?

Tim soupira et le lui tendit.

— Entendu. C'est ta copine Allison. Tu la connais ?

— Oui. Il y a un problème ? s'inquiéta-t-elle.

— Elle n'en a pas parlé, mais elle semblait contrariée. À moins qu'elle ait pris froid. Elle pouvait aussi être pompette, ajouta-t-il en agitant le mot sous le nez d'Olivia. Parfois, les gens ont une voix nasillarde quand ils ont picolé.

— Quand a-t-elle appelé ?

— C'était sur le répondeur. Vers 2 heures du matin.

— Le message y est toujours ?

— Oui, je l'ai sauvegardé.

— Merci.

Le papier toujours à la main, elle se précipita vers son bureau, ferma la porte et s'installa à sa table de travail – où Tim lui avait laissé une pile d'autres messages sans doute moins intéressants – et consulta le répondeur.

Celui d'Allie était en tête de liste.

« Salut, Olivia. C'est Allie. Allison Denty. De la soirée des anciens. Je suppose que tu t'en souviens. En tout cas, je t'appelle en pleine nuit en espérant que tu trouveras mon message en arrivant. Rappelle-moi. J'ai… enfin, c'est juste une situation dont je voudrais te parler. Alors, rappelle-moi. Merci. Ciao. Oh ! Mon numéro est le 301-555-1593. Merci. »

Le débit d'Allison était rapide, comme quand elle était

très énervée, mais pas éméchée, même si on pouvait noter un léger étirement d'une consonne à l'autre.

Olivia hésita. Elle n'avait aucune envie de se laisser piéger en plein drame. Dieu sait qu'elle avait eu sa dose au cours de sa vie.

Et particulièrement ce mois-ci.

Mais on ne pouvait pas dire qu'Allie l'avait harcelée de coups de fil durant ces vingt dernières années. Donc, si quelque chose était arrivé, assez grave pour qu'elle juge utile de lui en parler, Olivia devrait peut-être le prendre au sérieux. Leur amitié passée ne la laissait pas indifférente à ce point.

Elle composa le numéro et attendit.

— Allô ?

— Allie ?

— Olivia ?

— Oui, j'ai eu ton message.

Olivia commença à trier sa pile de petits papiers par ordre d'importance. Trois d'entre eux provenaient de Vickie Freedman, qui souhaitait venir en ville pour déjeuner, et espérait sans doute rencontrer des célébrités qu'Olivia pourrait lui présenter.

— Quoi de neuf, Allie ? demanda-t-elle.

— Euh… eh bien… je n'aurais peut-être pas dû te déranger. Je sais que cela devait sembler un peu alarmiste. Un appel au beau milieu de la nuit, ça fait un peu catastrophe, et…

Olivia se sentit soulagée.

— Et ça n'en est pas une ?

— Non. Je me demandais simplement… j'ai eu un pépin avec un repulpeur de lèvres. Il me les a trop gonflées, alors je me demandais si ce problème se posait avec tous ces produits-là.

— Je n'en sais rien, Allie. Je n'en ai jamais entendu parler. La plupart des gens trouvent que ce n'est pas efficace du tout. Mais tu n'as pas besoin de ça. Contente-toi d'utiliser un crayon, du style Spyce de chez MAC, et…

— Olivia.

— Quoi ?

— Je suis désolée.

Cette fois, le ton d'Allie semblait vraiment inquiétant.

— Je n'ai pas appelé pour ça. Je t'ai appelée parce qu'il s'est passé quelque chose de terrible et que je ne savais pas à qui en parler. Et une fois le soleil levé, je me suis rendu compte que c'était parfaitement inapproprié de te déranger.

Mais Olivia avait été ravie qu'Allie lui téléphone. Entendre ses excuses la décevait quelque peu.

— Inapproprié, Allie ? Mais que se passe-t-il ?

Allie renifla.

— Mon Dieu ! Il va l'épouser !

Olivia fut interloquée.

— Quoi ?

Encore un reniflement.

— Noah. Vickie. Tu vois, ce ne sont même pas mes oignons, alors je ne devrais pas te mêler à ça.

— Attends une seconde ! Il va l'épouser ? Qui ? Vickie ?

Elle n'en revenait pas. Les messages de Vickie lui revinrent aussitôt à l'esprit, comme surlignés de fluo.

Elle était partout !

— Il ne peut pas faire ça ! Je veux dire… enfin, oui. C'est ce qu'il a dit, mais il ne peut pas faire ça ! Sérieusement, j'ai un si mauvais pressentiment au sujet de cette garce et je t'assure que ce n'est pas juste de la rancœur remontant à l'adolescence.

— C'est ce qu'a dit Noah ?

— Mot pour mot.

Elle l'imaginait tout à fait.

— Ça a dû te faire mal.

— Oui, bon, je m'en fiche s'il me considère comme

un gros bébé immature. Ça aussi, il me l'a dit. Cette fois, je ne suis pas égoïste. Je ne veux pas qu'il foute sa vie en l'air, c'est tout.

— Moi non plus.

— Alors parle-lui. Tu es la seule qu'il prendra au sérieux. De nous deux, en tout cas.

Elle avait raison, mais c'était seulement parce qu'Olivia et Noah entretenaient une amitié distante, forgée au fil du temps. Ils ne se parlaient pas tous les jours ni même toutes les semaines. Ils n'avaient pas ces rapports directs, ces blagues entre eux, cette familiarité et cette complicité qui leur permettaient de se faire des remarques sans craindre de dépasser les bornes.

Dans ce sens, Allie avait raison. Et Olivia allait intervenir car elle tenait à Noah. S'il écoutait son avis avec un peu plus de considération, autant essayer.

— T'a-t-il expliqué pourquoi ?

C'était une question bizarre. Quand les gens annoncent leur mariage, c'est en principe parce qu'ils s'aiment. Mais cette raison ne lui vint même pas à l'esprit au sujet de Noah et de Vickie.

— Non, c'est vrai. Il ne s'est pas lancé dans de grands discours sur l'amour. Mais comme je me suis montrée un peu hystérique, il a dû penser que j'en faisais une affaire personnelle. Ce qui n'est pas le cas, bien sûr. Je lui ai juste répété qu'elle s'était comportée comme une garce envers moi parce que c'est tout ce que je sais d'elle. Et je sais aussi que c'est une personne profondément méchante. J'ai eu raison, non ? Je ne pense pas que ce trait de personnalité fondamental change avec le temps. Pas toi ?

N'importe qui d'autre aurait été essoufflé par le débit de mitraillette d'Allie, mais Olivia avait été formée à bonne école et avait gardé le réflexe d'isoler les éléments importants de ses diatribes.

— Je ne sais pas, répondit-elle, tout en étant tentée

d'abonder dans son sens. Si je saisis bien, au lieu de s'expliquer, il n'a fait que prendre la défense de Vickie.

— Exactement. Et je sais que c'est ma faute, mais... Bref, on en est restés là. Je ne comprends rien à cette affaire.

— Je devrais peut-être l'appeler.

— Oui, je crois, soupira Allie, soulagée.

— Mais je ne voudrais pas qu'il s'imagine qu'on se ligue toutes les deux contre lui.

— Ne lui dis pas que tu m'as parlé. Il n'y a pas de raison qu'il se doute de quoi que ce soit. Appelle-le comme si tu voulais juste prendre de ses nouvelles... Savoir comment il va mettre sa vie en l'air ! grommela Allie, la gorge nouée.

Olivia y réfléchit. L'état de son bureau lui rappelait qu'elle avait des tonnes de travail à abattre dans les heures à venir, mais si elle pouvait faire quelque chose pour aider Noah, elle se débrouillerait pour trouver une minute.

Bien qu'Allie et elle n'aient pas toujours été du même avis, cette fois elles étaient tombées d'accord. De toute évidence, Allie ne prêchait pas pour sa propre chapelle, mais pour le bien de Noah. Si lui ne le voyait pas sous cet angle, ce n'était la faute de personne.

Peut-être Olivia pourrait-elle arranger la situation. Peut-être pas. En tout cas, elle devait essayer.

— Je lui passerai un coup de fil, Allie.

— Bientôt ?

— Aujourd'hui. Maintenant. Ne t'inquiète pas.

— Tu me rappelleras pour me raconter ce qu'il a dit ?

— Bien sûr. Dès que je saurai quelque chose.

Allie laissa échapper un long soupir.

— Merci. Sincèrement merci. Du fond du cœur. À nous deux, nous réussirons peut-être à empêcher Noah de commettre une terrible erreur.

— Espérons-le.

Puis elle raccrocha.

Les jours précédant un bouclage étaient toujours épiques et Olivia dut attendre le soir pour appeler Noah. Quand elle réussit enfin à le joindre, elle le trouva avec Vickie et put difficilement lui parler.

Elle dut attendre le lendemain après-midi pour discuter un instant avec lui.

Son humeur n'était guère brillante.

— Allie t'a appelée ?

— Elle semblait inquiète, répondit Olivia sans chercher à le nier. Et à vrai dire, Noah, je le suis aussi. Tout cela me semble trop précipité.

— Oui.

C'était tout ? *Oui ?*

— Tu comprends donc que tes amies puissent être inquiètes.

— Oui, bon, d'accord. Merci. Mais je ne pensais pas devoir vous soumettre cette décision au préalable.

Le ton de sa voix déconcerta Olivia.

— Bien sûr que non. Mais tes amies…

Il poussa un soupir exaspéré.

— Écoute, je suis en pleine charrette pour l'instant. Je peux te rappeler plus tard ?

— Oui, bien sûr. Et… Noah ?

— Quoi ?

— Je suis désolée de me mêler de ce qui ne me regarde pas. C'est parce que je t'aime bien. Et Allie aussi.

Il émit un petit ricanement sarcastique avant de répondre :

— Il faut que j'y aille.

Olivia rappela aussitôt Allie qui, de toute évidence, s'impatientait.

— Je ne sais pas ce qui se trame, conclut-elle. Mais dès qu'il nous a annoncé qu'il sortait avec cette fille, on s'est aussitôt braquées en lui assurant que c'était une vraie peste. Le problème vient peut-être de là ?

— Tu n'y es pour rien, Olivia. C'est moi qui l'ai énervé avec ça. Il est en colère contre moi.

— Je n'ai pas été très gentille à son sujet non plus.

— Si c'est ce qui l'a mis en rogne, pourquoi ne l'a-t-il pas dit tout de suite ? s'étonna Allie. Il y a deux semaines, il se comportait encore normalement.

Tim entra dans le bureau d'Olivia et lui tendit une liasse de feuilles jaunes qu'elle tria sur-le-champ, vérifiant s'il y avait un message de Noah.

— C'est la première fois que je lui parle depuis la soirée. Était-il furieux sans qu'on le sache ?

— Non, ça ne lui ressemble pas, décréta Allie. Il n'est pas du genre à se fâcher.

— Ou très occupé. J'ai peut-être mal interprété le ton agacé de sa voix.

— Je lui ai laissé trois messages et il ne m'a jamais rappelée.

— Sans doute parce qu'il est surchargé de travail.

— Ça ne l'a jamais empêché de rappeler. C'est trop bizarre.

Olivia posa les papiers sur le bureau et pianota dessus de ses doigts fraîchement manucurés. Au lieu de s'engager dans cette discussion, ne ferait-elle pas mieux de s'occuper de ses propres affaires ?

— Allie ? As-tu déjà eu l'impression que Noah pouvait ressentir pour toi autre chose qu'une amitié platonique ?

La réponse d'Allie fusa aussitôt, explosive :

— Non, bien sûr ! C'est fou !

— Pas tant que ça.

— Mais si, Olivia. Crois-moi. Il a eu sa chance et ne l'a jamais saisie. Et moi non plus, d'ailleurs.

— Récemment ?

— Au fil de toutes ces années. Il sort avec quelqu'un, puis c'est moi, mais il y a toujours ces périodes creuses où nous sommes célibataires en même temps. Il aurait pu faire un geste mais ne l'a jamais fait.

— Et toi ?

Il y eut un long silence.

— Non, moi non plus. Je ne suis pas du genre à prendre l'initiative, même si j'en ai très envie.

— Je pense que c'est tout aussi difficile pour Noah. Surtout en ce qui te concerne.

— Sincèrement, je ne crois pas que ce soit le cas.

Que devait-elle faire ? Raconter à Allie ces histoires qui appartenaient au passé ou les garder secrètes comme elle l'avait fait durant toutes ces années ?

— Réfléchis-y. Quand on est ami avec quelqu'un pendant très longtemps, on construit une relation difficile à changer. Comment annoncer à sa meilleure amie qu'on est amoureux d'elle ?

— Il t'en a parlé ? s'informa Allie, de mauvaise humeur.

— Non, il ne l'a pas fait. D'ailleurs, ce ne serait pas son style, n'est-ce pas ? Même si c'était le cas.

Quinze

Levez la main si vous êtes sûre de vous[1]

Publicité pour le déodorant Sure

Durant la première semaine de régime – ou *changement de style de vie*, comme elle était censée l'appeler alors qu'elle se précipiterait sur un dîner super calorique dès l'objectif atteint – Allie perdit deux kilos.

À la télévision, elle avait vu des gens dont le poids avait baissé davantage, dès la première semaine. Des histoires spectaculaires, évoquant quatre kilos en huit jours ! Mais dès qu'elle avait exprimé sa déception lors de la réunion, tout le monde s'était écrié qu'elle était folle et que deux kilos représentaient déjà un beau résultat.

Ç'aurait été génial que les quatorze kilos s'évaporent en une semaine, mais c'était assez peu réaliste.

La deuxième semaine, avec des espoirs plus mesurés, elle en avait perdu un. La troisième semaine, presque un et demi. Cette semaine, en revanche, ce n'était plus qu'une livre, mais avec un total de près de cinq kilos

1. « *Raise your hand if you are sure.* » *(N.d.T.)*

et demi en moins – l'équivalent de quatre paquets de farine –, elle était satisfaite.

Une sacrée différence.

Des progrès. Cela faisait très, très longtemps qu'elle n'avait pas progressé en quoi que ce soit.

— Vous avez fait un boulot formidable ! lui annonça Arlene lors de la pesée.

— Merci, répondit Allie en remettant sa montre. C'est incroyable comme on se sent mieux en maigrissant, même un tout petit peu.

Arlene sourit.

— Après quelque temps, on devient aussi accro qu'avec les Twinkies. C'était mon faible. Et vous ?

— La pizza. Et le pain. Toutes les sortes de pain. Surtout chaud avec du beurre fondant dessus.

— Enfin rien ne fait autant plaisir que de se sentir mince, objecta Arlene en lui lançant un clin d'œil. Mais je comprends votre faible pour les petits pains chauds.

Allie finit d'accrocher ses boucles d'oreilles et entra dans la salle de réunion. Même après un si court délai, elle en était arrivée à considérer les autres comme des membres de sa famille. Quand Marianne se leva pour s'adresser au groupe, Allie espéra sincèrement qu'elle aurait perdu du poids après en avoir gagné pendant deux semaines successives.

— Un peu plus d'un kilo cette semaine, annonça-t-elle toute fière.

Tout le monde applaudit et les joues dodues de Marianne prirent une teinte écrevisse. Elle était mignonne mais s'étant donné pour objectif de perdre soixante kilos, impossible de l'en convaincre.

— J'ai eu une révélation importante, cette semaine, expliqua Marianne en nouant et dénouant ses mains devant son ventre. J'ai commencé à prendre du poids après la mort de mon père, il y a dix ans. Vous vous souvenez peut-être que je vous avais dit que maman est décédée quand j'étais petite. Mon père jouait donc le double rôle de père et de mère. Même s'il n'avait pas toujours les bonnes réponses durant les années tumultueuses de mon adolescence, il a fait de son mieux.

Des larmes commencèrent à couler le long de ses joues et elle les essuya du revers de la main.

— Je m'étais pourtant promis de ne pas pleurer…

— Ce n'est rien, intervint Heather, la responsable du groupe en l'invitant à continuer. Nous voulons entendre ce que tu as à nous dire. Ne laisse pas quelques larmes se mettre en travers de ton chemin.

— Merci, Heather. En fait, c'est assez simple. Papa me disait toujours que j'étais jolie, surtout quand il ne savait plus comment gérer mes incertitudes de gamine. Quand il est mort, j'ai cru qu'il avait emporté tout cela avec lui. Je pense avoir grossi exprès. Une sorte d'hommage.

Elle renifla et s'essuya de nouveau les yeux avant de continuer :

— Mais ce n'est pas un hommage. Je me tue à petit feu et il n'aimerait pas ça du tout. Maintenant, je suis plus motivée que jamais pour recouvrer ma santé. Voilà, c'est ce que je voulais partager avec vous, conclut-elle avec un sourire gêné.

— C'est une histoire incroyable, commenta Heather. Un bel exemple.

Gilda leva la main et prit la parole :

— Marianne, peut-être pourrais-tu penser à ta bonne santé comme un hommage à ton père. Parce que tu es un prolongement de sa vie et je suis sûre qu'il aimerait que tu vives longtemps et en pleine forme.

Une fois de plus, le groupe applaudit et le reste de la réunion se déroula normalement, ponctué d'autres commentaires sur le revirement de Marianne.

Sur le chemin du retour, Allie se demanda si elle se goinfrait, elle aussi, pour une raison particulière.

Dans un premier temps, elle repoussa cette idée en ricanant. Elle avait pris du poids parce qu'elle adorait manger. Elle n'était pas d'accord avec le Dr Phil qui prétendait qu'on mangeait pour compenser un manque. Allie mangeait parce que cela lui procurait du plaisir et qu'il en avait toujours été ainsi. Durant son adolescence, elle s'en sortait grâce à son excellent métabolisme, ce qui n'était plus le cas.

C'était aussi simple que cela. Pas facile, mais simple.

Elle était accro.

Maintenant, il ne lui restait plus qu'à devenir accro à une nourriture plus saine.

Peu après 19 heures, on sonna à la porte.

Allie mit son lecteur DVD sur pause et se dirigea vers la porte, en vieux peignoir, les cheveux emprisonnés dans une serviette éponge fatiguée, s'attendant à voir Sing Yee, le coursier du Café Hong Kong, qui devait lui livrer des légumes vapeur sur un lit de riz complet. Secrètement, elle espérait qu'il lui apporterait par erreur la commande plus appétissante d'un autre client.

Mais ce n'était pas Sing.

Elle eut le souffle coupé.

— Noah ! Mais qu'est-ce que tu fais ici ?

Il passa devant elle, l'air de ne pas avoir dormi depuis une semaine.

— Il faut qu'on parle. Et maintenant.

Elle jeta un coup d'œil dans le couloir pour voir si le coursier arrivait mais il n'y avait personne. Elle referma.

— Laisse-moi me changer, je reviens tout…

— Pourquoi as-tu appelé Olivia ?

— Quoi ?

— Tu m'as très bien entendu. Pourquoi as-tu appelé Olivia au sujet de Vickie et moi ?

— Je suis désolée. C'était censé être un secret ?

Le visage de Noah était pâle, ses traits tirés. De gros cernes soulignaient ses yeux.

— Pourquoi tu ne peux pas, une fois dans ta vie, te mêler de tes affaires ?

Profondément blessée, elle se mit aussitôt sur la défensive.

— Parce que ce sont mes affaires quand mon meilleur ami refuse de me parler, de me rappeler.

— Ton meilleur ami ?

Il secoua la tête. Ses cheveux étaient en bataille. Et pourtant, il était toujours aussi… beau.

— On est amis, Allie ? Je n'arrive plus à savoir. On est amis ou pas, cette semaine ?

Elle eut l'impression de recevoir une gifle. Que se passait-il ?

— On est toujours amis, Noah.

— Alors pourquoi ne m'en as-tu pas parlé *à moi*, puisque ça te pose tant de problèmes. Pourquoi, bon sang, as-tu appelé Olivia ?

Bouche bée, elle resserra les pans de son peignoir. La serviette sur sa tête lui sembla soudain peser des tonnes et lui parut tout à fait ridicule.

— Parce que tu ne me rappelais pas ! Tu aurais aussi bien pu être mort, ou écrasé sous quelque chose de super lourd dans ton appartement.

Il se laissa tomber sur le canapé et tendit les mains devant lui.

— Alors tu as rudement bien fait d'appeler Olivia à New York !

— Noah ! Qu'est-ce qui ne va pas ?

Il la défia du regard.

— D'après toi, qu'est-ce qui ne va pas chez moi ?

Ce qui n'allait pas chez lui, c'est qu'il allait épouser une des pires garces du monde. Mais ne venait-il pas de lui faire comprendre que ce genre de sincérité n'était pas de mise ?

Elle ôta la serviette de sa tête. Ce n'était pas le genre de conversation qu'on devait mener attifée d'un peignoir miteux et d'une serviette en turban.

— Je ne sais pas. Franchement, je ne sais pas. Tu devrais être heureux comme tout, non ?

— Oui, je le suis, dit-il en se redressant, les mains agrippées aux genoux. Tu as raison, bon sang, je devrais être au septième ciel !

Il se passait un truc.

L'espoir surgit.

Aussitôt suivi de culpabilité.

Elle vint s'asseoir à côté de lui. Ses cheveux mouillés lui tombèrent sur le visage et elle les cala derrière l'oreille d'un geste impatient.

— Tu ne l'es pas ? demanda-t-elle doucement en posant sa main sur celle de Noah.

Il la repoussa.

— Ne fais pas ça.

— Ne fais pas quoi ?

Il secoua la tête.

— Noah ?

Il laissa échapper un profond soupir et regarda ses pieds nus.

— Tu devrais t'habiller.

— Et toi, tu devrais me dire ce qui se passe, rétorqua-t-elle du tac au tac.

— Tu sais ce qui se passe. Tori et moi allons nous marier.

— Et c'est pour cette raison que tu me cries dessus ?

— Je ne te crie pas dessus.

— Alors ça doit être ta voix normale qui a gagné en décibels et en agressivité.

Un petit sourire s'attarda un instant sur les lèvres de Noah, puis il redevint sérieux.

— Le mariage a lieu le mois prochain.

Allie eut l'impression de recevoir un coup de poing.

— Le mois prochain ? Non !

— Si !

— Mais c'est trop tôt.

— Pourquoi attendre ?

— Parce que… tu devrais c'est tout ! C'est ce que font les gens, en règle générale. Pourquoi est-ce que tu ne profiterais pas de longues fiançailles ? De prendre ton temps pour – *réfléchir, reprendre tes esprits, l'annuler* – euh… pour les préparatifs, par exemple.

Il resta un long moment sans rien dire. Il fixait simplement le sol tandis qu'elle ne le quittait pas du regard.

Finalement, il leva les yeux vers elle.

— Tu te rappelles ta rencontre avec Kevin ?

Elle prit le temps de réfléchir.

— Oui, je prenais un pot avec toi au Windsor McKay's. Quand je suis sortie des toilettes, je l'ai un peu bousculé et il a renversé du vin sur moi.

— Exact. *Primo* : quel genre de mec boit du merlot dans un endroit comme le Windsor Mc Kays'…

Très juste. C'est le genre de bar au sol jonché de cosses de cacahuètes et où la bière se boit au goulot.

— Et *secundo* : j'essayais de te dire quelque chose ce soir-là, avant cet incident.

— Ah oui ? Et quoi, au juste ?

Il serra les dents et le muscle de sa mâchoire se contracta.

— Que je…

Le téléphone sonna. Il ne sonnait jamais.

— Quoi ? insista-t-elle.

— Va répondre.

— Ignore le téléphone. Qu'allais-tu me dire ?

Le répondeur s'enclencha. Le volume était trop fort. D'abord, il y eut sa voix, invitant à laisser un message, puis l'agence de travail temporaire, qui lui proposait une mission d'une semaine et demie.

Impossible de parler en même temps que ce brouhaha

et quand l'interlocuteur raccrocha enfin, l'élan était retombé.

— Tu disais ?

Noah secoua la tête.

— Ça n'a plus d'importance. Je ne sais même pas pourquoi j'ai abordé ce sujet.

— Ne sois pas si énigmatique !

— Je ne suis pas énigmatique. Je ne veux plus parler, c'est tout. J'en ai assez de parler.

— Quoi ? Ça fait des semaines qu'on se parle à peine.

— C'est parce qu'on n'est pas toujours sur la même longueur d'onde, Allie. C'est injuste de me rendre les choses plus compliquées simplement parce que tu ne les comprends pas.

Plus compliquées ?

— C'est curieux, car c'est justement parce que je ne les comprends pas que je ne peux pas te les faciliter.

Il se tourna vers elle et prit une longue inspiration.

— Allie.

— Oui ?

L'air peiné, il s'apprêta à parler puis s'interrompit.

— Noah !

— Je ne peux pas.

Il fit mine de se lever mais elle l'obligea à se rasseoir.

— Tu ne peux pas *quoi* ?

— Ça. Tout ça, précisa-t-il en la désignant elle, puis le reste de la pièce.

Elle s'approcha de lui, posa une main sur son épaule.

— Noah. S'il te plaît. Nous sommes amis depuis toujours. Tu peux me parler de n'importe quoi.

Il lui caressa la joue, les cheveux.

— Pas cette fois.

Allie plongeait ses yeux dans ceux de Noah et ne désirait qu'une seule chose : qu'il l'embrasse.

— Je ne peux pas… on ne peut pas…

La peur la submergea.

— On ne peut pas *quoi* ? demanda-t-elle doucement, prête à tout.

Il se leva et se dirigea vers la fenêtre.

— Tu crois vraiment en l'amour, Allie ? Crois-tu que chacun a une chacune ?

Puis il se retourna pour lui faire face et ajouta :

— Ou crois-tu que ce ne sont là que des conneries ?

— Je… je ne sais pas.

Quel genre de réponse lui ferait prolonger ses fiançailles ? Ou mieux encore, les lui ferait annuler ?

Elle opta pour la vérité.

— Oui, je crois à l'amour, enfin je pense.

— As-tu déjà été amoureuse ?

Elle n'avait pas été amoureuse de Kevin. N'avait même pas cru l'être. Et de Joey Chapman ?

Non.

De Chris Rescott ?

Non plus.

En fait, le seul type dont elle ait jamais été inconditionnellement amoureuse pendant aussi longtemps était Noah lui-même.

Elle aurait dû le lui dire.

Mais elle en fut incapable.

— On parle de toi, pas de moi.

— Réponds à ma question.

Elle se leva.

— Tu veux une bière ? Elles ne sont pas fraîches mais je peux les passer au congélo quelques minutes.

Quand elle se dirigea vers la cuisine, Noah la rattrapa par le bras et la força à se tourner vers lui et à le regarder.

— Réponds à ma question, Allie.

Leurs visages étaient si proches. Elle pouvait juste… Non, elle ne pouvait pas.

— Je… ne sais pas, bredouilla-t-elle. Et toi ?

— Sans aucun doute.

Sur ce, il lâcha son bras et se détourna.

— Tu es amoureux en ce moment même ? demanda-t-elle à son dos.

Après une longue hésitation, il hocha la tête.

— Oui, je le suis.

Quelque chose dans sa manière de le dire était tellement sincère. Tellement résigné. Tellement venu du fond du cœur qu'elle eut envie de pleurer.

Il était amoureux.

Il était amoureux, même s'il s'agissait de Vickie Freedman. Et la profondeur de l'émotion qu'elle perçut dans ses yeux ne laissait aucun doute : elle ne pourrait influencer ce sentiment. Quoi qu'il arrive.

Il ne lui restait plus qu'à se faire une raison.

La gorge nouée, elle le prit dans ses bras.

— Alors tu fais exactement ce qu'il faut en épousant Vickie. Et j'ai été une amie super nulle. Je suis désolée, Noah. Tout à fait désolée. Je veux que tu sois heureux.

Il referma doucement les bras autour d'elle. Sans dire un mot.

Allie s'accrochait à lui, refusait de le lâcher. Jusqu'à maintenant, elle ne s'était pas rendu compte combien cela lui avait manqué de ne pas lui parler, ne serait-ce que ces quelques jours.

Mais au moment où elle commençait à se dire qu'elle pourrait rester dans ses bras pour toujours, il posa les mains sur ses hanches et recula.

— Tu as maigri.

Elle éclata de rire.

— Quatre kilos et demi. Rien de miraculeux.

— Tu n'avais pas besoin de perdre un seul gramme.

— Menteur ! rétorqua-t-elle en souriant.

Noah ne souriait pas.

— Il faut que j'y aille.

Non, s'il te plaît. Non, pas encore, pensa-t-elle.

— Pourquoi ? se contenta-t-elle de demander.

— Je ne peux plus te voir, Allie.

— C'est ça. Je suis si mince que je suis devenue invisible.

— Non, je veux dire qu'on ne peut plus se voir. Passer du temps ensemble.

Elle se sentit blêmir.

— Quoi ? Dis-moi que tu plaisantes.

Lentement, il secoua la tête.

— Je suis désolé.

Cela n'avait pas de sens.

— Je t'en prie, Noah, dis-moi que tu n'en penses pas un mot. C'est Vickie qui t'impose ça ? demanda-t-elle, les genoux tremblants.

— Non. Cette décision vient de moi seul. Cela m'étonnerait même qu'elle sache… écoute, crois-moi, c'est mieux pour tout le monde.

La sonnette de la porte retentit.

Allie s'en fichait.

— Noah…

— Quelqu'un a sonné.

Il se dirigea vers l'entrée et Allie sut qu'il se servirait de ce prétexte pour filer en douce.

— Non, protesta-t-elle en lui attrapant le bras. Notre conversation est plus importante.

Le désespoir avait un goût métallique dans sa bouche.

— Il faut vraiment que j'y aille, insista Noah en se libérant.

La sonnette retentit à nouveau.

Noah alla ouvrir.

— Salut Allie, lança-t-il d'un air triste en passant devant Sing Yee.

— Noah !

Elle se précipita à la porte et regarda dehors, mais il avait déjà tourné à l'angle et le pauvre Sing attendait avec sa commande, l'air décontenancé.

— Bonjour, Sing, dit-elle en espérant qu'il ne verrait pas les larmes qu'elle sentait venir.

Allie s'essuya furtivement les yeux et signa le bon qu'il lui tendait. Avant qu'elle n'atteigne la cuisine, cependant, les larmes inondaient son visage.

— Tout va bien, mademoiselle Denty ? Voulez-vous que j'appelle quelqu'un ?

Elle tenta de sourire.

— Merci, tout va bien.

Puis elle referma la porte derrière lui et alla tout de suite jeter le paquet dans la poubelle avant de revenir s'effondrer sur le canapé où Noah avait été assis. Alors elle pleura toutes les larmes de son corps jusqu'à ce qu'elle sombre dans un sommeil agité.

Seize

Classe de première

Ça va être une nuit Aviance[1]*...*

Publicité pour le parfum Aviance de Prince Matchabelli

Ils étaient arrivés depuis à peine dix minutes à la Foire agricole du comté de Montgomery quand Olivia et Mark avaient disparu, sans doute pour trouver un endroit calme propice à Dieu seul sait quoi.

C'est exactement pour cette raison qu'Allie avait supplié Noah de l'accompagner, sinon elle aurait dû leur tenir la chandelle et elle avait horreur de cela.

— Tu veux voir la vache en beurre ? demanda-t-elle à Noah tandis qu'ils déambulaient entre les manèges, entourés de néons, d'enfants, d'odeurs de pop-corn et de barbe à papa.

— La vache en beurre ? répéta-t-il sèchement.

Il se montrait grognon car il s'était forcé à venir.

1. « *It's going to be an Aviance night...* », dit une secrétaire des années soixante-dix en se préparant pour un rendez-vous torride. *(N.d.T.)*

C'était Allie qui avait insisté, lui promettant des distractions et des récompenses qu'elle ne pouvait absolument pas lui offrir. Maintenant, il traînait des pieds et se comportait en trouble-fête.

Ces derniers temps, son attitude la déconcertait, d'ailleurs. Ils étaient amis depuis des années et elle ne lui avait jamais fait la moindre crasse. Pourtant, il se montrait particulièrement froid à son égard. Et ce ne pouvait être à cause de Tony Conversano avec qui elle sortait, puisqu'ils avaient rompu trois semaines plus tôt.

Noah se montrait encore plus glacial depuis lors. Peut-être la trouvait-il un peu trop collante, pensant que d'autres filles n'osaient pas l'approcher en sa présence.

Et si cela convenait à Allie ?

Pour l'instant, elle était coincée avec lui et son foutu caractère et, jusqu'à ce qu'Olivia et Mark réapparaissent, ils allaient devoir se supporter puisque c'était Mark, le chauffeur de la soirée.

— Oui, c'est une grande vache sculptée dans du beurre, dit-elle avec animation pour lui faire croire que ça valait le détour. Ils la conservent dans une caisse réfrigérée, près du bétail. Elle est énorme.

Même elle, ça la barbait. Et pourtant, la vache en beurre était la première chose qu'elle voulait voir, petite fille, quand ses parents l'emmenaient à la foire.

Noah la considéra d'un air sceptique.

— Tu es sérieuse ?

— Oui, tout à fait !

— Aussi grande qu'une vraie vache ?

— Presque !

— Bon, alors c'est sûr, il faut à tout prix qu'on aille la voir ! s'exclama-t-il en levant les yeux au ciel. C'est encore plus génial que les manèges de chevaux de bois !

Les manèges aussi, elle les adorait, à l'époque. Mais aujourd'hui, elle n'aurait pas eu l'idée de prendre leur défense.

En fin de compte, la vache en question était bien plus petite que dans son souvenir. Plantée devant la caisse, la voyant maintenant à travers les yeux de Noah, Allie se rendit compte que ce n'était qu'un gros tas de graisse, modelé en une vague forme d'animal. Les soirées d'août avaient été particulièrement chaudes cette année. Il était donc fort probable qu'elle ait fondu et perdu quelques kilos, mais Allie en fut ébranlée. L'avait-elle à ce point magnifiée dans son esprit, toutes ces années ?

— C'est vraiment impressionnant, ironisa Noah.

— Ça devait l'être.

— Tu as autre chose à me montrer ?

— Parfois ils ont une vache à cinq pattes dans les étables.

— Pas d'animaux, s'il te plaît !

Cela excluait donc les courses de cochons qui, elle en était certaine, seraient marrantes comme tout.

Ils retournèrent vers le parking. Allie espérait secrètement qu'une attraction éveillerait l'intérêt de Noah. Sinon il passerait les mois suivants à lui seriner qu'il avait été un saint de l'accompagner à cette foire !

Hélas, tout ce qu'ils rencontrèrent, ce fut Vickie Freedman et sa bande.

— Tiens, Allison ! lâcha Vickie en prenant ses amis à témoin.

On aurait dit des piles électriques, uniquement là pour alimenter sa méchanceté.

— Et qui est ton ami ? demanda-t-elle en désignant Noah qui s'était arrêté à quelques pas pour s'acheter un Coca.

— Ça ne te regarde pas !

— Il est mignon. J'en conclus donc qu'il n'est pas avec toi.

— Il est avec moi.

Vickie la toisa.

— Je suppose que ce doit être un parent très éloigné, car personne dans ta famille ne pourrait être aussi beau.

Contre toute logique, les pensées d'Allie volèrent vers sa mère et elle se sentit vraiment triste et furieuse que Vickie dise des méchancetés sur ses parents si gentils. Et beaux.

— Tu es une sale garce !

— Et toi tu es moche ! Moi, au moins, je peux m'empêcher d'être une garce. Alors que toi…

Les amies de Vickie ricanaient. L'une d'entre elles, Lela Kelly, avait un visage écrasé comme si elle s'était pris une ballon de foot en plein nez. Allie la connaissait depuis la maternelle et, bien qu'elles n'aient jamais été amies, son rire lui fit l'effet d'une trahison.

— Ça m'étonnerait que tu puisses changer, Vickie ! rétorqua lamentablement Allie.

Elle n'avait pas remarqué que Noah était arrivé à leur hauteur, jusqu'à ce qu'elle l'entende demander :

— C'est qui, *ça* ?

— Personne ! répondit-elle plus fort que nécessaire.

Mais elle se sentait plus fière qu'un paon de voir Noah se montrer aussi méprisant.

— Victoria, minauda Vickie en souriant comme si elle était la créature la plus adorable sur terre. Je ne t'ai pas déjà vu à l'école ?

— Aucune idée, répondit-il en haussant les épaules d'un air détaché.

Puis, s'adressant à Allie, il demanda :

— Tu es prête ?

Elle était plus que prête et ils commencèrent à s'éloigner quand Vickie posa une main sur le bras de Noah.

— Des copains doivent apporter de la bière, lui susurra-t-elle. Pourquoi tu ne restes pas avec nous, plutôt.

Heureusement que Noah n'était pas le genre de type à accepter de telles propositions car Allie aurait été humiliée à jamais. Exactement ce que cherchait Vickie.

— Quels copains ? la défia Allie.

— Des mecs du MC. Tu ne risques pas de les connaître.

Montgomery College était un peu comme une université inter-âges fréquentée par des étudiants de quinze à soixante-quinze ans. Vickie pouvait donc très bien avoir rendez-vous avec ses grands-pères.

Mais Allie en doutait.

— Non, merci ! rétorqua Noah.

Ce *merci* resta en travers de la gorge d'Allie, tout en sachant que ce n'était là qu'un réflexe de politesse. En revanche, repartir avec Noah sous les yeux de Vickie était un vrai régal.

— Je n'arrive pas à croire qu'elle puisse être aussi garce ! lâcha-t-elle quand ils furent assez loin. Elle se comporte comme une gamine de sixième !

— Elle fréquente l'école ?

— Ça fait des années ! geignit-elle avec une grimace de dégoût. Tu ne lui as jamais parlé, en fin de compte !

Pour la première fois de la soirée, il éclata de rire.

— Non. Mais qu'est-ce que ça peut te faire ?

— Je ne sais pas, répondit-elle en toute honnêteté.

Noah ne s'intéressait déjà plus à cet incident, alors à quoi bon épiloguer.

— On s'en fiche. Qu'est-ce qu'on va voir maintenant ? Il y a d'autres animaux sculptés en beurre massif ou existe-t-il un arbre extraordinaire que tu veux absolument me montrer ?

— Si on allait à la Maison Hantée ? C'est d'habitude assez marrant. Enfin, c'est ringard et moche, mais ça fait partie du truc, non ?

— D'accord.

Ils se rendirent à la caisse où Noah insista pour acheter les billets tout en maugréant.

Puis ils suivirent les hurlements, passant entre les

stands avec leurs forains bonimenteurs pour enfin arriver devant un immense mur de bois, découpé en forme de maison. Au-dessus, des mélanges de rouge, de blanc et de noir, figuraient des yeux d'humains et d'animaux effrayés.

C'était vraiment affreux.

Noah tendit les tickets et se tourna vers Allie :

— Tu n'as pas trop peur ?

— Je pense que je vais survivre.

— Il est encore temps de faire demi-tour, tu sais.

Elle le poussa et ils entrèrent par une porte dissimulée dans la façade, essayant de se suivre dans l'obscurité.

Tout compte fait, la Maison Hantée était surtout une Maison des Sursauts. Rien qui puisse tourmenter leurs nuits mais, dès qu'ils faisaient quelques pas dans les ténèbres où flottait bizarrement une odeur de cannabis, quelqu'un sursautait devant eux en hurlant.

Y compris Allie.

Il leur fallut presque une éternité pour qu'ils aperçoivent enfin le bout du tunnel. Cette fois, au lieu de la faire sursauter, Allie fut happée et entraînée dans un coin encore plus obscur. Elle réussit à attraper le bras de Noah pour qu'ils ne soient pas séparés.

Elle entendit d'abord un rire, puis distingua le visage d'un ami de Noah : Alan Taylor.

— Tu as eu la trouille ? Je t'ai bien eue !

— Alan ! Espèce d'imbécile ! cria Allie, le cœur martelant toujours dans sa poitrine. Tu ne m'as pas fichu la trouille, si tu veux savoir. Il n'y a rien de glorieux à faire sursauter les filles.

— Elle est toujours aussi sympa ? demanda Alan en s'adressant à Noah.

— Laisse-la tranquille.

Sous sa protection, Allie resplendissait de fierté. Alan leva les mains en signe de reddition.

— Bon, bon, d'accord ! Dis-moi juste une chose : est-ce que tu as envie de *vraiment* t'amuser ?

— Pourquoi ? Tu connais un truc ?

Allie eut envie de se défouler sur ses tibias.

— Oui, mon vieux. Juste là, annonça Alan en sortant une bouteille de sous sa chemise.

— Qu'est-ce que c'est ? s'enquit Allie.

— Du Cuervo Gold, entónna-t-il fièrement en agitant devant eux un breuvage à base de tequila. Vous en voulez ?

— Non…

— Parle pour toi, fit Allie.

Elle lui arracha la bouteille pour avaler une grosse lampée, juste pour défier l'autoritarisme de Noah.

— Moi j'en veux bien ! ajouta-t-elle d'une voix rauque tandis que le liquide lui brûlait le gosier. Et toi, Noah ? Tu te dégonfles ?

— C'est crétin. Ne sois pas ridicule, Allie.

— Prends-en un peu, insista-t-elle. Tu ne conduis pas, de toute façon.

Pourquoi le raillait-elle ainsi ? Il s'était peut-être comporté comme un idiot, mais elle n'avait pas besoin de le provoquer pour autant.

— Après toi.

— Super !

Sans le quitter des yeux, elle porta la bouteille à ses lèvres et but une autre gorgée généreuse. Si c'était du sirop pour dormir, et ça en avait le goût, elle serait carrément assommée.

— Génial !

Il lui arracha le flacon des mains et, les yeux rivés sur ceux d'Allie pour la défier à son tour, il en descendit une bonne quantité.

— Hé ! protesta Alan en récupérant son bien avant de vérifier à la lumière s'il n'était pas vide. Vous avez presque tout bu ! Je vous avais dit juste un peu, pas tout !

— La prochaine fois, choisis quelqu'un de moins assoiffé, s'énerva Allie en titubant vers la sortie sur des jambes un tantinet flageolantes.

L'air lui fit du bien.

La tequila aussi.

— C'est un vrai crétin, marmonna Noah en la rattrapant.

Cette fois, ils étaient d'accord sur quelque chose.

— C'est ton ami, pas le mien.

— Oui. Ton amie à toi te laisse tomber et disparaît.

— On va la retrouver.

Mais elle en doutait. Comment dénicher Olivia ? Il y avait des dizaines de milliers de personnes réparties sur des hectares. Autant chercher une aiguille dans une botte de foin.

Côte à côte, ils avançaient dans la foule, évitant de se cogner aux gens, donnant des coups de pied aux détritus sur leur chemin. Vingt bonnes minutes après avoir bu la tequila, Allie se sentait de plus en plus pompette.

Quand ils parvinrent à la grande roue, Allie ressentit un besoin impérieux de s'asseoir et ce manège tombait à pic. Sinon, elle aurait dû se contenter d'un sol imbibé de bière, de Coca, d'urine et de mégots.

— Montons là-dessus, proposa-t-elle à Noah.

— Hors de question. Je n'aime pas les grandes roues.

— Qu'est-ce que ça veut dire ? Tout le monde aime les grandes roues !

— Sauf moi.

— Oh, allez ! Ce sera super rigolo !

Elle le tira par le bras jusqu'au forain dont les manches de chemise relevées laissaient apparaître un tatouage : GLOREA. Avait-il mal orthographié le nom de sa petite amie ?

— Allie !

— Franchement, Noah, si je ne m'assois pas je vais

m'écrouler et comme c'est le seul siège que je vois, tu es obligé de venir avec moi.

Il laissa échapper un soupir exagéré et la poussa vers la nacelle. Allie se laissa aller contre le dossier en métal et sourit tandis que la roue se mettait en branle, les soulevant dans l'air.

Au fur et à mesure de l'accélération, Allie devenait de plus en plus enthousiaste. Elle adorait la sensation du vent quand ils descendaient avant de remonter en flèche. L'impression de voler lui donnait le même frisson d'excitation qu'à l'époque de son enfance.

Enfin, jusqu'à ce qu'ils restent bloqués.

Bien sûr, Allie et Noah se trouvaient tout en haut quand la roue s'arrêta. D'abord, Allie resta imperturbable, se disant que le tour était terminé et que les passagers descendaient à tour de rôle.

Mais la roue semblait définitivement immobilisée.

Quand Allie se pencha par-dessus bord, le siège grinça doucement. Elle put apercevoir le responsable – un type qui lui apparut soudain comme un repris de justice, davantage prêt à s'enfuir qu'à réparer le mécanisme – en train d'appuyer de façon répétitive sur le bouton en actionnant un levier, puis lever les yeux, son visage anguleux frappé de stupeur.

— On est coincés, annonça Allie.

Soudain, son sang déserta son visage et sa poitrine pour aller se réfugier dans ses orteils. Elle avait les paumes moites et était transpercée par le froid.

— Quoi ?

Noah se pencha à son tour mais, comme il s'était montré moins prudent qu'Allie, leur siège se balança violemment.

— Arrête ! s'écria-t-elle en lui prenant l'avant-bras, heureuse de sentir sa chaleur. Ne bouge pas !

— Allie, qu'est-ce qui t'arrive ?

— On est coincés, répéta-t-elle à voix basse, comme

si la moindre respiration allait décrocher leur siège de son axe et les faire plonger au sol.

— Tu as le vertige ?

— Euh… non.

Ça ne lui était jamais arrivé, avant. Mais elle n'avait jamais été suspendue à trente mètres au-dessus d'un sol couvert de pop-corn. Suspendue si haut que la seule chose audible était la rumeur assourdie de la foule et sa propre respiration.

— J'ai juste… reprit-elle, la bouche sèche comme du carton… j'ai juste peur de rester ici.

Elle jeta un coup d'œil en bas et releva aussitôt la tête, paniquée.

— Ô mon Dieu ! C'est loin. Je crois que j'ai le vertige pour de bon, maintenant.

Il passa le bras autour de ses épaules et l'attira contre lui.

— Ça va aller. Dans une minute ce sera fini.

Elle se laissa aller contre lui, essayant de respirer.

— Ils l'apportent sur un train, tu sais.

— Quoi ?

— Ce manège. Ils l'apportent en ville sur un train. Ce n'est pas comme à Disney World où ils construisent des engins si solides que même un ouragan n'arriverait pas à les détruire. Celui-ci se plie et se transporte en kit sur une remorque comme un truc que l'Inspecteur Gadget sortirait de sa malle. Les wagons dérailleraient immédiatement s'ils touchaient une vache.

Il l'attira encore plus près.

— Heureusement pour toi, toutes les vaches sont dans les granges. Ou dans la vitrine réfrigérée.

Elle laissa échapper un petit rire. Il s'était comporté comme un vrai crétin toute la soirée et c'était agréable de retrouver le bon vieux Noah, même si c'était dans des circonstances terrifiantes.

Le vent fit de nouveau se balancer la nacelle qui grinça sur ses vieilles charnières.

— Noah… gémit-elle d'une toute petite voix.

— Tout va bien.

— Ce truc n'est pas fait pour s'arrêter et rester en l'air comme ça, avec tout ce poids.

Elle imagina que la roue se détachait des bras immenses qui la soutenaient, roulait sur le champ de foire jusqu'à la route, peut-être même à travers le parking, jusqu'au centre commercial de Lakeforest, prenant de la vitesse pour finalement s'écraser sur le grand magasin JCPenney où leurs corps seraient retrouvés sous des piles de soutiens-gorge et de culottes XXL.

— C'est prévu pour ça, la rassura Noah avec conviction. Quand le manège n'est pas en fonctionnement, il reste comme ça. Il ne t'arrivera rien. Tu risques peut-être dc t'ennuyer, mais tu ne te feras pas mal. J'en suis sûr à cent pour cent.

Elle se tourna vers lui et le fixa dans les yeux. Depuis longtemps, déjà, elle avait remarqué qu'il était sexy, mais la manière dont il la regardait maintenant la tourneboulait pour d'autres raisons que la possibilité d'une *Mort dans la Grande Roue*.

— Tu es sûr de ne pas me raconter ces craques pour que je la boucle ?

— Écoute, j'ai un secret à te confier.

Que se passait-il ? Allait-il lui faire une grande déclaration romantique ? Comment réagirait-elle ?

— Promis, je ne dirai rien.

Après un instant d'hésitation, il se lança :

— J'ai ce vieux train Lionel qui appartenait à mon père. Il me l'a offert quand j'étais petit. C'était un peu notre truc, tu vois ? On ajoutait des pièces et on l'installait et…

Il s'interrompit, l'air embarrassé, puis reprit :

— Bref, c'est un monomoteur, exactement comme

celui qui actionne cette roue. J'ai appris que si ce genre de moteur fonctionne trop longtemps ou peut-être trop vite, il surchauffe et s'arrête le temps de refroidir.

Cette explication semblait sensée.

— Oui, j'avais un sèche-cheveux qui réagissait de la même manière.

Noah éclata de rire.

— Eh bien, c'est un peu le même truc. Tu sais donc qu'il a simplement besoin de refroidir et ça repartira. Il ne nous reste plus qu'à attendre.

Soulagée, elle se détendit un peu.

— On va donc attendre. Et ce type, dit-il en montrant le forain qui continuait cependant à presser sur le bouton, va faire une pause cigarette dans cinq minutes et il sera épaté de voir que l'engin redémarre. Regarde. Je t'assure.

— Bon, d'accord.

Grand soupir. Malheureusement, les effets de la tequila s'étaient tout à fait dissipés. Pourtant, elle serait volontiers restée encore un peu dans les vaps, surtout quand elle eut la mauvaise idée de regarder de nouveau vers le bas, prenant conscience de la distance qui les séparait du sol.

Noah avait dû remarquer que la panique reprenait le dessus car il posa son index sous le menton d'Allie et souffla :

— Continue à regarder vers le haut. Essaie de trouver la Grande Ourse.

C'est ce qu'elle fit. Elle venait juste d'en repérer les bras quand Noah l'embrassa.

Elle n'avait rien vu arriver ! Elle était en train d'explorer le ciel et l'instant d'après la bouche de Noah était sur la sienne, les doigts noués dans ses cheveux qui encadraient son visage. Elle lui rendit le baiser sans y penser.

Elle se retrouvait parmi les étoiles.

Si elle avait pu mettre de l'ordre dans ses pensées,

elle l'aurait arrêté sur-le-champ. Après tout, ils étaient amis et ce n'était pas… ce n'était pas un baiser d'amis.

Le truc bizarre, c'est qu'elle n'avait pas envie de se montrer amicale avec lui. Peut-être la tequila embuait-elle encore son cerveau, car elle s'accrochait au garçon, se retenant de lui arracher ses vêtements comme s'il était l'acteur le plus sexy de la planète et non le bon vieux Noah Haller.

Noah Haller prenait-il plus de place dans son cœur qu'elle ne le croyait ?

Elle continua à l'embrasser comme si la réponse allait lui être donnée si le baiser durait assez longtemps.

Elle se sentait tellement bien.

Où avait-il appris à embrasser ainsi ? Il n'avait pas dû avoir beaucoup de petites amies ? Tout comme elle, Noah était sûrement encore vierge. Alors, qu'est-ce qui le rendait physiquement aussi irrésistible ?

La main de Noah s'immisçait lentement sous son chemisier et elle le laissait faire quand la grande roue s'ébroua. Allie sauta en arrière comme si elle avait été mordue par un serpent.

— Désolée, bredouilla-t-elle, décontenancée. C'était… je ne…

Elle tentait d'expliquer qu'elle ne s'était pas attendue à un mouvement aussi brusque.

— Moi non plus.

De quoi parlait-il ? Du baiser ?

La grande roue se remit en marche normalement, et les passagers purent quitter leurs sièges les uns après les autres.

— C'est amusant, la réaction que peut parfois provoquer la panique, lança-t-elle en s'efforçant de rire. Désolée.

Il la considéra un instant d'un air perplexe.

— Pas de problème.

— Bien. Je ne voudrais pas compliquer les choses.

Elle aurait aimé qu'il proteste. Il n'en fit rien.

En fait, il ne la regarda même pas.

— Ne t'en fais pas, c'est rien.

Bien qu'elle ne le comprît que vingt ans plus tard, ils ne se reparlèrent pas pendant un mois après cela.

— Comment se fait-il qu'Allie et toi ne vous parliez plus ? demanda Olivia à Noah, après quelques semaines.

Allie était à la maison, malade. Aussi, quand Olivia repéra Noah tout seul à l'heure du déjeuner, elle se précipita vers lui avant que ses stupides copains n'arrivent et ne les empêchent de discuter.

Il haussa les épaules.

— Tu lui as posé la question ?

— Oui.

— Qu'a-t-elle répondu ?

Olivia rougit.

— Que tu as fait le con.

— Ça doit être ça, alors, ironisa-t-il.

Elle décida d'y aller en douceur, mais ne put éviter de poser la question qui la tarabustait depuis des semaines.

— Il s'est passé quelque chose à la fête foraine ?

Fermant à demi les yeux, il se mit aussitôt sur la défensive.

— Qu'est-ce que tu veux dire ?

— Eh bien, vous vous entendiez bien avant ça et depuis, vous ne vous adressez plus la parole.

Pas besoin d'être un génie pour en conclure qu'il a dû se passer quelque chose.

Il réfléchit un instant.

— Oui, il s'est passé quelque chose.

— Quoi ?

— Je l'ai embrassée, lâcha-t-il en la fixant dans les yeux.

Mazette ! Olivia ne s'était pas attendue à cela.

— C'est vrai ?

— Dès qu'on s'est arrêtés, elle a dit que c'était une erreur. Alors j'ai décidé de ne plus commettre ce genre d'erreur.

— Mais, Noah…

Elle n'en dit pas plus. C'était énorme. Pourquoi Allie ne lui en avait-elle pas parlé ?

— Mais quoi ? s'impatienta-t-il.

— Je ne sais pas. Je suis désolée. Je ne savais pas ce qui était arrivé sinon je ne t'aurais pas posé la question. Mais… je pense que tu devrais lui parler.

— Je n'ai rien à dire.

— J'ai pourtant l'impression du contraire. Tu l'aimes ? Enfin… de cette manière-là ?

Son visage vira au rouge écrevisse, mais il secoua la tête d'un air détaché comme si elle lui avait demandé s'il aimait les sucreries.

— Plus.

— Mais tu l'as aimée ? Noah… elle ne s'en doutait pas !

— Cette nuit-là, elle s'en doutait parfaitement.

Olivia ne sut que répondre. Elle était vexée qu'Allie ne lui en ait pas parlé. Depuis quand se cachaient-elles des choses ? Mais elle ne voulait pas que Noah en souffre alors qu'Allie ne s'était rendu compte de rien.

— Je pense que tu devrais lui parler de ce que tu ressens. Peut-être a-t-elle dit que c'était une erreur parce qu'elle croyait que toi, tu pensais que c'en était une.

Il la considéra comme si elle était folle.

— Elle a dit que c'était une erreur parce qu'*elle* croyait que c'en était une.

Sherry Alexander passa près d'eux et attira le regard de Noah.

— Bon, je ne veux pas parler de ça, Olivia. Il faut que j'y aille.

Sans se retourner, il s'éclipsa avec Sherry, prenant soin de flirter avec elle de manière très ostentatoire.

Il n'était sans doute pas avec Sherry mais voulait qu'Olivia le croie. Une info qu'elle pourrait sûrement rapporter à Allie.

Mais elle n'en fit rien.

Allie n'en entendit jamais parler.

Dix-sept

Pour maquiller le temps perdu[1]

Publicité pour le maquillage Rénergie Lift de Lancôme

Olivia aurait mis bien plus de temps à comprendre que sa mère draguait en ligne si Caroline n'avait pas été assez négligente pour laisser son profil affiché sur l'écran avant de mettre l'ordinateur portable de sa fille en veille.

C'était le deuxième lundi de juin et cela faisait trois semaines et demie que Caroline vivait dans son appartement.

Non, elle n'avait pas compté les jours…

Apparemment, le relooking avait redonné une certaine assurance à Caroline. Au lieu de suivre le chemin du développement personnel et de l'indépendance qu'elle avait brièvement prônés, sa mère était redevenue assez sûre de ses charmes pour repartir à la chasse.

Mais Olivia en avait par-dessus la tête de ses histoires !

1. « *Makeup for Lost Time* ». Jeu de mots entre *Makeup* (maquillage) et *Make up* (rattraper le temps perdu). *(N.d.T.)*

— Maman, c'est quoi, ça ? demanda-t-elle en apportant l'ordinateur dans la cuisine.

Sa mère coupait des fruits tout en préparant un café qui comme d'habitude serait sûrement infect.

— J'allais justement te poser la question. Je trouve que cet ordi est un super gadget et j'aimerais le même.

Elle posa le couteau, s'essuya les mains à la serviette accrochée près de l'évier avant de s'approcher d'Olivia.

— Si on vérifiait ce que c'est comme modèle ? Ça doit être marqué quelque part…

— Je ne parlais pas de l'ordinateur, maman, mais de ton profil sur le site de rencontre. Tu l'as diffusé sur un site public ?

— Non.

Ouf ! Olivia posa l'ordinateur sur le plan de travail.

— Bien. Il faut qu'on parle d'un certain nombre d'éléments *potentiellement dangereux* que tu as indiqués.

— Dangereux ? Mon Dieu, on dirait que tu me considères comme une terroriste.

— Plutôt comme une cible !

Olivia fit défiler les données sur l'écran.

— D'abord, tu as indiqué notre adresse, ici. Tu ne peux pas, mais absolument pas, dire au premier Tom, Dick ou Harry venu où tu es installée.

Elle avait failli dire *où tu vis*, mais s'était retenue juste à temps pour ne pas encourager sa mère à s'incruster.

— Je vois.

Caroline fronça les sourcils et tourna l'ordinateur vers elle avant de commencer à taper.

— Je me demande comment je vais me débrouiller pour corriger ça, ajouta-t-elle.

— Je pense que tu devrais recommencer un nouveau profil. Ce n'est qu'un des nombreux éléments que j'ai vus et qui pourraient te rendre vulnérable.

— Comment on retire ce profil du site pour en faire un autre ?

— Quoi ? Tu disais que tu ne l'avais pas affiché.

— Pas publiquement. Mais il est sur le site. C'est sans doute un site privé, non ?

Olivia prit une profonde inspiration.

— As-tu eu des difficultés pour y accéder et y naviguer avant de t'inscrire ?

— Non.

Olivia retourna l'ordinateur vers elle.

— Bon, ça suffit. Peut-être pourrons-nous annuler le compte. Quel est ton nom ?

— *FreeBird.*

— Comme dans la chanson ?

— Quelle chanson ?

— Free Bird. C'était un gros hit de South Rock dans les années soixante-dix. Oiseau libre !

Caroline haussa les épaules.

— Je l'ai seulement utilisé parce que tout ce que je proposais avait déjà été pris.

— Bon, va pour FreeBird. Et quel est ton mot de passe ?

Il y eut une longue pose avant qu'elle réponde avec calme :

— Je suis trop vieille.

— Quoi ?

— Je suis trop vieille. En un seul mot. Jesuistropvieille.

Dieu, que c'était triste ! Olivia eut l'impression d'avoir pris un coup de poing dans l'estomac.

— Maman…

Quels que soient les griefs qu'elle avait contre sa mère – et elle en avait accumulé un certain nombre au fil des années –, cette triste résignation ainsi glissée au détour d'un mot de passe fit fondre sa colère qui se métamorphosa en un énorme sentiment de culpabilité.

Durant ses années de rancœur à l'encontre de Caroline, elle n'aurait jamais imaginé que sa mère accumulait en elle tant d'incertitudes personnelles.

Une fois de plus, son visage était impassible, ne trahissait rien.

— C'est tout ce qui m'est venu à l'esprit. Il faut trouver tous ces trucs si vite !

Olivia acquiesça et entra le mot de passe, traça son chemin jusqu'à la page d'inscription et effaça le tout.

Puis elle se tourna vers sa mère :

— Écoute, maman, si c'est vraiment ce que tu veux faire, cela ne me gêne pas de te donner un coup de main. Mais il faut se montrer prudent. Tu dois comprendre qu'il y a des prédateurs qui sont plus diaboliques qu'on ne l'imagine. Il est impossible d'obtenir une sécurité à cent pour cent, mais il faut faire de son mieux. Par exemple, indique ton quartier au lieu de ton adresse exacte. Ne donne pas mon numéro de téléphone ni le tien. Et surtout, bon sang, pas ton vrai nom !

— C'est trop compliqué, tout ça !

— C'est Internet, tu sais.

Olivia se leva et se dirigea vers le placard où elle prit une grande tasse pour y verser du café.

— Il faut que j'aille travailler, maintenant. S'il te plaît, je t'en prie, fais attention pendant mon absence.

— Je ne suis pas une enfant, Olivia.

— Je sais. Désolée, maman. Je veux juste que tu sois prudente, c'est tout. Plus que tu ne l'as été avec ce machin-là. Et il n'y a pas que les histoires de cœur, dans la vie !

Caroline se redressa sur son siège, le visage plus blême.

— Figure-toi que je le sais ! Mais l'amour est important, Olivia. Bien que tu sembles ne jamais l'avoir compris.

Olivia n'en revenait pas.

— Quoi ? Je n'ai jamais compris l'importance de l'amour ?

— Non, rétorqua sèchement Caroline. Pas l'amour romantique. Tu te comportes comme si mon besoin de compagnie était une sorte de futilité.

— Chez toi, c'est plutôt une espèce de compulsion, maman. On dirait que tu n'as jamais pensé qu'à ça.

— C'est on ne peut plus faux ! protesta Caroline, prouvant que le missile d'Olivia avait touché sa cible. Tu n'es pas comme moi. Tu t'es toujours montrée terriblement indépendante. Tu n'as jamais voulu ni amour ni attention, pas plus de moi que des autres.

— Ne commence pas, maman ! la prévint Olivia, l'index levé, espérant qu'il ne tremblerait pas sous l'explosion des émotions qui la submergeaient. Surtout ne commence pas !

— C'est pourtant vrai ! Tu ne faisais confiance à personne...

— Est-ce ma faute ?

— Tu n'as jamais voulu accorder ta confiance à quiconque. Longtemps, même avant... avant qu'on quitte Potomac. Pour être honnête, je pensais que tu avais changé à cause du décès de ton père. Mais les médecins m'ont dit que j'étais folle et que c'était dans ta nature.

La perte de son père à l'âge de dix-huit mois avait-elle donc tant affecté la vie d'Olivia ?

— J'ai plutôt l'impression que tu as quitté le navire quand papa est mort, protesta Olivia. Et tu n'y es jamais remontée. Je me souviens d'avoir souvent essayé d'attirer ton attention quand j'étais petite. Mais tu n'avais de cesse de me renvoyer, tu me confiais à des nounous pour pouvoir sortir avec tous ces types.

Caroline se redressa sur sa chaise.

— Je voulais que tu aies un père.

— J'en avais un. Mais il est mort.

De stupides larmes inondaient les yeux d'Olivia, mais

elle cligna des paupières pour les repousser. Elle n'allait pas pleurer.

— Du coup, je n'ai pas eu de mère non plus, ajouta-t-elle, la gorge nouée.

— Bien sûr que si ! J'ai toujours été là pour toi. Nous sommes allées partout, ensemble. Tu ne t'en souviens pas ?

— Oui. Dans l'Ohio, le Wisconsin, le Maryland, la Californie, dit Olivia, énumérant les endroits où elles avaient vécu avec les divers maris de Caroline. Toi et moi, comme Bing Crosby et Bob Hope.

Caroline resta un instant sans dire un mot, les mains croisées, le visage blême, les yeux fixes. Finalement, elle les leva vers sa fille :

— J'ai fait de mon mieux. Je n'ai peut-être pas très bien réussi, mais je t'aimais, Olivia, et j'ai fait tout mon possible pour toi. Et maintenant, je suis seule. Je ne veux pas mourir seule dans une chambre, j'ai besoin d'une compagnie, je veux de l'amour. Est-ce donc un péché ? demanda-t-elle, les yeux noyés de larmes.

Les secondes s'écoulèrent lentement. Olivia savait qu'elle devait dire quelque chose, lui donner une réponse. Mais elle n'en avait aucune.

Ce besoin de compagnie de sa mère… était-ce un péché ?

La réponse fusa avec son relent de culpabilité.

Non, bien sûr.

Son attitude n'avait pas été une erreur. Ses choix, en revanche, l'avaient été. Mais elle n'avait pas le droit de les juger.

Dieu, quelle idiote elle avait été !

Tout ce temps, elle s'était apitoyée sur elle-même, sans se rendre compte que sa mère aussi pouvait souffrir. Elle ignorait totalement à quel point cette solitude pouvait peser à Caroline.

Elle aurait dû le savoir, bien sûr ! Elle-même en avait

souffert. Sa solitude cependant, elle se l'était imposée. Elle était née de sa détermination à ne jamais avoir besoin de personne. Il s'agissait davantage d'un isolement choisi.

Combien de personnes avait-elle fait souffrir à cause de cette attitude ? Elle s'approcha de sa mère et lui posa une main sur l'épaule.

— Non, maman. Bien sûr que ce n'est pas un péché.

Tête baissée, sans un mot, Caroline toucha la main de sa fille.

Ce petit geste faillit faire craquer Olivia.

— Je suis désolée, maman, dit-elle en se penchant pour l'embrasser. Je me suis trompée. Sur beaucoup de choses.

— Je crois que Noah est amoureux de toi.

Le téléphone avait réveillé Allie au milieu d'un rêve où elle repoussait des singes et des serpents féroces à l'aide d'un balai. Avait-elle bien entendu les paroles d'Olivia ?

— Tu disais ?

— Je sais que ça peut sembler dingue et il est tout à fait possible que je me trompe, bien que j'en doute, expliqua Olivia d'une voix presque hystérique. Je crois que Noah est amoureux de toi et ça depuis longtemps.

Allie se roula sur le dos et protégea du bras ses yeux de la lumière crue que lui envoyait cette ridicule horloge numérique trop grande que Kevin avait achetée dans une boutique de gadgets à la mode.

— Tu as bu, Olivia ?

— Non. Et il me semble que c'est important. Ne me demande pas pourquoi je pense ça, j'ai mes raisons.

— Pourquoi ?

— Je viens de te demander de ne pas me poser cette question !

Allie s'assit et cligna des yeux dans l'obscurité, se

demandant si elle rêvait toujours et si un singe n'allait pas se jeter sur elle du haut d'une liane en réglisse.

— Comment veux-tu que j'avale un truc pareil ? Dis-moi au moins sur quoi tu fondes ta théorie.

— D'accord. Attends une minute, le temps que je me serve quelque chose à boire. Mais ne compte pas sur moi pour être parfaitement cohérente. J'ai passé une nuit bizarre.

Elle entendit un bruit de pas, puis des tintements de verre.

— À qui le dis-tu !

— Pour commencer, tu te rappelles cette sortie à la fête foraine ?

— La fête foraine ?

— Celle du comté de Montgomery. À l'époque du lycée.

— J'espère que ta boisson contient de la caféine et que tu n'es pas au volant.

— Allie, je suis sérieuse. J'étais avec Mark Grudberg, et toi, plus ou moins avec Noah. Et vous vous êtes embrassés sur la grande roue.

— Ah, oui ! C'est exact.

Le souvenir arracha un sourire à Allie. Cela avait été un des instants les plus romantiques de sa vie.

— C'était vraiment génial. Sur le moment, j'ai eu la peur de ma vie, mais aujourd'hui c'est un souvenir merveilleux.

— Au fait, pourquoi ne m'en avais-tu pas parlé ?

— Ah non ?

— Non.

— Je ne sais pas. Mais tu le sais maintenant. Qui te l'a dit ?

On entendit la porte du frigo se refermer.

— Noah. Bien sûr !

— Je n'en reviens pas qu'il se souvienne de ça !

— Il ne m'en a pas seulement parlé.

D'autres bruits de pas sur le parquet. Il était 23 heures et Olivia portait encore des chaussures à talons, même chez elle.

— Il m'en avait glissé un mot à l'époque. Quand je lui avais demandé pourquoi vous ne vous adressiez plus la parole.

Allie se souvenait parfaitement de cet épisode, aussi bien que du baiser. Elle aurait tant aimé que l'erreur ne fût pas le baiser mais l'hostilité qui avait suivi, et que Noah lui jurât un amour éternel. Mais au lieu de cela, il s'était renfermé dans le silence.

Elle avait cru qu'il lui épargnerait ainsi toute illusion à leur sujet.

Cela ne ressemblait pas vraiment au Noah qu'elle connaissait aujourd'hui.

— Et tu as gardé cela pour toi en te demandant pourquoi je ne t'en avais pas parlé ?

— Non, bien sûr que non ! Ça fait une éternité que je n'y avais plus repensé, continua Olivia en retirant ses chaussures. Puis j'ai eu une longue conversation avec maman, ce soir, et soudain un tas de trucs se sont éclaircis pour moi.

— Là, je ne te suis plus. C'est formidable que tu aies eu une révélation aussi excitante, mais je ne vois pas le rapport avec Noah et avec le fait qu'il soit amoureux de moi.

Ces mots avaient pourtant été bien agréables à entendre.

Noah amoureux. Noah amoureux d'Allie. Noah et Allie. Allie et Noah.

Pendant quelques brèves secondes, elle se rappela avoir joué ainsi avec les mots en classe de cinquième, mais à ce souvenir succéda celui du regard de Noah, l'autre nuit avant qu'il ne se sauve.

Son cœur se serra.

Il ne l'avait pas regardée comme une amie.

Et elle n'avait pas réagi comme une amie.

Puis il était parti.

— Bon. On revient en arrière, dit Olivia. Ça a commencé en classe de quatrième.

C'en fut assez pour titiller l'attention d'Allie.

— En quatrième ?

— Juste après son arrivée à Cabin John. À l'époque où tu m'as dit que tu le trouvais mignon. Mais moi aussi, je le trouvais craquant. Enfin, c'est ce que je croyais. À dire vrai, je voulais juste ce que tu voulais parce que tu le voulais. Bref, on était en binôme en cours de géo et il m'a interrogée à ton sujet.

— Toujours en quatrième ?

— Oui, je t'ai bien dit que ça remontait loin en arrière. Écoute, pour comprendre ma mère, il a fallu creuser très profond.

— Oui, je veux bien te croire, admit Allie en frissonnant.

Effectivement, le passé pouvait remonter très loin, surtout concernant la psyché de Caroline…

— Donc, Noah m'a posé des questions sur toi en quatrième parce qu'il te trouvait jolie. Mais je lui ai répondu que tu aimais quelqu'un d'autre.

— Ah vraiment ? Qui donc ?

— Je ne me rappelle pas, mais ça n'a pas d'importance. J'ai saboté votre histoire ! Vous deux auriez pu être ensemble, mais je vous ai mis des bâtons dans les roues.

— Je n'en reviens pas qu'on parle de ça comme si on était encore au lycée !

— Ce n'est pas un instant glorieux pour moi, crois-moi.

Allie éclata de rire.

— Mais, Olivia, on était en quatrième. Je doute sincèrement que Noah et moi serions mariés à l'heure qu'il est si on s'était fait des bisous il y a vingt-cinq ans, au fond de la classe de musique de Mme Rosen.

— Soit. Mais si vous étiez sortis ensemble en terminale ?

— Oh, en terminale… Ça aurait donné autre chose. Quelques gamins et même un golden retriever…

— C'est fort possible.

Allie ne voulait pas y penser. Après le lycée, ils auraient pu sortir ensemble. Même deux ans plus tôt. Mais quand ils étaient gamins ? Non, c'était ridicule.

— Écoute, Olivia. Si cela avait vraiment été notre destin, il aurait fallu plus qu'une petite infortune d'adolescent pour le briser.

— Ce n'était pas une infortune d'ado, protesta gravement Olivia. J'étais égoïste.

— Et alors ? Il aurait fallu plus qu'une ado égoïste pour le briser. En fait, je ne sais même pas quel forfait tu imagines avoir commis.

— Il avait le cœur brisé et je le savais. Pourtant, je ne t'en ai pas parlé. Et tu devais, sans doute, toi aussi, en pincer pour lui sinon tu m'aurais raconté la scène de la grande roue.

Allie se remémora cette époque. Ce ne fut pas difficile. Peu de souvenirs de lycée l'avaient accompagnée durant ces dernières années, mais en leur accordant un peu d'attention, quelques détails lui revinrent avec une certaine clarté.

Son béguin pour Noah remontait à des années-lumière. Ils avaient pu devenir de grands amis, mais leur amitié l'avait empêchée de lui avouer ce qu'elle ressentait pour lui. Le risque d'humiliation était simplement trop grand. Chaque semaine, le courrier du cœur reçoit des témoignages de lectrices, déplorant que leur meilleur ami ne le soit plus après qu'elles lui ont déclaré leur flamme.

Mais ensuite, Noah l'avait embrassée. Et elle avait trouvé ce baiser tout à fait merveilleux. La poussée d'adrénaline provoquée par sa peur, les hormones en effervescence et l'indéniable frisson romantique de se retrouver suspendus dans le ciel sous une voûte de velours étoilée, avaient engendré un mélange explosif.

Enfin ! avait-elle pensé. Enfin !

Puis la roue s'était ébranlée et, décontenancée, elle s'était éloignée de Noah.

Elle aurait sincèrement voulu qu'il l'embrasse de nouveau. D'ailleurs, à ce stade, elle aurait aimé que le manège ne se remette plus jamais en marche.

Mais quand elle avait commencé à s'excuser de sa réaction, il s'était empressé de répondre que lui aussi était désolé, que c'était une erreur, etc.

Allie était descendue de la grande roue humiliée, tellement déçue qu'elle n'avait même pas eu le cran de raconter à Olivia sa mésaventure idiote. Car la réponse de son amie lui aurait semblé évidente : *« Comment peux-tu imaginer sortir avec Noah Haller ? Vous êtes amis depuis trop longtemps. Il te considère comme sa petite sœur, pas comme sa petite amie. »*

C'était Allie qui s'était mis ça en tête, persuadée qu'Olivia ne pourrait réagir d'une autre manière.

Et il était déjà bien assez embarrassant de vivre la scène pour ne pas, en plus, la clamer sur tous les toits.

— Tu sais, c'est bizarre, se confia Allie au téléphone comme elles le faisaient déjà vingt ans plus tôt. J'étais vraiment amoureuse de lui depuis longtemps, mais trop bête pour le lui avouer.

Puis, anticipant la culpabilité d'Olivia, elle s'empressa d'ajouter :

— Et même si tu m'avais dit que tu l'avais surpris en train de pleurer sur sa pizza, en gémissant mon nom, je n'aurais pas eu le courage de me lancer. Je pensais que c'était aux garçons de faire le premier pas.

Olivia soupira.

— Je pense encore que c'est aux garçons de le faire.

Allie rit.

— Oui, moi aussi ! Donc, même si tu as raison en ce qui concerne Noah maintenant, je n'arriverais toujours pas à aborder la question avec lui, alors qu'il envisage d'épouser Vickie.

Cette pensée la rendait malade.

— Mais c'est exactement pour cette raison qu'il faut à tout prix que tu le lui dises ! Avant qu'il ne soit trop tard. Écoute, j'ai été contre l'amour toute ma vie…

Quatre beaux-pères, une mère en morceaux, des déménagements incessants…

— Qui pourrait t'en blâmer ? Moi aussi, je l'aurais été dans ces conditions.

— Je me suis trompée sur toute la ligne ! Même si les maris de ma mère étaient minables, et si c'était une vraie galère de passer mon enfance à leur merci, je n'aurais pas dû en conclure que l'amour n'en valait pas la peine. Ce sont les goûts de ma mère qui étaient douteux.

— Tu as sans doute raison.

— En tout cas, je sais que tu dois parler à Noah. Essaie, au moins. Avant qu'il ne soit trop tard.

— Il est déjà trop tard.

— Non, Allie. Il te suffit de…

— Il est passé chez moi pour me dire qu'il fallait qu'on cesse de se voir.

— *Quoi ?*

Allie hocha la tête, même si elle savait qu'Olivia ne pouvait pas la voir. Heureusement, d'ailleurs, car elle aurait fondu en larmes.

— Nous ne pouvons même pas rester amis.

— Est-ce qu'il t'a expliqué pourquoi ?

— Ça ne te paraît pas évident ? Depuis qu'il a annoncé qu'il sortait avec Vickie, je me suis comportée comme une peste. Puis, quand il a dit qu'il allait l'épouser, j'ai réagi comme s'il avait une maladie incurable.

— Je ne voudrais pas te vexer, Allie, mais est-ce que

tu ne t'es pas toujours comportée ainsi avec lui ? Est-ce que tu ne lui as pas toujours balancé la vérité en pleine figure ?

C'était vrai.

— Oui, sans doute.

— Alors pourquoi s'en offusquerait-il cette fois ?

— Parce qu'il n'avait pas eu l'intention de se marier jusqu'à présent.

— D'accord. Alors explique-moi une chose : pourquoi n'a-t-il pas l'air heureux de se marier ?

— Toi aussi, tu l'as remarqué ?

C'était affreux de le voir malheureux, mais Allie était soulagée que son impression soit confirmée par son amie et pas uniquement influencée par son aversion pour Vickie.

— Qu'est-ce qu'on peut faire, alors ?

— C'est marrant que tu demandes ça. Parce que je crois tenir la solution.

Une solution ? Peut-être y en avait-il une.

— D'accord, je prends. De quoi s'agit-il ?

— Peux-tu venir à New York ?

— Oui. Quand ? Pourquoi ?

— Dès que possible. J'ai un plan. Il se peut que ce soit la seule façon de sauver Noah. Et de te sauver, toi.

— Moi ?

— Tu le sais parfaitement.

Allie encaissa.

— Que penses-tu de ce week-end ?

— Ce serait parfait.

Dix-huit

Cette saison, la tendance est à la couleur[1]

Publicité pour Estée Lauder

Le vendredi après-midi, après avoir relu un paquet de documents pour un cabinet juridique, Allie se rendit chez ses parents. Elle voulait attendre que l'heure de pointe soit passée avant de se mettre en route pour New York où l'attendait Olivia.

Était-ce en raison des événements récents, ou parce qu'elle allait passer la nuit chez son amie pour la première fois depuis vingt ans, ou seulement à cause d'une vieille chanson de Madonna entendue à la radio ? Toujours est-il que lorsqu'elle se gara devant la maison de style colonial de son enfance, Allie se sentit terriblement mélancolique.

La grille était ouverte et elle fut accueillie par le halo chaleureux de la lanterne du perron. À l'intérieur, tout était éclairé a giorno. Elle pouvait distinguer, face à elle, les gestes de sa mère qui s'affairait dans la cuisine

1. « *This season, beauty is in color.* » *(N.d.T.)*

et, sur la gauche, la télévision allumée. Son père devait regarder la chaîne mexicaine en attendant de dîner.

Elle entra sans frapper, comme d'habitude.

— Qu'est-ce qu'il y a de bon à manger ? demanda-t-elle tout de go.

Une casserole fumait sur la cuisinière.

— Penne aux cinq fromages. Tu dînes avec nous ?

Elle adorait ça. Une recette délicieuse qui ne faisait pas bon ménage avec son régime, mais elle avait fait des réserves de points pour les occasions spéciales.

— Oui, volontiers.

— Je croyais que tu étais déjà partie pour New York !

Allie détacha un petit bout de parmesan.

— Je pensais passer un peu de temps avec vous en attendant que la circulation se calme.

Le fromage répandit de merveilleuses saveurs sur ses papilles.

— Bonne idée. Que cache ce voyage, d'ailleurs ?

— Il ne cache rien. Je vais simplement rendre visite à Olivia.

— À qui tu n'as pas parlé depuis des années. Il suffit que Noah se marie pour que vous redeveniez inséparables.

Peggy leva un sourcil inquisiteur et, n'obtenant pas de réponse, ajouta :

— Si tu n'as pas envie d'en parler, ma chérie, c'est toi qui vois. Mais je connais assez bien ma fille pour savoir qu'il se passe quelque chose.

— Il ne se passe rien, maman. Je vais simplement voir Olivia.

— Comme tu voudras.

Peggy versa du bouillon de poule dans la casserole et remua.

— Rien de grave, en tout cas.

— Alors ça va. Passe-moi le fromage, s'il te plaît.

Allie le lui tendit et regarda sa mère le râper au-dessus de la casserole.

— Je pense juste que Noah ne devrait pas épouser Vickie, c'est tout.

— C'est ce que tu m'as déjà dit. Et y a-t-il autre chose qui se greffe là-dessus ?

Bien sûr.

— Je crois que je suis amoureuse de lui. En fait… je suis sûre d'être amoureuse de lui !

Peggy posa le fromage, s'essuya les mains sur un torchon et se tourna vers sa fille.

— Il est temps que tu t'en rendes compte.

— Est-ce que je suis la seule à ne m'en rendre compte que maintenant ?

Peggy éclata de rire.

— Allison, Noah est passé te voir à chaque repas de Thanksgiving, chaque lendemain de Noël, à chaque pique-nique familial pendant je ne sais combien d'années, sauf quand l'un d'entre vous sortait avec quelqu'un d'autre à ce moment-là. Quoi qu'il arrive, et peu importe le partenaire que vous aviez, vous finissiez toujours par vous retrouver.

— Mais nous… nous n'avons jamais rien *fait* ensemble.

Peggy haussa les épaules.

— Cela ne me regarde pas. Tout ce que je sais, c'est que vous avez passé plus de temps ensemble que la plupart des couples mariés. Et puis, quand il y a eu cette rupture avec Kevin, tu étais en colère mais pas triste. Alors que si Noah se fiançait, tu errerais comme une âme en peine, versant des seaux de larmes.

Tout cela était vrai.

— Tu crois que c'est de la simple jalousie de ma part ?

— Non, pas du tout.

Étrangement, les paroles de sa mère la soulageaient. Comme s'il s'agissait d'une validation, de la preuve que c'était vrai.

— Moi non plus, dit-elle.

— La question est de savoir ce que tu vas faire. Vas-tu tenter de l'empêcher d'épouser Victoria ?

— Il faut que j'essaie.

— Et si tu n'y parviens pas ? As-tu pensé à ce que tu allais faire, dans ce cas ?

— Non, je n'arrive pas à envisager une telle catastrophe.

Peut-être parce qu'elle se retrouvait dans la douceur du cocon familial, Allie éclata soudain en sanglots.

— Oh, ma chérie. Alors tu feras ce que tu jugeras bon de faire.

Sa mère lui serra affectueusement les épaules. Soudain, peu importait son âge, elle avait l'impression que Peggy pouvait réparer n'importe quoi.

Une heure plus tard, alors qu'elle roulait en direction de New York, Allie ne put s'empêcher de composer le numéro de Noah. À deux reprises, elle prit garde d'ajouter le code *67 pour garder l'anonymat. Elle voulait seulement entendre sa voix, raccrocher immédiatement et disparaître dans la nuit du New Jersey.

— Je vais chez tante Cassandra, ce soir ! annonça Caroline peu après le retour d'Olivia de son travail. Veux-tu m'accompagner ?

Olivia jeta ses clés et son sac à main sur la petite console de l'entrée et se dirigea vers la cuisine, où sa mère était assise en train d'établir une liste.

— Tu vas *encore* chez tante Cassandra ?

— Mmm… Mmm… Elle voulait que je l'aide à trier des vêtements pour donner ceux qu'elle ne porte plus à une œuvre de bienfaisance.

Ça ne tenait pas debout.

— C'est super, maman, mais il y a un truc que je ne comprends pas. Tu ne supportes pas tante Cassandra et voilà que tu lui rends tout à coup visite deux à trois fois par semaine.

Caroline soupira.

— Il est vrai que nous avons eu pas mal de différends par le passé et il lui arrive de se comporter comme une vieille bique têtue.

Olivia sortit un paquet de café du réfrigérateur et en versa dans le filtre.

— Mais… ?

— Oh, je ne sais pas. Elle a besoin d'aide.

— Elle peut payer quelqu'un pour l'aider.

Olivia versa l'eau dans la machine à café, appuya sur le bouton et se tourna vers sa mère avant d'ajouter :

— Allons, il y a autre chose, maman. Qu'est-ce que ça cache ?

— Rien, que je sache. Mais cela ne m'étonnerait pas qu'il y ait anguille sous roche, plaisanta Caroline.

— Je parie qu'elle en a un paquet !

— Olivia, là tu es injuste.

Olivia ne répondit pas. Avait-elle mis la bonne dose de café ? Serait-il assez fort ?

— C'est moi qui suis injuste ? finit-elle par rétorquer. Qu'as-tu fait de notre bonne vieille Caroline d'antan, la rebelle ?

— Les gens changent, tu sais !

Olivia se versa une tasse et l'emporta sur la table où elle s'installa en prenant le temps de réfléchir. Sa mère taisait quelque chose.

— Je doute sincèrement que la vieille Cassandra te couche sur son testament.

Caroline eut l'air si étonnée qu'Olivia regretta aussitôt ses paroles.

— Pour rien au monde je n'accepterais le moindre centime de sa part, s'offusqua Caroline en s'agrippant à ses perles. Je n'en reviens pas que tu puisses me croire capable d'une telle chose ! Tu es la seule héritière de cette fortune.

— Moi ?

— Bien sûr ! Cassandra n'a jamais eu d'enfants et tu es l'unique descendante de ton père. L'héritage familial te revient de droit.

Caroline prit dans le placard de petites tasses à café qu'elle avait achetées elle-même quelques jours plus tôt, et se versa une goutte du nectar brûlant.

— Qui d'autre en hériterait ?

— Je n'y ai jamais pensé, avoua Olivia.

L'argent ne l'avait en effet jamais préoccupée. En ce qui concernait son père, elle aurait seulement aimé se souvenir de quelque chose, n'importe quoi, à son sujet. Il était mort quand elle avait environ dix-huit mois et, bien que sa mère n'ait pas souvent parlé de lui, elle avait l'impression qu'il était très différent de ses beaux-pères successifs.

C'était peut-être une pensée vaine, mais elle aurait souhaité avoir mieux connu le seul homme qui avait compté dans sa vie ainsi que dans celle de sa mère.

— Tu devrais peut-être commencer à y réfléchir, commenta Caroline en avalant une petite gorgée. Un héritage de cette taille demandera des placements intelligents. Tu devrais t'y préparer.

— J'ai le sentiment que tante Cassandra est plutôt du style *je-laisserai-toute-ma-fortune-à-mon-chat.*

Caroline secoua la tête.

— Non, elle est peut-être butée mais pas folle.

— On verra bien.

— Et en plus, elle déteste les chats !

Olivia soupira.

— On s'en serait douté.

— En tout cas, je vais peut-être rester dormir là-bas, alors ne m'attends pas.

— Dormir là-bas ? Vous vous racontez des histoires toute la nuit avec tante Cassandra ?

— Un camion viendra pour ramasser les vêtements tôt demain matin. Je vais m'assurer qu'ils remplissent correctement le justificatif fiscal.

Tout cela était décidément bien difficile à gober.

— Tu manqueras Allie. Dommage.

Caroline but une autre gorgée et posa la tasse.

— Je pensais que vous seriez ravies de vous retrouver seules toutes les deux après ces longues années.

— C'est gentil à toi, répondit Olivia en allant se resservir. On risque de rester réveillées toute la nuit.

— Et que ferez-vous demain ?

— J'espère qu'Allie se rendra à quelques rendez-vous que j'ai organisés pour elle. Et en attendant, j'irai au bureau.

— Olivia Pelham, tu ne peux pas travailler *tous* les week-ends ! Cela fait un mois que je suis là et tu as pris en tout et pour tout quatre jours de congé. Ce n'est pas très sain.

— J'adore mon travail, protesta Olivia avec un haussement d'épaules.

C'était vrai, elle aimait beaucoup son travail. Il lui évitait de ressasser toutes ces questions que se posent les femmes célibataires de son âge. New York était une grande ville, avec beaucoup d'habitants, mais ce devait être l'endroit le plus difficile où trouver l'âme sœur.

Heureusement pour Olivia, elle était pour l'instant très loin de ce genre de préoccupations.

Elle pourrait toujours s'en soucier plus tard.

— C'est amusant, car tu disais la même chose au sujet de l'école.

— C'est vrai ?

— Même quand tu étais jeune et insouciante, et que tu aurais dû être dingue des garçons, tu m'assurais toujours que tu préférais t'occuper de tes devoirs.

Elle s'en souvenait. C'était surtout le cas quand on lui proposait une balade inintéressante en compagnie de sa mère et de Donald.

— Oh, oui. J'ai toujours aimé travailler.

Sa mère n'avait pas l'air convaincue.

— À moins que ça n'ait été une excuse pour éviter de te confronter à la vraie vie. En tout cas, j'espère que tu ne laisseras pas ton amie moisir ici toute seule pendant que tu trimeras au bureau.

— Non, maman. Avec la série de soins que j'ai prévus pour elle, Allie sera plus occupée que jamais.

Par chance, sa mère n'insista pas, ce qui n'empêcha pas Olivia d'y penser bien après son départ. Elle n'avait pas entièrement tort : très jeune, Olivia avait compris qu'il lui suffisait de se plonger à fond dans l'école, le travail, les devoirs, pour échapper à ce qu'elle trouvait vraiment difficile : une vie sociale, des amis, des petits copains.

En fait, sans l'intervention d'Allie, elle ne serait sans doute jamais sortie de cette coquille.

Intéressant. Elle n'avait jamais regardé les choses sous cet angle. En dépit des problèmes qu'elles avaient rencontrés à la fin, Allie avait contribué pour beaucoup à ce qu'Olivia avait fini par devenir.

— Je n'en reviens pas que tu sois réellement là ! déclara Olivia attablée avec Allie devant un plateau de fromages et une bonne bouteille de vin.

À 11 heures du soir, elles s'étaient installées dans le superbe séjour de son appartement. Une immense baie vitrée dominait l'Upper East Side. C'était magnifique. Allie paniquait à l'idée de renverser quelque chose sur le sofa ou la moquette d'un blanc immaculé, mais adorait l'idée de pénétrer dans la vie glamour de quelqu'un d'autre.

— Moi non plus, admit Allie en se laissant aller contre les coussins. C'est un peu irréel, non ?

— Dans un sens, c'est un peu grâce à Vickie.

— Exact.

C'était la triste vérité. Il y eut un long silence avant qu'Allie trouve le courage de demander :

— Tu ne crois pas qu'on devrait parler de ce qui est arrivé ?

Du bout de l'orteil, elle testait l'eau glacée.

Depuis longtemps déjà, elles auraient dû crever cet abcès. Elles avaient repris contact, se parlaient de nouveau, retissaient peut-être les liens d'une nouvelle amitié. Était-il plus prudent de ne pas remuer le passé ?

— Ce qui est arrivé ? Quand ? À l'époque du lycée ?

Allie hocha la tête.

Poussant un long soupir, Olivia regarda par la fenêtre, au loin. De toute évidence, elle non plus n'était pas très encline à revenir sur cette histoire.

— On pourrait, mais à quoi bon ? Nous étions jeunes toutes les deux, nous avions dix-sept ans. Je ne peux pas t'en vouloir pour ce qui s'est passé. Je t'avais chargée d'un énorme secret et j'exigeais de toi bien plus de maturité que n'en avaient certains adultes de mon entourage.

Allie se hérissa. Son inconscient recelait encore d'anciennes émotions.

— Écoute, Olivia, je ne veux pas remuer le couteau dans la plaie ou déterrer un incident tellement ancien que ça ne vaut pas la peine d'en faire tout un plat, mais il faut que je te dise en toute franchise que je ne l'ai jamais raconté à personne.

Olivia la regarda avec tristesse, comme si elle s'attendait à cette dénégation mais n'en croyait pas un mot.

— Que veux-tu que je réponde à ça ?

— Je l'ignore. Je comprends que tu aies du mal à y croire. Aujourd'hui encore, je me demande comment tout le monde a pu l'apprendre. C'est un des grands mystères de ma vie, mais je te jure, Olivia, cela ne venait pas de moi.

Il y eut un très long silence qu'Allie mit à profit en se coupant une lamelle de brie, ce qui lui était vivement déconseillé.

Olivia se triturait les doigts, preuve que cela restait un sujet très sensible chez elle.

— J'y ai pensé. Peut-être notre conversation n'était-elle pas aussi discrète que ça.

— Que veux-tu dire ?

L'avait-elle révélé à quelqu'un d'autre ? À qui ? À qui d'autre avait-elle également pu faire confiance au point de lui révéler son terrible secret, à l'époque ?

Olivia posa son verre.

— On en a parlé à l'école, pendant l'intercours, tu te souviens ?

— Bien sûr. Comment aurais-je pu oublier ?

— Dans les toilettes.

— Exact.

— On ne criait pas, mais il est possible que quelqu'un ait entendu du couloir.

— Ce devait être quelqu'un d'assez diabolique pour aller ensuite le répéter sur tous les toits. Tu étais furieuse.

— Pas forcément diabolique. Il y avait autant de gens sympas que de crapules, à l'école.

Olivia reprit son verre d'une main un peu tremblante.

— Changeons de sujet, ajouta-t-elle.

— D'accord. Parlons de ta vie à New York.

Une lueur de malice apparut dans les yeux d'Olivia.

— Non, parlons plutôt de *ta* vie à New York.

— La raison pour laquelle tu m'as demandé de tout annuler et de venir ici au pied levé ?

Olivia sourit.

— Exactement.

— Entendu ! Dis-moi tout. Quel est le programme ?

— On va te refaire une beauté. Alors, avant que tu ne t'énerves, permets-moi de te dire une chose : ce n'est pas parce que tu en as besoin, mais après toutes les occasions où tu l'as fait pour moi, je te dois bien ça. Et puis tu as perdu tous ces kilos…

— Seulement six.

Allie était ravie de ses premiers résultats, mais la bataille était loin d'être gagnée. Elle était consciente d'être la seule à se réjouir quand elle pouvait boutonner son jean avec moins de difficulté.

— Je disais donc qu'après avoir perdu tout ce poids, tu méritais de te faire dorloter un peu.

— C'est très gentil à toi.

Allie n'en restait pas moins perplexe. Cela cachait autre chose. Bien qu'ayant envie de profiter de ces moments avec Olivia après cette longue séparation, elle se sentait méfiante. Non pas envers Olivia, mais parce qu'elle ne réussissait pas à se livrer entièrement. Cette nouvelle relation qui s'ébauchait entre elles l'effrayait.

Elle avait déjà perdu l'amitié d'Olivia une fois et en avait beaucoup souffert. Elle se réjouissait de recommencer à échanger avec elle des confidences, mais cela n'en valait pas la peine si tout devait de nouveau être anéanti.

— Ce n'est rien, dit Olivia en toute sincérité. Je dispose de toutes ces ressources et peu d'amies les apprécieraient à leur juste valeur. Tu étais la reine du maquillage, alors je pense que tu t'éclateras !

Allie sourit.

— Et en quoi ça va sauver Noah ?

— Mmm ?

— Ton projet était de sauver Noah. Et moi, dans la foulée. En quoi une nouvelle coupe de cheveux va-t-elle nous sauver ?

La question resta un instant en suspens avant qu'Olivia ne craque et n'avoue la vérité.

— Parce que je sais que vous êtes amoureux l'un de

l'autre, même si toi, bizarrement, tu ne t'en es pas encore aperçue. Je pense que, si tu avais davantage confiance en toi, tu serais un peu plus réceptive à cette idée.

Allie laissa échapper un petit rire nerveux.

— C'est vrai, insista Olivia. Les gens font appel à toutes sortes de stratagèmes pour se donner de l'assurance. Je ne prétends pas que celui-ci soit le seul, mais toi, tu es une férue de maquillage et de coiffure. C'est ce qui te rend heureuse et je peux te combler.

— Ainsi tu penses que c'est la clé de mon bonheur ?

— Oh, Allison Denty ! Tu as toujours adoré cela. Tu n'étais jamais plus joyeuse que lorsque tu ressortais du centre commercial avec un sac rempli d'Aziza, de Maybelline et de Flame-Glo.

Inutile de le nier. Rien que d'y repenser, elle se sentait déjà mieux.

— C'est vrai.

— Rappelle-toi le jour où on a acheté ce shampooing à la bière de chez Village Nature. On s'était assises à côté de la fontaine où les gens jetaient des pièces et on faisait semblant de boire de la bière.

Allie pouffa de rire.

— Et cette petite vieille qui est passée l'index pointé sur nous en nous accusant de boire de l'alcool, à notre âge !

— Je m'en souviens comme si c'était hier.

Allie ferma un instant les yeux et soupira.

— Je ne m'étais encore jamais sentie aussi *cool*, avoua-t-elle. C'est triste, non ?

— Oui, moi aussi. Même si j'avais la frousse qu'elle téléphone pour prévenir maman et Donald.

— On était nazes, s'esclaffa Allie.

— Oui, mais on s'est bien marrées !

— C'est vrai.

Allie se laissa un instant envelopper par les brumes du passé, puis ajouta :

— Et voilà qu'on est de nouveau en train de comploter ! Cette fois, c'est toi qui as un plan. Que veux-tu que je fasse ?

— Ah, je suis contente que tu me poses la question, fit Olivia en souriant, ravie d'en revenir aux choses sérieuses. Parce que c'est toi qui auras la partie la plus difficile à jouer.

— Qui est… ?

— D'aller chez Noah et de lui dire la vérité sur tes sentiments.

Dix-neuf

Une touche de lumière dans vos cheveux et dans votre vie[1]

Publicité pour Clairol Balsam Color

— Tu te rappelles ce masque vert qu'on achetait ? demanda Olivia en entrant dans son bureau le samedi soir.

Allie avait passé la journée chez le coiffeur où on lui avait fait une coupe, un balayage, une coloration et un brushing tout en la régalant d'un délicieux champagne qui l'avait rendue un peu pompette.

Puis Olivia et elle étaient allées chez Patsy pour un repas bien calorique et surtout généreusement arrosé.

— Le Masque Queen Helene à la menthe ?

Olivia acquiesça.

— Exact.

— Ô mon Dieu ! Tu savais qu'ils le fabriquaient toujours ? s'exclama Allie, sincèrement excitée par cette révélation. J'en ai acheté l'autre jour dans une petite boutique branchée. Je n'en revenais pas qu'ils en vendent encore.

— Fiche-le à la poubelle.

1. « *Lighten your hair and light up your life.* » *(N.d.T.)*

— Quoi ? Tu plaisantes ?

— Non, tu passes à autre chose.

— À quoi ?

— Un truc bien mieux que ça.

Olivia ouvrit une porte et alluma tous les spots, qui éclairèrent un vaste bureau d'angle.

— Mais j'adorais ce machin vert ! C'est un excellent produit.

— Suis-moi.

Elle entraîna Allie vers une alcôve nichée dans un coin du bureau et dont les murs étaient couverts d'étagères chargées de produits et d'échantillons.

En les découvrant, Allie écarquilla les yeux.

— Oh, mince alors !

— Je ne te le fais pas dire !

— C'est incroyable ! s'émerveilla-t-elle comme une gamine arrivant à Disney World pour la première fois. On dirait que je suis Cendrillon, et que je me trouve dans un château.

Elle avait d'ailleurs du mal à prendre conscience qu'elle était bel et bien Cendrillon aujourd'hui. Après sa visite au salon de coiffure, Olivia avait demandé à son assistante d'accompagner Allie dans le vestiaire de presse pour y choisir des vêtements un peu plus seyants. Allie avait perdu quelques bons kilos mais ne s'était pas inquiétée d'adapter sa garde-robe à cette nouvelle ligne. Dans les collections, tout ne lui allait pas, bien sûr, mais il y avait suffisamment d'éléments pour lui redonner le moral.

— Maintenant que tu es vieille, fit remarquer Olivia, pince-sans-rire, ces masques bon marché vont assécher ta peau et te faire ressembler à une grand-mère.

Allie eut l'air consternée.

— C'est vrai ?

Olivia s'approcha d'une étagère et y prit des petits disques dermo-abrasifs à l'acide glycolique.

— Tiens, essaie ça, c'est mille fois plus efficace et beaucoup moins douloureux. En fait, ce n'est pas douloureux du tout.

Elle lui tendit le pot et ajouta :

— C'est comme des cotons Stridex contre l'acné, mais en mieux. Frottes-en un sur le visage et le cou, patiente cinq minutes et rince.

— Et ?

— Et attends-toi à un miracle. À condition de le faire deux fois par semaine, de ne pas te mettre au soleil, de boire beaucoup d'eau et d'accomplir tous les gestes que je vais te conseiller.

— Entendu, chef.

Allie dévissa le couvercle et sortit un coton.

— Il faut juste le frotter sur la peau ?

— Oui, c'est ça.

Olivia retourna vers les étagères et choisit quelques autres produits. C'était bien plus amusant qu'avec sa mère, d'abord parce que Allie s'intéressait davantage à ces choses.

Et, de surcroît, elle était jeune. Olivia avait le même âge, mais l'impression d'être centenaire la taraudait parfois, surtout dans ce milieu de la beauté où les mannequins de plus de vingt-deux ans étaient mises sur la touche et devaient prendre leur retraite.

— Et maintenant ?

— Maintenant, tu attends.

Allie s'installa dans le fauteuil qu'Olivia lui avait approché.

— C'est donc ton bureau ? Pas mal du tout.

— Oui, ça va.

— Je parie qu'il y a des centaines de personnes qui travaillent ici et qui te démoliraient le portrait si elles t'entendaient parler de cette façon.

— Tu as raison.

— Alors pourquoi est-ce que tu ne sembles pas plus heureuse de ta situation ?

— Je suis heureu… protesta sourdement Olivia.

Mais les mots étaient restés coincés dans sa gorge. Ce n'était pas un mensonge. Pas vraiment. C'était juste…

Elle soupira et rectifia :

— Mettons que je ne sois pas malheureuse.

— Mais tu devrais être heureuse, protesta Allie. Tout le monde devrait l'être, surtout quelqu'un qui a l'air de tenir le monde dans le creux de sa main. Qu'est-ce qui te manque ?

— Rien ne me manque ! Depuis quand es-tu psy ?

— Tu n'as pas changé au point que je ne puisse plus lire en toi, ma belle. Il y a quelque chose que tu ne dis pas, alors, soit tu craches le morceau soit on bavarde gentiment sur la belle vue qu'offre ton bureau.

Olivia se laissa tomber sur le fauteuil en cuir en face d'Allie.

— Tu as raison, il me manque quelque chose.

— Quoi donc ?

— Je ne sais pas, murmura Olivia en la regardant dans les yeux. Tu veux un peu de vin ?

Allie sembla étonnée.

— Tu as aussi un bar, ici ?

— Si on veut.

Olivia ouvrit un tiroir et en sortit une bouteille de Veuve Clicquot, ornée d'un gros nœud rouge.

— La rédaction du *Elle* français m'envoie toujours de ce champagne et je le mets de côté pour les grandes occasions. Je dirais que c'en est une, non ?

— Absolument !

— Je vais chercher de la glace. Tu peux ouvrir ça ?

Elle tendit la bouteille à Allie et se rendit à l'office pour y remplir un Tupperware de glaçons et prendre deux gobelets.

Quand elle revint, Allie avait sorti la machine à café.

— Tu préfères du café ?
— Non, c'est une petite ruse que j'ai apprise à la fac.
Allie prit les glaçons, les versa dans le filtre, fit couler doucement le champagne dessus puis récupéra la carafe qu'elle brandit avec un sourire triomphant.
— Voilà ! Du champagne frais. Les Français n'approuveraient sans doute pas, mais moi je ne sens pas la différence.
— Parfait.
Olivia servit le champagne dans les gobelets et en tendit un à son amie.
— À notre santé ! Et maintenant, va te rincer la figure.
Allie prit une gorgée, puis alla se nettoyer le visage devant le lavabo, avant de l'éponger délicatement avec du papier absorbant.
— Et maintenant une crème hydratante.
Olivia sortit son propre pot de Hope in a Jar, de Philosophy et ajouta :
— C'est ce qu'il y a de mieux.
— La crème hydratante des stars ?
— Exactement. Mais ça marche sur tout le monde, tu sais. Tu l'as déjà utilisée ? demanda Olivia en lui tendant le petit pot blanc imprimé de caractères noirs.
Allie pouffa.
— Si ce n'est pas vendu dans les supermarchés, je ne l'ai pas utilisée.
— Toute cette éducation à refaire en si peu de temps ! soupira Olivia.
Elles trinquèrent de nouveau, puis Olivia obligea Allie à se rasseoir.
— Et maintenant, le maquillage ! C'est ce que je préfère.
— Tu sais, c'est tout de même un comble que ce soit toi, maintenant, l'experte en maquillage et moi la plouc.
— Tu n'es pas une plouc.

— Oh, que si ! soupira Allie en admirant les produits sophistiqués et hors de prix dont était entourée Olivia : des crèmes, des potions, des gélules… Je n'arrive même pas à prononcer la moitié des mots imprimés sur ces merveilles. Et ce n'est même pas parce qu'ils sont étrangers ! De nos jours, tout est science. Science et argent.

— Alors tu comprends comment ils ont réussi à me piéger.

Allie éclata de rire.

— Oh, oui, tu as raison ! Tu as toujours été la scientifique et la matheuse !

C'était vrai. Plus les choses étaient carrées, plus elle les appréciait. Olivia n'avait jamais eu envie d'être une créative, de trop réfléchir ou de se plonger dans l'introspection souvent douloureuse. La dissertation apparaissait à ses yeux comme un vrai pensum, alors qu'elle se sentait en confiance avec les maths et les sciences.

— Je le suis encore, dit-elle en étalant une base minérale sur la peau toujours aussi parfaite d'Allie.

— On dirait que cela t'a bien réussi.

Allie but une gorgée et Olivia s'arrêta pour en faire autant. Le champagne lui picotait agréablement le palais, dénouant peu à peu les tensions.

— C'est sympa, dit-elle. Je suis contente que tu sois venue.

— Tu plaisantes ? C'est génial ! Mais je ne sais toujours pas pourquoi tu veux tout à coup me refaire une beauté. Ce n'est pas un truc de caméra cachée pour ton magazine, au moins ?

— Oh, non ! Je ne te ferais jamais un coup pareil. C'est juste pour s'amuser.

Mais elle avait bien ses raisons. Allie avait besoin de retrouver confiance en elle pour mener la grande bataille de sa vie : récupérer Noah. Et Olivia connaissait encore assez son amie pour savoir que c'était avant tout le manque d'assurance qui l'empêchait de se lancer.

Olivia continua donc, posant une touche de blush sur les joues, un trait d'eye-liner, puis d'ombre à paupières pour souligner la forme parfaite de ses yeux. C'était facile de maquiller Allie car son visage offrait un support impeccable.

Mais Allie ne l'admettrait jamais.

Finalement, elle sortit le mascara.

— Regarde vers le haut !

Allie obtempéra.

— Quelle est la marque ?

— Lancôme. Le seul mascara avec lequel tu puisses pleurer et t'essuyer les yeux sans ressembler à un raton laveur. Regarde en bas, maintenant.

— Quelle chance ! Je vais pouvoir pleurer en toute sécurité, maintenant.

— Je ne pense pas que tu en auras envie, la rassura Olivia en appliquant plusieurs couches avec la petite brosse recourbée. Tiens, regarde-toi ! lança-t-elle en reculant d'un pas.

Allie se contempla dans le miroir et son visage s'épanouit en un sourire radieux.

— Incroyable, Olivia ! Tu es trop douée !

Se tournant vers la gauche, puis vers la droite, elle plissa les paupières pour s'examiner avec soin.

— Tu as fait un vrai miracle ! s'émerveilla-t-elle encore. Il faut que tu viennes t'installer chez moi !

Olivia éclata de rire.

— Il est hors de question que je retourne à Washington !

— Alors c'est moi qui viens ici. Tu as réalisé un vrai prodige !

— Non, non, pas du tout. Tout ce que tu admires était déjà là. J'ai à peine eu besoin de te maquiller.

— C'est tellement faux ! protesta Allie, les yeux au ciel.

Olivia s'assit et versa de nouveau du champagne.

— Ce n'est pas faux du tout. Je vais te dire un petit secret que j'ai appris à force de travailler dans ce milieu : il n'y a pas de miracle. Bien sûr, tu peux utiliser des produits de plus ou moins bonne qualité…

Allie se toucha la joue.

— Ça, c'est vrai !

— Oui, mais ce que tu vois dans le miroir, c'est toi. D'accord ? C'est toi.

— Mettons la version idéalisée de moi.

— Eh bien, c'est ce que désire tout le monde, non ? Même ces gens qui se font réduire le nez en forme de gomme, installer des implants, botoxer le front jusqu'à l'immobilité complète… Ils sont tous en quête du miracle qui leur donnera l'impression d'être… d'être eux-mêmes.

— Tu as raison ! C'est tout à fait ça ! Je ne cherche pas des produits qui me rajeuniront ou qui me donneront une beauté parfaite. J'achète seulement un peu de futilité dans l'espoir de me sentir à l'aise dans ma propre peau.

— C'est exactement ça. Garde donc ton épiderme dans le meilleur état possible, utilise les produits qui t'y aideront et ne l'abîmeront pas, mais accepte-toi toi-même.

— C'est plus facile à dire qu'à faire.

— Je sais. Toute bonne chose demande des sacrifices.

Allie contempla les produits trônant sur les étagères.

— Et la rédactrice en chef des pages beauté de *What Now* peut te jurer que l'espoir ne se vend pas sous la forme d'une crème de beauté.

Olivia fit un geste vers le miroir.

— Non, l'espoir doit être en toi.

Un long silence s'établit.

— C'est un peu cucul la praline, conclut Allie.

— Je sais ! Mais tellement vrai. Bon, parlons maintenant de ce que tu vas faire quand tu rentreras chez toi.

— Aïe ! Qu'est-ce que tu mijotes ?

— Moi ? protesta Olivia, la main sur la poitrine. Rien, bien sûr ! Mais j'ai une petite idée…

— Quoi ?

— Va voir Noah. Dis-lui ce que tu ressens pour lui. Bats-toi pour l'éloigner des griffes de Vickie.

— C'était donc bien un piège !

— Ce n'est pas ce que tu veux ?

Allie ne répondit pas, puis murmura, timide :

— Et s'il me rejette ?

— Il ne le fera pas.

— D'accord, c'est ce que tu crois. Mais s'il ne veut *vraiment* pas de moi ?

Olivia y réfléchit.

— Ça n'arrivera pas. Sinon, tu t'en vas et tu vis ta vie, certaine d'avoir tout essayé, d'avoir été sincère avec toi-même.

Allie resta silencieuse un instant.

— Je suppose que je me sentirai forcément mieux que si je n'avais rien tenté.

— Absolument. Tu m'as dit toi-même que tu te sentais engluée dans une sorte de routine. Ton travail, ton quotidien, ta vie amoureuse ne t'apportent que frustration. Il est temps de changer.

— Qu'est-ce que tu proposes ?

— Je ne sais pas. Change de look, change de vie. Pas à pas, tu y arriveras…

— Depuis quand es-tu aussi philosophe ?

— Je ne sais pas. C'est assez récent. Je me fais un peu peur, d'ailleurs !

— Tu crains de mettre au jour tes propres démons ? plaisanta Allie.

Olivia rit à son tour, mais c'était exactement ce qu'elle craignait.

— Une chose à la fois, d'accord ? Que dirais-tu d'un petit changement ?

Vingt

Terminale

Je l'ai dit à deux amis qui l'ont dit à deux amis, etc., etc., etc.[1]

Publicité pour l'huile de germe de blé et le shampooing au miel de Fabergé Organics

Olivia détestait les hivers, ici à Washington.

Les printemps étaient merveilleux avec les cerisiers et les azalées en fleurs. Les étés n'étaient que ciels bleus, propices aux plongeons dans les piscines. Mais les hivers… Une éternité mortelle entre janvier et avril, qui se résumaient à trois choses : grisaille, humidité et froid transperçant jusqu'aux os. On avait toujours l'impression qu'il y avait des nuages, de la pluie mais jamais de neige.

Même Norman Rockwell n'aurait rien pu faire avec un hiver à Washington !

1. « *I told two friends and they told two friends and so on and so on, and so on, and so on…* », publicité des années soixante-dix, parfaite illustration du marketing viral (bouche-à-oreille). *(N.d.T.)*

Ainsi, à la mi-janvier de cette année-là, Olivia se sentait déjà en manque. En manque de quoi ? Elle n'aurait su le dire. De soleil, de chaleur, de ciel bleu, peut-être de tout cela en même temps.

D'espoir.

C'était ça, le problème. Elle était en manque d'espoir.

Tout le monde parlait de la fac, d'aller visiter les universités, d'envoyer les inscriptions, d'attendre les réponses. Mais la mère d'Olivia était à court d'argent et il n'y avait aucun espoir que Donald participât aux frais. La seule solution pour Olivia était donc le Montgomery Community College.

Allie irait à Rutgers, l'université jadis fréquentée par son père.

— Ce n'est pas loin, l'avait consolée Allie. Je reviendrai très souvent. Peut-être pourras-tu même décrocher une bourse et venir m'y rejoindre !

Mais Olivia n'avait aucune envie de suivre Allie dans le New Jersey ni de rester ici, dans cette petite fac sans envergure.

L'ambition d'Olivia, bien qu'elle ne fût pas encore très affirmée à cette époque, était de préparer son sac à dos, d'acheter un Pass ferroviaire et de sillonner l'Europe pendant quelques mois en prenant des photos.

Elle se trouvait plutôt douée, en photo. Quand sa conseillère d'orientation lui avait demandé de choisir une option, il ne restait plus que le cours de photo susceptible de l'intéresser. Alors elle s'était inscrite et l'image était très vite devenue une nouvelle passion.

Maintenant, elle adorait fixer des tranches de vie avec son appareil pour éventuellement les vendre aux journaux ou aux magazines.

Un jour, peut-être, pourrait-elle même composer son propre book ou exposer son travail dans l'une des galeries du centre-ville. En attendant, c'était une excuse parfaite pour aller vadrouiller en Europe, comme l'affirmait Donald avec dédain.

Cependant, un jour où Donald avait assené une fois de plus qu'il s'agissait d'une idée idiote, la mère d'Olivia avait acquiescé sans réfléchir. C'est ainsi qu'Olivia se retrouva coincée ici, dans cette école stupide. Jusqu'à quand ?

Sans doute jusqu'à ce qu'elle décroche un petit boulot qui lui permette de gagner assez d'argent pour assumer ses propres choix.

Toutes les nuits, ce projet venait la hanter, y compris le 20 janvier. Elle avait dîné avec Donald et sa mère, terminé ses devoirs puis elle était montée au premier, comme chaque soir, pour téléphoner à Allie.

À 21 heures, elle entendit sa mère et Donald se chamailler en bas. Elle n'aurait su dire à quel sujet et cela lui était égal. Ces derniers temps, leurs disputes devenaient de plus en plus fréquentes. Et comme d'habitude, vers 21 h 30, sa mère monta l'escalier avec lassitude et se dirigea vers sa chambre en faisant grincer le parquet du couloir.

À 22 heures, Olivia finit par abandonner tout espoir de rester concentrée sur un livre et éteignit la lumière. Allongée dans le noir, elle attendait que le sommeil la gagne enfin.

Cela prenait une éternité. Elle avait l'impression de se tourner et se retourner dans son lit, les yeux rivés sur l'horloge toutes les cinq minutes. De temps en temps, elle réussissait à s'assoupir, puis se réveillait de nouveau, agitée.

Finalement, peu après 1 h 30 du matin, elle décida de se préparer une tasse de chocolat, de lait chaud ou une tisane à la camomille. Quelque chose qui puisse l'aider à se détendre.

Elle s'engagea dans le couloir glacé et descendit l'escalier dans le noir pour ne pas réveiller sa mère ou

Donald. Quand elle parvint à la dernière marche, la lumière de la rue pénétrant par la fenêtre lui permit de se rendre dans la cuisine où elle alluma quelques lampes. Flicker, l'oiseau, s'agita dans sa cage mais ne piailla pas, Dieu merci.

Elle prit une grande tasse dans le placard, la remplit d'eau et la mit à chauffer dans le micro-ondes.

D'abord, elle ne remarqua pas la silhouette dans la porte en verre car l'intérieur du four était éclairé, mais quand la minuterie s'arrêta et que la semi-obscurité revint, elle put voir avec précision Donald derrière elle.

Poussée par une étrange intuition, elle feignit de ne pas l'avoir vu et fouilla dans les placards, à la recherche d'un sachet de thé qu'elle déchira avant de le plonger dans la tasse.

Ne trouvant plus de prétexte pour continuer à lui tourner le dos, elle lui fit face en simulant la surprise.

— Oh Donald ! Je ne savais pas que tu étais là.

— Je te surveillais, dit-il d'une voix traînante.

Rien de nouveau. Il buvait beaucoup, ces derniers temps. Quand elles s'étaient installées chez lui, il ne buvait pas une goutte, mais était rapidement devenu un alcoolique patenté.

Généralement, il n'était pas saoul au point d'avoir cette voix pâteuse et traînante.

— Désolée si je t'ai dérangé. Je retourne me coucher, maintenant.

Les yeux sur sa tasse de thé, elle se dirigea vers la porte, affolée à l'idée de devoir passer devant lui avant de filer dans l'escalier.

C'était à prévoir ! Dès qu'elle fut à quelques centimètres de lui, il l'attrapa par le bras.

Elle sauta en arrière, pour échapper au liquide brûlant qui l'éclaboussait et à la poigne de son beau-père.

— Lâche-moi !

Mais il la saisit à nouveau avec plus de force cette fois.

— Ne me parle pas sur ce ton, jeune fille !

L'odeur nauséabonde de l'alcool les enveloppa.

— S'il te plaît, ne me serre pas comme ça, fit-elle calmement malgré son envie de hurler.

Et si elle réveillait sa mère, comment réagirait-il ?

— Tu vis chez moi, alors tu m'obéis ! déclara-t-il, implacable.

Elle comprit que le moment était mal choisi pour ruer dans les brancards.

— Je peux y aller, s'il te plaît ? J'ai cours, demain, murmura-t-elle tout en évitant de croiser son regard.

— On devrait peut-être faire... un brin de... causette, d'abord !

Sa voix était toujours traînante. Comment pouvait-il avoir des réflexes aussi rapides s'il réussissait à peine à parler ?

— ... suis-moi dans mon bureau, veux-tu.

— J'ai vraiment besoin de dormir, protesta-t-elle, paniquée, la gorge si oppressée qu'elle avait l'impression qu'on l'étranglait. Je passe un examen, demain.

— Tu passes un examen ce soir.

Il l'entraîna jusqu'à son bureau, un ancien garage réaménagé un peu à l'écart du reste de la maison.

— Je vais tester ta loyauté.

— Ma loyauté envers qui ?

Il eut un rire sans joie.

— Elle est bien bonne, celle-là ! Tu es futée.

Il ouvrit la porte, la poussa dans son antre et ajouta :

— Disons que nous allons commencer par tester ta loyauté envers ta mère. Tu n'as pas intérêt à lui parler de notre petite réunion de ce soir.

Olivia tremblait de tout son corps.

— Qu'y a-t-il à dire ? Je veux juste aller dans ma chambre.

— Et il devrait y avoir un peu de loyauté envers moi aussi, tu ne trouves pas ? Je t'ai tout de même offert le gîte et le couvert et donné tout ce dont tu avais besoin pendant six ans et demi.

Olivia se redressa, espérant qu'il ne se rendrait pas compte de son tremblement.

— Ce n'est pas moi qui ai choisi.

— Mais tu en as bénéficié, pas vrai ?

Il lâcha son bras et lui caressa un sein du bout de l'index, observant avec un plaisir évident la réponse du téton à cet attouchement.

C'était le froid, la peur et elle le savait pertinemment. Mais elle savait aussi qu'il y voyait un signe de désir.

Elle recula, serrant sa chemise de nuit contre elle, souhaitant qu'elle soit une cuirasse.

— Je serais ravie de partir d'ici.

Et c'est ce qu'elle ferait ! Demain. L'idéal serait que la famille d'Allie accepte de la loger, sinon elle trouverait une autre solution.

S'il le fallait, elle dormirait dans le parc.

Tout sauf ça.

— Allons, allons, miss Olivia, inutile de jouer à ce petit jeu avec moi. Je sais que tu en as envie, toi aussi.

— Je ne vois pas de quoi tu veux parler.

Elle recula, espérant par miracle pouvoir se tirer de cette situation en prétendant qu'il s'agissait d'un gros malentendu.

Cela exigerait que Donald ait une once de conscience et, pour l'instant, il en semblait totalement dépourvu.

Il toucha de nouveau sa poitrine en se pourléchant les babines.

— Bien sûr que si ! Tu le voulais autant que moi.

Il dénuda le haut du corps d'Olivia. Puis il se pencha, bouche ouverte.

Elle eut un mouvement pour s'échapper, mais il la fit pivoter vers lui.

Elle tenta tout de même de reculer, cherchant à tâtons la porte derrière elle. Finalement, elle réussit à mettre la main sur la poignée, s'apprêtant à l'ouvrir. D'un violent coup de poing juste au-dessus de sa tête, il la referma brutalement.

— Ça ne va pas se passer comme ça !

Son haleine fétide lui donna envie de vomir.

— Si tu me laisses remonter, je ne dirai rien à personne, promit-elle.

— Ça m'étonnerait !

Elle réfléchit à la vitesse grand V.

— Alors, est-ce que je peux au moins me brosser les dents ?

Cette question provoqua chez lui un éclat de rire.

C'était un prétexte ridicule pour se sauver et il n'était pas si bête.

— Où en étais-je ? demanda-t-il en tirant de nouveau sur la chemise de nuit avant de coller sa bouche sur le sein d'Olivia.

Le visage rougeaud était écrasé sur sa jeune peau, les poils de sa barbe l'irritaient comme du papier de verre.

Elle allait crier quand il lui plaqua la main sur la bouche.

— Ta gueule ! lâcha-t-il. Tu me dois bien ça !

D'un coup sec, il remonta le bas de sa chemise de nuit, arracha la culotte et fourragea avec rage de la main la partie la plus intime de son corps.

— Arrête ça !

— Tu peux faciliter les choses ou les compliquer, mais tu ne peux pas les empêcher ! l'informa-t-il, tout excité. Alors fais ton choix !

Sur ces mots, il enfonça ses doigts en elle.

Si elle criait, qu'arriverait-il ? Sa mère viendrait-elle ? Si ce malade était capable de faire subir cette horreur à Olivia, Dieu sait de quoi il serait capable envers sa mère pour qu'elle se taise.

Personne ne pouvait l'aider.

Plus tard, elle ne se souviendrait plus de rien. Dans son esprit, ce ne serait qu'un mélange de douleur, de peur et de colère, au milieu de l'obscurité dans le cadre presque familier de sa vie quotidienne.

Cette nuit-là avait changé le reste de sa vie. Elle avait découvert qu'elle était pétrie de faiblesse, qu'il lui faudrait mener sa vie avec ménagement car elle n'aurait pas la force d'affronter le monde à elle toute seule.

— Qu'est-ce qui ne va pas ? demanda Allie en suivant Olivia dans les toilettes de l'école.

Cet imbécile de Bredicca les interpella pour leur dire qu'on ne pouvait pas se rendre aux toilettes à deux, qu'elle devrait attendre son tour, mais Allie l'ignora. Qu'allait-il lui faire ? La virer du cours de gym ? Si seulement !

Olivia était complètement défaite, les larmes inondaient son visage.

— Rien ! Fiche-moi la paix !

— Pas question ! Je vois bien que ça ne va pas ! Ne compte pas sur moi pour te laisser dans cet état !

Allie ferma la porte des toilettes des filles pour que personne ne les importune.

— Alors, qu'est-ce qui se passe ?

— Je ne peux pas te le dire, chuchota Olivia.

Un frisson de peur submergea Allie. C'était étrange. Olivia lui racontait toujours tout.

Surtout les trucs moches.

— Mais si, Olivia, l'encouragea-t-elle.

Quand elle lui toucha l'épaule, Olivia tressaillit. Sa réaction était si étrange qu'Allie prit peur.

— Mon Dieu, Olivia, que se passe-t-il ?

Elle éclata en gros sanglots.

— Tu ne comprendrais pas.

— Bien sûr que si, voyons.

Allie enlaça son amie glacée et tremblante et la serra contre elle.

— N… non, tu ne pourrais pas. C'est impossible.

Allie s'agenouilla devant Olivia et plongea son regard dans le sien.

— Quoi qu'il arrive, je ne te laisserai pas seule. Je suis là et je n'en bougerai pas avant que tu m'autorises à t'aider. Je me contrefiche de louper les cours ou de passer la nuit ici.

Olivia esquissa un sourire qui se transforma aussitôt en sanglots.

— Tu vas me haïr.

— Mais non, voyons ! Sûrement pas ! Peu importe ce que tu as fait. Dis-moi juste pourquoi tu es dans cet état.

Alors, entre deux sanglots, Olivia vida son sac.

L'après-midi, Allie accompagna Olivia jusque chez elle, et attendit dehors pendant que son amie racontait à sa mère ce qui s'était passé.

Le lendemain après-midi, tout le lycée savait qu'Olivia Pelham couchait avec son beau-père.

Vingt et un

On est complètement lessivé[1]

Publicité pour le savon Fostex

Le tic-tac de l'horloge semblait terriblement lent.

Tim passa la tête par la porte :

— Désolé, Olivia, mais on te demande au studio pour des prises de vue.

Bien qu'elle fût restée assise là, à ne penser à rien, Olivia dut fournir un effort pour lui accorder un peu d'attention.

— Quoi ?

— Le studio ! Un mannequin ne se sent pas bien, expliqua l'assistant en faisant mine de boire. Et on n'a pas le temps d'en faire venir une autre.

Olivia soupira. Bon sang, qu'y pouvait-elle ?

Descendre avec du jus de tomate, du blanc d'œuf, du Tabasco et un mixer pour lui concocter un remède contre la gueule de bois ?

Dans quelle partie du contrat était-il stipulé qu'elle

1. *« We're all washed up »*, jeu de mots sur *washed* et *washed up. (N.d.T.)*

devait retaper les gens incapables de montrer assez de conscience professionnelle pour assumer leurs fonctions ?

— Descends chercher un pichet de café au Starbucks. Bien tassé. Inutile de prendre des tasses.

S'il le fallait, elle verserait le tout dans le gosier du mannequin.

Ce ne serait pas la première fois.

— Pigé ! Comme d'hab ! répondit-il en pointant vers elle un doigt comme un pistolet.

— C'est ça ! Comme d'hab ! soupira-t-elle avant d'ajouter, pour elle-même : C'est toujours *comme d'hab.*

C'était la première catastrophe du jour. Vers 9 h 30, ils avaient réussi à suffisamment dessaouler le mannequin pour les photos « avant » maquillage. Vers 10 h 30, Tim lui annonça qu'elle était prête pour les photos « après » et qu'ils n'avaient perdu que trois quarts d'heure.

Ce qui signifiait plusieurs milliers de dollars.

La question fut soulevée quelques heures plus tard, au cours de la réunion avec le rédacteur en chef, Gil Marshall.

— On se fait devancer par *Allure* et *Style* ! vociféra-t-il. La diffusion dégringole, les charges augmentent et la plus grande célébrité qu'on ait décrochée ce mois-ci est Tara Reid. De la merde, quoi ! C'est tout ce qu'on est fichus de faire ?

— J'avais prévu Katherine Heigl, de *Grey's Anatomy*, mais tu ne voulais pas qu'on bouscule le planning pour le faire coïncider avec sa campagne pour les dons d'organes, fit remarquer Olivia.

Elle était prête à énumérer toutes les autres occasions que Gil leur avait fait manquer, mais il l'interrompit :

— On ne peut pas tout chambouler et remuer l'emploi du temps de douzaines de personnes pour le seul plaisir d'une œuvre caritative !

— On n'a pas le choix si on veut dynamiser les ventes ! On a dû faire la première de couv avec une inconnue et les ventes ont été lamentables. *People* est sorti en même temps et a fait un tabac. C'était une bourde, Gil ! Une sacrée bourde !

Ce qu'il répondit importait peu. D'ailleurs, quelques heures plus tard, elle ne s'en souvenait déjà plus. Ce qui était important, en revanche, c'était que Gil Marshall avait piétiné tous ses arguments comme s'ils n'avaient aucun intérêt.

Qu'elle ait raison n'y changeait rien du tout. Gil Marshal disposait d'un bouc émissaire censé assumer toutes les catastrophes dues à ses décisions arbitraires. Et Olivia devait subir cette frustration depuis son entrée au journal.

La suite de la réunion se déroula sur le même mode, comme la douzaine de réunions qui avaient déjà eu lieu au cours de l'année. À une époque, Olivia se démenait pour rectifier toutes les pseudo-erreurs commises par ce fou furieux.

Mais ces derniers temps, cet exercice futile lui faisait horreur. Durant les réunions, elle se contentait désormais de regarder par la fenêtre le mouvement et la forme des nuages.

Parfois, elle avait l'impression que quelqu'un lui envoyait un signe de là-haut. Mais quand ce signe ressemblait à un visage souriant, sans la moindre explication, que devait-elle en conclure ?

— Olivia, on a un problème et c'est déjà parti en impression.

Olivia mit son correspondant en attente.

— C'est urgent, Tim ?

— En quelque sorte, oui.

Elle mit fin à son appel, raccrocha et se tourna vers son assistant.

— Que se passe-t-il encore ?

— Euh… tu te souviens de cet article sur le féminisme et la représentation des femmes dans les médias ? Sur l'impact que peuvent avoir les mots ?

Olivia prit le temps de réfléchir.

— Oui, il était intitulé « Les vilains mots », c'est bien ça ?

Tim devint écarlate.

— C'est bien ça. Tu disais que tu aimais le mot *légende* à cause de la dignité et du sentiment d'accomplissement qu'il traduit sans être sexiste.

— Exact.

Oui. C'était un mot fort, qui faisait sens. Elle le maintenait.

— Et plus loin, tu mentionnais le mot *chatte*, estimant qu'il avilissait la sexualité féminine.

Oui, elle le détestait au plus haut point. Son utilisation n'était jamais flatteuse ou bienveillante. Si on ne parlait pas du petit félin – et cela ne devait plus arriver depuis des décennies – ce n'était ni positif ni flatteur.

— Ils ont trouvé ça trop osé ?

— Non, pas vraiment. Enfin, pas jusqu'à maintenant, précisa-t-il en baissant les yeux.

Ses nerfs se tendirent.

— Comment ça, pas jusqu'à maintenant ?

— Eh bien, il y a eu une coquille, poursuivit-il en se référant à l'épreuve qu'il tenait à la main. Là où tu as écrit *j'abhorre la chatte*, ils ont accidentellement imprimé *j'adore la chatte*.

— Ce qui change tout.

— Hum… oui, du tout au tout !

— En fait, ça modifie même l'esprit de l'article.

Il émit un petit sifflement entre les dents et hocha la tête.

— Plutôt, oui. Il s'agissait d'un article à connotation féministe. Là, on erre carrément sur les territoires de Lesbos.

Olivia réfléchit aux implications. La conséquence que pouvait avoir cette coquille sur sa vie personnelle lui importait peu. Mais certaines lectrices risquaient de réagir violemment. Soit Olivia assumait pleinement cette déclaration et faisait face à l'incompréhension de milliers de personnes, soit elle publiait un démenti et risquait de se mettre à dos un gros pourcentage de lectrices ravies de son *coming out*.

La plupart d'entre elles comprendraient sans doute qu'il ne s'agissait que d'une erreur de frappe.

Quoi qu'il en soit, il était trop tard pour réagir puisque le numéro était parti à l'impression.

— Tant pis ! répondit-elle finalement à Tim. Au pire, cela me rendra plus intéressante que je ne le suis.

Ce qui était sans doute vrai.

Olivia n'avait surtout plus envie de se prendre la tête avec ce genre d'erreur.

Elle s'en fichait éperdument.

— David Weiner sur la deux ! annonça Tim à Olivia, peu avant 17 heures.

David Weiner ! Elle consulta son agenda. Avaient-ils rendez-vous ?

En effet.

Olivia appuya sur le bouton et prit le combiné, tout en cherchant une bonne excuse pour se défiler.

— David ! Je pensais justement à toi !

— Je suis flatté. J'espère que je ne vais pas ternir tes belles pensées avec ce que j'ai à t'annoncer.

— Quoi donc ?

— Il faut que j'annule notre rendez-vous de ce soir.

Ouf ! Quel soulagement !

— Veux-tu qu'on le reporte ? demanda Olivia en feuilletant son agenda. J'ai quelques heures mardi soir.

— En fait, Liv, je pense qu'on ne doit pas se voir

pendant quelque temps. En fait, qu'on ne doit plus se voir du tout.

Son cœur fit une embardée. David avait-il contracté une maladie contagieuse ? La lui avait-il déjà transmise ? Quand l'avait-elle vu ? Quatre semaines plus tôt ? Il avait déjà annulé leur rendez-vous précédent.

— Et pourquoi cela ? Que se passe-t-il ?

— Tu ne vas pas me croire.

Le sida ? Lui annonçait-il qu'il était séropositif ?

— Essaie toujours, le défia-t-elle, la gorge serrée.

— J'ai rencontré quelqu'un.

Olivia mit un moment avant de prendre conscience de ce qu'il venait de dire.

— Tu as rencontré quelqu'un ? Une femme, c'est ça ?

— J'espère que je ne t'ai pas fait douter à ce point de mes préférences sexuelles !

Elle se récria.

— Non, non, ce n'est pas ce que je voulais dire.

— Pas de problème. Je sais que c'est un choc. Pour moi aussi, d'ailleurs. On dit toujours qu'on sait quand on rencontre son âme sœur, et je ne cherchais même pas à la rencontrer, alors imagine ma surprise quand je suis tombé sur Brenda.

Brenda. Olivia connaissait-elle une Brenda ? Sans doute pas.

— C'est super, David ! Vraiment, je suis si heureuse, pour toi !

— Merci, ma belle. J'espère que tu n'es pas trop déçue pour ce soir.

— Penses-tu ! De toute façon, il aurait fallu que j'annule notre rendez-vous.

— Alors ça tombe bien. Écoute, je te passe un coup de fil, un de ces jours. Pour savoir ce que tu deviens.

Ils savaient tous deux qu'il n'en ferait rien.

— Génial ! Je compte sur toi.

Ils savaient tous deux qu'elle n'en pensait pas un mot.

Ils prirent congé et elle raccrocha doucement le combiné.

Et maintenant ?

Même son complice de zizi-panpan – un terme qu'elle détestait, mais tellement approprié – avait trouvé quelqu'un qui lui donnait envie de changer ses habitudes. Tout comme Olivia, David Weiner avait été un des derniers irréductibles, un célibataire endurci qui ne voulait pas se compliquer la vie avec une relation amoureuse. Jusqu'à ce jour, David ne s'occupait que de sa carrière, ce qui convenait on ne peut mieux à Olivia.

Incroyable qu'il ait changé à ce point ! Elle était finalement heureuse pour lui. Elle ne souhaitait rien d'autre que son bonheur. Curieusement, elle ne ressentait pas une once de jalousie ou de regret.

De la solitude, c'est tout.

Maintenant, presque toutes ses connaissances semblaient avoir trouvé quelque chose, ou quelqu'un, qui donne un peu plus de sens à leur vie et Olivia se sentit plus perdue que jamais.

À l'heure où Olivia dut quitter le bureau – elle n'avait plus le choix car même les retardataires restés pour le bouclage avaient vidé les lieux –, elle était complètement épuisée.

Non, épuisée était un peu fort. Peut-être était-elle juste lasse de transformer la paille en or à longueur de journée. Gil rendait les choses presque impossibles avec sa manie de pinailler sur les mots ou sur les intentions, et son désir maladif de faire de son magazine un best-seller sans le moindre effort ou sacrifice de sa part.

Elle sortit du bureau avec l'intention de marcher jusqu'à son appartement, une quinzaine de blocs plus loin. Une expédition qu'elle n'aurait conseillée à personne à une heure aussi tardive, mais Olivia était indomptable.

Manque de chance, arrivée dans la rue, elle fut surprise par une pluie battante inattendue et tenta de se rabattre sur un taxi. Elle resta une éternité le bras en l'air, mais tous semblaient occupés ou aveugles. Était-elle invisible ?

En fin de compte, elle se résigna à poursuivre à pied, même si elle avait passé plus de douze heures à travailler, s'était levée aux aurores et se sentait lessivée.

Marcher lui convenait mieux que de rester plantée là sur le trottoir, comme la statue de la Liberté, à attendre un taxi qui ne viendrait peut-être jamais.

Et puis, cela lui faisait du bien d'être seule avec ses pensées. Malgré les infos de CNN qui affirmaient le contraire, elle se sentait en sécurité mais loin d'être satisfaite. La nuit éclairée de néons, l'air pollué, le concert de klaxons même à 22 heures… ce n'était pas comme cela qu'elle imaginait le reste de sa vie.

Olivia aspirait à la paix. Enfant, elle en avait eu sa dose. À cette époque, les banlieues de Washington étaient calmes, les nuits noires et emplies d'étoiles. Elle avait passé maintes soirées à apprécier cette douceur et à imaginer un ailleurs.

Adolescente, quand elle dévorait les livres de Beryl Markham, Isak Dinesen et même Ernest Hemingway sur la sombre et mystérieuse Afrique, elle voulait s'échapper vers ce pays lointain. Mais c'était un rêve secret. Elle savait, même à l'époque, que ce n'était pas réalisable. Qu'elle devrait décrocher un diplôme en gestion d'entreprise afin d'obtenir son indépendance financière.

En d'autres termes, elle voulait devenir le contraire de sa mère.

Jamais elle ne finirait comme elle.

C'était pourtant le cas, d'une certaine manière. Pas plus que sa mère, elle n'aimait sa vie.

Au lieu de courir vers l'avenir qu'elle désirait, elle allait vers celui qu'elle redoutait.

Certes, elle avait réussi tout ce qu'elle avait entrepris : elle était financièrement indépendante et ne se retrouvait pas prisonnière d'un mariage ou d'une relation par peur de la solitude.

Mais elle n'était pas heureuse.

Quelque chose devait changer et elle était à peu près certaine que ce « quelque chose » signifiait *tout* !

Vingt-deux

Les garçons craquent pour les filles qui portent Soft[1]

Publicité pour Love's Baby Soft

Le retour de New York se fit en un clin d'œil. Pour une raison inconnue, Allie ne cessait de penser à la révélation dont avait parlé Marianne lors de leur réunion Weight Watchers.

Elle voulait sa propre révélation. Une raison simple qui puisse expliquer tous les dysfonctionnements dans sa vie. Y compris ses kilos en trop, mais pas seulement…

Comment admettre qu'on pouvait manger avec excès à cause d'un profond traumatisme psychologique ? Pourquoi lui était-il si difficile de rassembler assez de volonté pour perdre du poids ?

Voilà les questions qu'elle se posait au volant de sa voiture.

En passant devant les aires de repos de l'autoroute restaurées depuis peu – dont les offres étaient plus alléchantes les unes que les autres : Nathan's, Dunkin'

1. *« Boys go sweet on girls who go soft »,* slogan pour cette eau de Cologne lancée en 1974. *(N.d.T.)*

Donuts, Roy Rogers –, elle comprit qu'elle avait du mal à suivre un régime parce qu'elle détestait l'idée d'en être arrivée là.

En grandissant, Allie avait considéré comme un fait acquis qu'elle serait toujours mince et en forme. Dans son album de souvenirs scolaires, elle avait accumulé une belle brochette de prix d'excellence en gymnastique sans fournir le moindre effort.

Elle faisait partie des équipes de natation et de softball, jouait au tennis, montait à cheval. Chaque fois qu'il lui prenait la manie de réaménager sa chambre – ce qui lui arrivait souvent à l'adolescence – elle était capable de déplacer son lit ou sa commode sans difficulté et sans l'aide de personne.

Qu'est-ce qui avait changé ? Elle se nourrissait comme avant, bougeait comme avant, nageait l'été, marchait tout au long de l'année. Alors d'où venaient tous ces kilos en trop ?

Et pourquoi devrait-elle fournir un effort supplémentaire et renoncer aux indéniables plaisirs des bonnes choses dans le seul but de les perdre ?

La réponse lui vint en passant délibérément devant Nathan's, sur l'aire de repos : elle n'avait pas le choix.

La vie n'est pas toujours juste et elle en était un parfait exemple.

Aucune raison physiologique n'avait provoqué chez elle cette accumulation de kilos et il n'existait donc aucune pilule magique pour les faire fondre. Elle le savait parce qu'en suivant le régime de base et en pratiquant les quelques exercices prônés par Weight Watchers, elle avait réussi à perdre quelques kilos en un laps de temps normal et raisonnable.

Dans un sens, elle se sentait soulagée.

L'idée qu'il puisse y avoir un problème physique ou qu'elle ne parvienne pas à faire le nécessaire pour maigrir aurait été un fardeau considérable.

Maintenant elle savait qu'elle pouvait opérer au fur et à mesure les bons changements. C'était peut-être pénible du fait de la lenteur, mais à sa portée.

N'était-ce pas cette même méthode qui avait permis à la tortue de gagner la course ?

Une approche qui avait fait ses preuves et qu'elle allait désormais adopter dans tous les domaines, dans sa vie.

Cette pensée la conduisit inévitablement vers Noah. Parce que Noah n'était jamais loin de ses pensées. Deux ans plus tôt, quand elle avait vu le Président faire ses courses à Georgetown Park, c'est Noah qu'elle avait appelé. Quand elle avait crevé ou que le filtre de son réservoir d'essence s'était bouché, c'est encore lui qu'elle avait contacté.

Quoi d'étonnant qu'elle pense à lui durant un trajet normal sur une route normale.

Mais la manière dont elle y pensait était nouvelle. Ces jours-ci, son esprit était tourmenté par le désir et la solitude. Était-ce simplement parce que Noah ne serait plus disponible, inaccessible désormais ? Non. Ce n'était pas cela.

Voulait-elle le garder auprès d'elle ? Il n'y avait aucun doute là-dessus. Elle devait donc lui dire combien elle l'aimait.

Ensuite, s'il ne voulait pas d'elle, elle se ferait une raison. Pas de gaieté de cœur, probablement. Elle gémirait, s'apitoierait sur son propre sort et les prochaines pesées seraient sans doute catastrophiques, mais elle s'inclinerait.

Vers minuit, avec cette idée en tête et en dépit de l'heure tardive, elle se gara bien sûr devant la maison de Noah. Elle s'interdit de réfléchir à ce qu'elle ferait si Vickie était là. Tourner les talons et rentrer chez elle ? Elle refusait de l'envisager.

Elle grimpa donc l'escalier, appuya sur la sonnette et attendit, le cœur battant.

Il ouvrit, l'air contrarié et à moitié endormi.

— Tu es seul ? demanda-t-elle.

— Oui. Qu'est-ce qui…

Elle passa devant lui et referma la porte d'un coup de talon avant même qu'il ait le temps de réagir.

— Parfait. Il faut qu'on parle !

— Est-ce que tout va bien ? Euh… je suppose que non. Question stupide. Qu'est-ce qui ne va pas ?

— Je veux bien du café. Et toi, tu en veux ? As-tu autre chose que cet instantané merdique ?

— Non. Et non.

Elle n'avait pas envie d'avoir une haleine sentant le mauvais café pour cette conversation qui nécessiterait beaucoup d'assurance.

— Alors je vais chercher de l'eau, conclut-elle. Tu en veux ?

— Au point où on en est, est-ce que mon avis a encore une importance ?

— Pas vraiment.

— Alors c'est comme tu veux.

Il fit un geste vague vers la cuisine puis alla s'effondrer sur le canapé comme une poupée de chiffon.

— Qu'est-ce que tu fais ici, Allison ? Je croyais qu'on ne devait plus se revoir pendant quelque temps.

Elle jeta une poignée de glaçons dans le verre et fit couler de l'eau du robinet.

— Oui. Qu'est-ce que ça signifie, d'ailleurs ? C'est Vickie qui t'a interdit de me voir ?

Il laissa échapper un petit rire.

— Depuis le temps que tu me connais, est-ce que je suis le genre de type à se laisser dicter quelque chose ? En plus, cela m'étonnerait qu'elle pense autant à toi que tu penses à elle.

Allie se sentit d'abord vexée mais elle avait d'autres chats à fouetter.

— Ça vient donc seulement de toi ?

— Oui, seulement de moi.

— Après toutes ces années, notre amitié est consommée. Morte. C'est quoi, ce bordel ? Est-ce qu'on rompt avec ses amis ? demanda-t-elle en venant s'asseoir à côté de lui. Je ne sais même pas si c'est la bonne expression. Est-ce que tu *romps* ? Ou est-ce une mise à l'épreuve ? Ou alors…

Elle ne put poursuivre parce qu'il prit son visage dans la main et l'attira pour l'embrasser.

D'abord, elle se laissa faire, médusée, mais cela ne dura que deux secondes car elle fit tomber son verre par terre et se mit à étreindre Noah. Elle sentit sa bouche contre la sienne, et éprouva un désir d'une fulgurance jusque-là inconnue.

Comment avait-elle pu s'en passer si longtemps ?

La question ne se posait plus.

Noah lui caressa le dos. Quand ses doigts redescendirent le long de sa colonne vertébrale, elle frissonna et se cambra contre lui. Alors il dégrafa son soutien-gorge d'un geste habile.

L'inhibition d'Allie n'y résista pas.

Il l'attira, pressant son corps contre le sien. Elle se laissa faire : si elle avait pu, elle se serait glissée jusque dans son âme.

— Noah, soupira-t-elle en sentant sa bouche courir le long de sa joue, puis dans son cou.

Pour seule réponse, il écrasa sa bouche sur la sienne.

Il était aussi affamé qu'elle.

Il arracha le chemisier de la jeune femme, en fit sauter les boutons qui s'éparpillèrent sur le sol tandis qu'il explorait sa peau.

Soudain, ils se séparèrent d'un seul mouvement, se regardèrent avec intensité.

Le moment était venu que l'un d'entre eux, ou les deux, se rappelle qu'ils se précipitaient tout droit vers un point de non-retour.

Mais pas un mot ne fut prononcé. C'était inutile.

Au lieu de cela, ils sourirent et se jetèrent de nouveau l'un sur l'autre, plus fous de désir que jamais.

Ils ne s'arrêtèrent pas avant de longues heures, quand quelques rayons de soleil entrèrent par la fenêtre.

— Je devrais partir, murmura Allie.

Elle n'avait aucune envie de bouger. Ce serait tellement facile de rester couchée ici, avec Noah, pour toujours.

Rien, de toute sa vie, ne lui avait jamais semblé aussi parfait, aussi évident.

Jusqu'à ce qu'il dise :

— Oui, probablement.

Ces mots la transpercèrent.

— Quoi ? Même pas un « merci, madame » ?

Il éclata de rire.

— Je ne voulais pas dire ça.

— Qu'est-ce que tu voulais dire, alors ?

Il s'assit et sa chemise froissée, qu'elle avait posée sur lui en guise de couverture, glissa.

— Que beaucoup de choses ont changé depuis hier soir. J'ai des affaires à régler, maintenant.

— Des affaires ? Tu te fiches de moi, Noah.

— Il faut que je parle à Vickie, dit-il en bâillant, les mains sur le visage. Il le fallait de toute façon, mais cela ne te concerne pas. Enfin, ce n'est pas à cause de toi. Cette affaire ne tenait pas la route.

— À qui le dis-tu ! Je ne sais pas comment tu as pu la supporter aussi longtemps sans la trucider.

Il la considéra d'un air sérieux.

— C'est compliqué.

— Comment est-ce que ça peut être compliqué, Noah ? Vous ne sortez pas ensemble depuis très longtemps.

— Trois ou quatre mois peuvent sembler une éternité, soupira-t-il, le regard au loin.

Elle pouffa de rire.

— Selon quel calendrier ? Toi et moi entrons tous les deux dans ce que nous appelions l'*âge des parents.* Dix années passent plus vite que deux mois. Comment peux-tu prétendre que trois ou quatre mois semblent une éternité ?

— Oh, que si, crois-moi ! murmura-t-il en la regardant dans les yeux.

Elle haussa les épaules.

— Bon, d'accord. Si quinze minutes de conversation me semblent durer une éternité, sortir trois mois avec cette chipie peut dépasser l'éternité.

— Ce n'est pas ce que je voulais dire, s'impatienta-t-il en se triturant les mains sur les genoux. La relation est allée plus loin que je ne m'y attendais.

Cela n'avait aucun sens. Allie commençait à paniquer.

— Mais de quoi parles-tu, Noah ? Est-ce que vous êtes déjà mariés à Las Vegas ?

Il hésita le temps qu'il fallait pour que l'imagination d'Allie s'emballe.

— Non, mais…

— Mais quoi ?

— Il y a un problème. Une… situation que tu dois connaître. J'aurais dû t'en parler avant… qu'on en arrive là…

— Tu ne semblais pas avoir le moindre problème, je t'assure !

Mais sa blague tomba à plat.

Il évita son regard.

— Écoute, j'essaie de gérer ça de mon mieux. C'est pour cela que je t'avais dit que nous ne devrions plus nous voir. Ce n'était pas pour Vickie, c'était pour moi. Et pour toi.

Plongeant ses yeux dans ceux d'Allie, il répéta :

— *Pour toi.*

— Je ne vois pas, Noah. Comment, bon sang, penses-tu me faire une faveur en me repoussant ?

— Ma vie est pleine de merde dont tu n'as peut-être pas envie de t'encombrer.

— Quoi, par exemple ? Tes discours sur l'architecture ? La réglementation concernant la conservation du patrimoine ? demanda-t-elle, complètement démontée. Le fait que tu ronfles ? Que tu détestes la glace à la vanille ? Que tu pisses sur le rebord des toilettes quand tu te lèves en pleine nuit ? Qu'est-ce que tu pourrais me cacher que je n'aie pas encore vu depuis les vingt dernières années ?

— Une ex-petite amie enceinte, répondit-il si calmement qu'elle crut d'abord avoir mal compris.

— Pardon ?

Il hocha la tête sans la quitter des yeux, tellement sombre soudain qu'il ne pouvait plus y avoir de doute.

— Vickie est enceinte.

Vingt-trois

Elles ne sont pas aussi innocentes qu'elles en ont l'air[1]

Publicité pour Kissing Slicks de Maybelline

— Ô mon Dieu ! Je n'en reviens pas !

C'est tout ce qu'Allie put dire quand Olivia décrocha le téléphone.

— Que se passe-t-il ? s'inquiéta aussitôt Olivia. Quel est le problème ?

— Noah.

— Il va bien ?

— Oui. Enfin non, bien sûr, mais il n'est ni blessé ni mutilé. Il s'est juste fait… baiser.

Olivia, qui faisait les cent pas devant la fenêtre, le téléphone entre ses mains crispées, s'autorisa enfin à souffler et à s'asseoir.

— Tu m'as fichu une de ces frousses ! Explique-moi ce qui arrive et commence par le début.

Allie prit une profonde inspiration.

— Très bien. Alors voilà. Hier, en revenant de chez

1. « *They're not as innocent as they seem* », publicité pour un rouge à lèvres au goût fruité des années soixante-dix. *(N.d.T.)*

toi, je n'avais pas l'intention de me rendre chez Noah, mais j'ai fini par y aller. C'était plus fort que moi. Il fallait à tout prix que je lui parle.

— Jusque-là, je comprends. Était-il content de te voir ?

— Oui ! Enfin, j'ai dû le persuader un peu, mais il a fini par laisser tomber quelques-unes de ses barrières ridicules et nous avons pu parler en toute franchise. Il m'a avoué qu'il m'aimait depuis des années.

— Je le savais ! Je te l'avais bien dit !

— Liv, c'était difficile à croire, venant de *lui*. Mais je n'aurais pas pu m'investir sans l'entendre de sa propre bouche.

— Tu as raison, je suis d'accord avec toi. Alors où est le problème ?

— Une minute, j'y arrive. Nous nous sommes donc parlé et avons joué cartes sur table et ensuite… on a… hum…

— Ne m'en dis pas plus.

— Je te remercie. *Mais*…

— Aïe…

— Oui, *mais* ensuite, quand on a discuté de la manière dont il allait rompre avec Vickie, il a lâché le morceau.

— Quoi ?

— Vickie est enceinte.

Olivia avait souvent entendu l'expression « mon cœur a cessé de battre pendant une seconde » mais, jusqu'à ce jour, elle ne l'avait pas elle-même vérifiée. C'était tellement inattendu qu'elle n'aurait pas été plus surprise d'apprendre que Noah allait subir une opération pour changer de sexe.

— Comment est-ce possible, bon sang ! C'est quoi, cette histoire ? Il a seize ans ? Il n'a donc pas pris de précautions ?

— C'est exactement la question que je lui ai posée,

admit Allie. Et il m'a assuré qu'il s'était toujours montré très prudent et qu'il avait chaque fois vérifié après, s'il n'y avait pas eu de fuite. Mais apparemment, il y a eu un pépin.

— Vraiment ?

Très prudent… C'était bien du Noah. Il pouvait toujours y avoir un accident, bien sûr, cela arrivait tous les jours. Mais Noah avait réussi à ne pas en avoir pendant quoi… vingt ans, peut-être plus ? Et là, tout à coup, quand il sortait avec la fille la plus manipulatrice qu'Olivia ait jamais connue, sa méthode infaillible échouait ?

Ça ne collait pas.

— Très enceinte ? demanda Olivia.

— Comment ça, *très* enceinte ? Entièrement. À cent pour cent.

— Depuis quand ?

— Je ne lui ai pas posé la question.

— On devrait peut-être le faire.

— Pourquoi ? Pour qu'on ne se trompe pas de taille pour le cadeau de naissance ?

— Non.

Olivia réfléchit à toute vitesse. Ce qu'elle allait dire ne serait peut-être que pure calomnie vis-à-vis de Vickie Freedman mais, si elle avait raison, cela sauverait Noah. Et Allie.

— Où veux-tu en venir ?

Olivia prit une profonde inspiration, comme le lui avait enseigné son prof de yoga, quelques années plus tôt.

— Tu n'en parles pas à Noah. Avant que tu piques une colère ou qu'on vérifie ce que je vais te raconter – car je ne suis sûre de rien pour l'instant –, nous devons élaborer un plan, toutes les deux.

— Là, je n'y comprends plus rien.

— Je sais. Je suis désolée. Voilà, je te le dis comme

je le pense : Je crois que Vickie couche avec un autre homme.

— Quoi ? Avec qui ? Comment le sais-tu ?

Olivia lui expliqua la petite scène étrange entre Vickie et Todd Reigerberg au cours de la fameuse soirée.

— Lucy Lee est mariée avec Todd Reigerberg ? demanda Allie quand elle eut terminé. Et Vickie couche avec lui ? Tu es sûre ? *Todd Reigerberg ?*

— Oui. Pourquoi ? Ça t'étonne de lui ?

— Non. Mais c'est un présentateur tellement ringard sur la chaîne la plus nulle de la côte Est !

Cela allait de pair avec l'échange peu élégant auquel avait assisté Olivia.

— Possible, mais ce n'est pas ça qui nous intéresse. Enfin, si ! Ce type est marié, il a une certaine réputation à protéger et, s'il est le véritable père du bébé, il est hors de question que Vickie le crie sur tous les toits !

— Tu sais que je suis prête à foncer tête baissée, mais Vickie est riche. Elle n'a pas besoin qu'un homme s'occupe d'elle. Pourquoi se donnerait-elle la peine de mentir, ou pis, d'annoncer à Noah qu'il est le père de l'enfant alors qu'elle sait pertinemment que le bébé est de l'autre ? Ne me fais pas dire que je la prends pour une femme morale, avec des principes, mais… elle doit en avoir un minimum, tout de même !

— C'est pour cette raison que je ne voulais pas qu'on s'emballe, toutes les deux. Je crois qu'il faut qu'on obtienne une réponse sûre et digne de foi.

— Bien. Ça me convient. Mais comment ?

— Vickie m'a laissé une dizaine de messages, me proposant qu'on déjeune ensemble. Elle s'imagine sans doute que je pourrai la présenter à des célébrités.

— Elle peut toujours courir.

— Tout à fait. Je pense que je vais donc accepter son offre, y aller, déjeuner avec elle pour lui tirer les vers du nez au sujet de cette grossesse. Pendant ce temps, tu prends Noah entre quatre yeux pour calmement lui expliquer ce que je t'ai raconté. En fin de compte, c'est à lui de choisir. S'il veut assumer sa paternité, ce que j'espère s'il est bien le père, c'est son affaire.

— Il a intérêt.

— Exact. De toute façon, on ne peut pas l'y forcer. Ce n'est pas notre rôle. S'il poursuit sa relation avec Vickie malgré tout, on saura qu'il a pris sa décision.

— Ou qu'il est dingue, soupira Allie. Qui vivra verra. Quand pourras-tu déjeuner avec Vickie ?

Olivia cliqua sur Outlook et consulta son agenda pour le reste de la semaine. Il était saturé.

— Peux-tu attendre jusqu'au week-end ?

— Je ne crois pas, non ! Tu plaisantes ?

— D'accord, d'accord, donne-moi une seconde.

Elle vérifia tous les rendez-vous des jours suivants pour essayer de repousser les moins urgents.

— Après-demain, annonça-t-elle. Mercredi. Peux-tu attendre jusqu'à mercredi ?

— Ça ne sera pas facile.

— Courage, Allie ! Occupe-toi l'esprit. Regarde les infos.

— Très drôle.

— Envoie-moi ton adresse par e-mail ainsi que l'itinéraire à partir de la station de métro la plus proche. Je dormirai chez toi. À mercredi ?

Olivia raccrocha. Les prochaines quarante-huit heures risquaient d'être très longues.

Elle n'était pas encore au bout de ses surprises quand elle rentra chez elle et y trouva sa mère avec une petite dame chétive, toute vêtue de noir, de la blouse au col cheminée à la jupe descendant jusqu'aux chevilles.

Olivia posa ses clés, se demandant s'il ne serait pas plus sage de les garder en main pour fuir, si nécessaire.

— Tante Cassandra ! Quel plaisir de te voir !

— Qui est-ce ? maugréa la vieille femme en tournant un cou raide en direction d'Olivia.

— C'est Olivia, annonça Caroline.

Elle entrait en portant un plateau chargé de verres d'eau, d'une assiette de pommes en quartiers et de fromage qu'elle posa devant Cassandra avant de lui tendre un verre.

— Ah, oui ? Voyons voir à quoi ressemble la fille de mon plus jeune frère. Viens là, mon petit !

Elle s'efforça de se tourner vers Olivia, mais ses mouvements semblaient limités.

Quand Olivia entra dans son champ de vision, un sourire se dessina sur ses lèvres.

— Ah, te voilà ! Doux Jésus, comme tu ressembles à ton père !

— Incroyable, n'est-ce pas ? renchérit Caroline.

Olivia n'avait vu que quelques rares photos de son père, un jeune homme élancé, avec des taches de rousseur et des cheveux couleur sable. Difficile de dire si c'était là leur véritable teinte car les photos étaient un peu passées.

— En effet. Bien qu'il n'ait jamais atteint ton âge, pas vrai ? Que Dieu le bénisse. Je regrette l'enfant qu'il était. L'homme qu'il était devenu aussi, si brièvement pourtant.

Olivia en fut déconcertée.

Elle n'avait jamais pris conscience que son père était mort plus jeune qu'elle l'était en ce moment même.

— Tu penses souvent à lui ? demanda Olivia en s'installant dans l'un des fauteuils face à la vieille dame.

— Tu sais, Olivia, cela remonte à tellement longtemps… commença sa mère.

Elle essayait peut-être d'anticiper une réaction un peu agressive de la part de la tante, du style « il est mort et enterré ».

Au lieu de cela, Cassandra répondit, les yeux bleu pâle pleins de larmes :

— Je pense à lui chaque jour. Chaque jour. Je

n'oublierai jamais l'instant où ils ont ramené cet enfant à la maison. J'avais treize ans à l'époque de sa naissance et je me sentais bien trop adulte pour accepter l'idée d'un frère encore bébé.

Olivia se rappela ses treize ans et tenta d'imaginer ce qu'elle aurait ressenti à l'arrivée d'un bébé.

— Tu t'en occupais ?

— Je ne voulais pas en entendre parler. Chaque fois que mes parents me demandaient de le surveiller, je hurlais et tapais des pieds. Mais dès qu'ils avaient le dos tourné et qu'on se retrouvait seuls tous les deux… J'adorais ces petits bras, ces jambes potelées et ces joues dodues. Rien n'était plus drôle que de le faire rire. C'était toujours ainsi, avec ce garçon. Il riait tout le temps. Et il était malin comme un singe. Il comprenait toutes les blagues en une seconde !

Olivia remarqua que sa mère baissait les yeux, l'air abattue, sans doute très touchée par ces paroles.

— En grandissant, il devenait de plus en plus futé, continua Cassandra. Doux Jésus, à huit ans, il arrivait à résoudre les problèmes de maths les plus compliqués. Et à l'adolescence, il aurait pu intégrer n'importe quelle bonne université de ce pays.

— Ton père était tellement brillant, renchérit Caroline en se tournant vers Olivia. Tu as hérité ça de lui. Tu es son portrait tout craché.

Cassandra regarda tour à tour Olivia puis Caroline.

— Tu as raison, je vois maintenant ce que tu voulais dire.

— Étonnant, n'est-ce pas ?

— Incroyable !

Olivia ne comprenait rien à leur échange sibyllin mais, de toute évidence, ce n'était pas le moment de poser des questions. Les deux femmes se trouvaient ailleurs, à une autre époque, parlant d'une autre personne.

Et franchement, cela intéressait davantage Olivia que de s'interroger sur le présent.

— Quel est ton plus beau souvenir au sujet de mon père, tante Cassandra ?

Elle s'installa confortablement dans le fauteuil et, pour la première fois depuis fort longtemps, elle se délecta de ce qu'on racontait au sujet de son père et des traits de caractère qu'elle avait hérités de lui.

— Il savait à peu près tout faire ou réparer. Une fois, je ne l'oublierai jamais, je me rendais au country club et ma voiture refusait de démarrer. Avec un bâton de glace et un trombone, Hank réussit à faire fonctionner ce truc bien mieux qu'avant.

Il était déjà très tard quand Caroline, qui avait bâillé toute la soirée, annonça :

— Il est peut-être temps d'aller au lit, qu'en penses-tu, Cassandra ?

La tante consulta Olivia du regard :

— J'aimerais passer un peu plus de temps avec ma nièce, si elle en a le courage.

— Absolument ! J'en serais ravie. Et ensuite je vous aiderai à vous coucher, précisa-t-elle.

Craignant qu'Olivia ne fasse cette offre que par pure politesse, Caroline hésita à donner son accord. Mais quand sa fille acquiesça, elle se résigna.

— Ta mère se fait beaucoup de souci, fit remarquer la vieille tante quand Caroline se fut retirée.

Olivia continua à fixer le couloir, comme si sa mère s'y trouvait encore.

— Je sais. Elle est soumise à beaucoup de stress.

— Je crois qu'elle ne s'est jamais remise de la mort de Hank.

— Ah bon ? Pourquoi ?

— Parce qu'elle vient souvent me voir à la maison et, à la différence des autres membres de la famille qui veulent toujours récupérer un truc ou un autre, ta mère désire juste qu'on parle de lui, qu'on ressorte des photos de son enfance, comme si elle refusait de penser à autre chose.

Olivia resta perplexe. Jamais elle n'avait eu l'impression que sa mère pensait encore à lui.

— Et tu lui racontes ce qu'elle veut entendre ?

— Je lui parle de ce dont je me souviens et c'est bien peu. Je ne lui mens jamais, si c'est ce qui te chiffonne.

Olivia fixait toujours le couloir, taraudée par l'envie de se précipiter auprès de sa mère pour lui demander ce qu'elle ressentait vraiment.

— Non, ce n'est pas ce que nous voudrions, ni elle ni moi.

— Nous savons toutes les deux que ce n'est pas moi qu'elle vient voir.

— Il y a quelques semaines, je me serais encore posé la question, admit Olivia en souriant. Plus maintenant.

— Je lui ai offert de l'argent, annonça soudain Cassandra.

Olivia se tourna brusquement vers elle.

— Je te demande pardon ?

— Tu comprends très bien ce que je veux dire. Tu n'es pas une idiote ! Je croyais qu'elle voulait de l'argent. Je pensais qu'elle voulait parler de Hank pour mettre la main sur l'héritage de sa seule parente encore en vie.

Olivia se sentait mal à l'aise.

— Et ?

— Rien. Elle a tout refusé en bloc. Elle ne voulait pas un centime. Pas même de quoi payer son billet de train. Je crois qu'elle s'est même sentie insultée.

Olivia eut honte d'en être étonnée.

— Et elle a continué à venir ? Pour que tu continues à lui parler de mon père ?

Olivia ne pouvait pas dire : mon papa. Elle ne l'avait jamais connu. Pas assez bien, en tout cas, pour une appellation somme toute banale mais qui dénote de l'affection.

— C'était là son seul désir. Alors tu vois, je crois que son mari lui manque toujours et ni toi ni moi n'y pouvons rien.

Olivia comprenait mieux. Sa mère n'était pas passée d'un homme à un autre en quête d'aventure amoureuse, elle fuyait les souvenirs douloureux, espérant chaque fois se distraire assez pour effacer son chagrin.

Mais en vain.

Au lieu de cela, elle se retrouvait avec un enfant, une copie de son mari, dont elle devait s'occuper toute seule sans même savoir comment s'y prendre.

— Tu vois aussi ce que je vois… dit Cassandra.

— Quoi ?

— Une femme triste et solitaire. Toi, tu n'es pas comme elle. Tu n'as pas d'homme dans ta vie ? Es-tu lesbienne ?

C'était tellement inattendu qu'Olivia éclata de rire.

— Non, je ne le suis pas.

— Tu sais, cela ne me gênerait pas. Je ne suis pas aussi rétrograde que tu pourrais le penser.

Olivia était fascinée.

— Tu veux boire un petit alcool, tante Cassandra ?

— Avec plaisir ! Aurais-tu quelque chose de plus costaud que cette piquette que ta mère s'acharne à me proposer ?

— Du bourbon ?

— Parfait. Deux doigts.

— Pas de glace, je suppose ?

— Je t'aime bien, ma petite.

Olivia pensa qu'avec un bourbon sec, elle aussi ressentirait de la tendresse pour cette vieille dame.

— Mais ne parlons plus de ta mère ! déclara la tante après avoir éclusé une généreuse lampée du liquide brûlant. Je veux que tu me parles de toi. J'ai l'impression que tu travailles dans un immeuble rempli de bureaux toute la journée, pratiquement chaque jour de la semaine. C'est vrai ?

Olivia eut un sourire timide.

— Oui, mais j'aime mon travail.

— Pas étonnant que tu sois aussi pâle.

— Je ne suis pas pâle.

— D'une pâleur cadavérique !

Olivia ne put s'empêcher de rire devant ce manque total de respect des convenances.

— Quoi ? J'utilise justement les produits les plus sophistiqués du monde pour ne pas avoir l'air d'un cadavre.

— Mais ça commence dans les yeux, ma chère. Tes yeux ont l'air morts.

En d'autres circonstances, Olivia aurait mis fin à cette conversation sur-le-champ, mais c'était la sœur de son père qui l'insultait gentiment. Prendre un peu de recul pour l'écouter sans se vexer n'avait rien de bien sorcier.

— Ah oui ? Et tu as d'autres amabilités à me sortir ?

— Je pense que tu devrais quitter ton job avant qu'il ne t'achève. Tu es bien plus aventureuse que tu veux bien le montrer.

Cassandra venait de toucher un point sensible.

— Ça, on ne peut pas le savoir.

— Bien sûr que si ! Tu sais parfaitement que j'ai raison mais tu as peur.

Olivia but une autre gorgée de bourbon. Cela devenait plus facile, maintenant.

— Comment une femme qui a passé tant d'années à éviter le contact des humains peut-elle lire en eux comme dans un livre ouvert ?

Cassandra laissa échapper une sorte d'aboiement en guise de rire.

— Tu es une maligne ! Plus futée que la moyenne. Mais ça, tu le sais déjà.

— Oui, peut-être.

— Assez futée pour accepter le conseil d'une vieille femme ?

— Bien sûr.

— Alors essayons d'imaginer ce que devrait être ton aventure, d'accord ?

Cassandra la considéra pensivement avant de poursuivre :

— As-tu déjà entendu parler de mon voyage en Afrique avec Karen Blixen et ce vieux porc d'Ernest Hemingway ?

Vingt-quatre

Maquillage en option[1]

Publicité pour Hope in a Jar de Philosophy

— Ouah ! Mais tu n'es plus la même ! s'écria Allie en ouvrant la porte à Olivia.

— Mais de quoi parles-tu ? Je n'ai pas changé depuis la dernière fois qu'on s'est vues.

— Oh, si ! On dirait que tu irradies. Tu as…

— Tu ne vas *pas* me demander si j'ai baisé, tout de même ?

Allie ne rougit pas vraiment, mais son expression la trahit.

— Euh… si !

Olivia pouffa.

— Ne généralise pas ton cas, ma vieille ! Sache que la réponse est non. Mais on peut dire que je vais changer de vie.

— Intéressant. Continue.

1. « *Makeup optional.* » Correspond à la publicité : « Belle naturellement. » *(N.d.T.)*

— Pas le temps, pour l'instant. Je déjeune avec Vickie dans quarante minutes. Où en êtes-vous, avec Noah ?

— Il est torturé et a l'impression que sa vie part en eau de boudin. Donc on n'a pas beaucoup avancé.

— Toujours coincé sur cette histoire de grossesse ?

Olivia se dirigea vers la cuisine et inspecta la cafetière.

— Veux-tu que je te fasse du café ?

— Ça ne t'ennuie pas ?

— Pousse-toi. Et pour répondre à ta question, c'est oui. On en est encore au même point. Et je ne vois pas comment on pourrait s'en sortir.

Olivia s'adossa à un placard et regarda son amie s'activer.

— Il ne devrait pas se marier uniquement à cause du bébé, même si cet enfant est de lui.

— Oh, je sais bien, soupira Allie en versant du café moulu de chez Dunkin'Donuts dans le filtre. Et je pense qu'il en arrive à la même conclusion. Noah n'est pas assez fou pour délibérément saboter le reste de sa vie. Quand on atteint un certain âge, je crois que toute cette histoire de mariage n'est qu'un réflexe conditionné.

— Je n'en reviens toujours pas que Vickie ait fait un truc aussi stupide.

Allie versa de l'eau dans la machine et appuya sur le bouton.

— Ce n'est peut-être pas si stupide.

— Comment ça ?

— C'était même très futé de sa part. Au cours de la soirée, on m'a gentiment fait comprendre que j'avais pris un coup de vieux. Si on lui a tenu les mêmes propos, elle a dû se mettre à penser à son horloge biologique.

L'expression d'Olivia se durcit.

— Je m'en fous de ce qu'elle ressent devant son âge. J'estime qu'elle n'a pas le droit de piéger quelqu'un pour soigner ses états d'âme.

— Tu prêches une convertie ! Je veux juste dire que ce plan diabolique pourrait être récent.

— Ou peut-être n'a-t-elle rien planifié du tout. Elle s'est simplement retrouvée enceinte et a pris le premier amant disponible pour lui coller la paternité.

— Crème ? Sucre ?

— Noir.

— Nous en saurons plus d'ici une heure, conclut Allie en versant le café fumant dans une tasse.

Olivia la saisit et s'apprêta à partir.

— Souhaite-moi bonne chance.

— Bonne chance, ma belle !

Allie la prit dans ses bras en veillant à ne pas renverser le café, puis ajouta :

— Merci d'être venue.

— Tu plaisantes ? Vous êtes tous les deux les meilleurs amis que j'aie jamais eus. Il est hors de question que je vous laisse dans la panade.

— Tu as une tête horrible ! déclara Allie en entrant dans l'appartement de Noah.

Il était torse nu et, franchement, mis à part son visage pâle et ses yeux hagards, elle le trouvait très sexy.

Noah l'attira dans ses bras et l'embrassa sur le front, puis sur les lèvres.

— Merci. Je ne te retourne pas le compliment.

— Toujours aussi flatteur.

— Tu me connais.

Ils se dirigèrent vers sa chambre et elle s'assit sur son lit pendant qu'il farfouillait dans l'armoire.

— Vickie a appelé. Elle veut que je l'accompagne chez le médecin pour une échographie.

— Une échographie ? Déjà ?

Noah se retourna.

— Comment ça, déjà ?

— Généralement, on ne les fait pas avant dix-huit

semaines. Parfois avant, mais celle-ci est la plus importante. C'est là qu'on peut déterminer le sexe et tout ça…

Il sortit un tee-shirt des Beatles et l'enfila.

— Depuis quand es-tu experte en grossesse ?

— Le livre s'appelle : *À quoi s'attendre quand on attend un bébé*. Tu devrais le lire. Surtout maintenant que ta petite amie prétend être enceinte.

— Elle l'est, Allie.

— D'accord. Mais ça ne veut pas dire qu'elle n'est pas une menteuse.

Il s'assit à côté d'elle.

— Cesse ce petit jeu ! Où veux-tu en venir ?

Elle devait faire marche arrière.

— Avant tout, dis-moi une chose : as-tu réfléchi à ce que tu allais faire ?

— Oui. Je vais lui annoncer que je suis amoureux de quelqu'un d'autre et que je ne peux pas l'épouser dans ces circonstances.

— Et si elle pète les plombs ?

— C'est possible. Mais qu'est-ce que je peux y faire ? C'était idiot de ma part d'accepter son idée de mariage.

— C'était donc *son* idée ?

Il la regarda d'un air accablé.

— Allie, il y a un mois, je n'envisageais pas plus d'épouser Tori que Hillary Clinton !

— Rappelle-toi qu'à une époque, tu y songeais.

— Arrête ! Je ne peux donc rien te dire de personnel sans que ça me revienne dans la figure comme un boomerang ?

— Oh, tu n'as pas fini d'en entendre parler !

Allie se sentait assez satisfaite du tour que prenait leur conversation. Noah avait la tête sur les épaules, n'avait pas l'intention de précipiter les choses à cause de cette grossesse. Il se montrait rationnel.

Bien plus, en vérité, que ne l'eût été Allie à sa place.

— Mais revenons-en à nos moutons. Tu as l'intention d'annoncer à Vickie que votre relation est terminée ?

— Je vais lui expliquer que je serai là pour elle et le bébé chaque fois qu'ils auront besoin de moi et que j'exige de faire intégralement partie de la vie du bébé.

— Admirable. Mais si le bébé n'est pas de toi ?

— Il est de moi.

— Comment le sais-tu ?

— Tori me l'a affirmé. Nous ne sommes plus des ados, Allie. Je ne pense pas qu'elle essaierait de me piéger.

Elle considéra la moquette beige sur le sol. C'était très joli, à condition de ne pas avoir un chien qui la salisse tout le temps.

Noah lui toucha le bras.

— Allie, tu n'es pas très douée pour les cachotteries, alors dis-moi ce qui te chiffonne.

— Je pense que le bébé n'est pas de toi, lâcha-t-elle en le regardant dans les yeux.

— Et pourquoi ça ?

— D'abord parce qu'elle est enceinte de dix-huit semaines. Qu'est-ce qu'elle t'a dit ?

— Trois mois. Enfin plus ou moins... Peut-être quatorze ou quinze semaines... Mais je n'en sais rien, je n'ai pas pinaillé sur les dates. Et je ne peux pas vraiment compter sur tes renseignements car tu n'es pas une pro de la grossesse, si ?

— Et si elle était enceinte de dix-huit semaines ? Tu sortais avec elle, à cette époque ?

— Sans doute.

— Réfléchis, Noah ! Sortiez-vous déjà ensemble ? Parce que sinon...

Il pencha la tête de côté.

— Tu te fiches de moi ? Pas besoin de m'expliquer d'où viennent les bébés, Allie. J'ai compris.

— Et ? insista-t-elle.

— On ne se privait pas de faire des galipettes, mais je n'ai aucune envie d'aborder ce sujet avec toi.

— Écoute, Noah, moi non plus je n'ai pas envie d'entrer dans ce genre de considérations, mais cela pourrait se révéler important.

— Bon, ça suffit ! Où veux-tu en venir ?

— Qu'elle couche avec un autre. Je crois. Enfin, on en est presque certaines.

— On ?

— Olivia et moi. En fait, c'est Olivia qui y a pensé la première.

Ce vieux réflexe d'impliquer une tierce personne pour inspirer confiance était toujours là.

— Elle a vu Vickie s'éclipser avec le mari de Lucy Lee pendant la soirée. De toute évidence, ils étaient très… *très* intimes, tous les deux.

— Ah, oui ?

Il regarda en l'air comme s'il se repassait le film de la soirée des anciens. Puis il se tourna vers Allie.

— Pourquoi Olivia ne m'en a-t-elle pas parlé ?

— Elle pensait que ce n'étaient pas ses oignons. Elle n'est pas aussi indiscrète que moi. Elle croyait que Vickie et toi aviez une relation assez libre. Que tu devais te douter qu'elle avait d'autres amants.

— Alors pourquoi est-ce que *toi* tu ne me l'as pas dit ? se hérissa-t-il, blessé. Tu sais mieux que personne que je ne le supporterais pas.

— Je sais. Mais Olivia ne m'en avait même pas parlé. Pas avant que je lui annonce que Vickie était enceinte.

Il réfléchit un instant, puis hocha la tête et se dirigea vers le téléphone.

— J'ai donc de bonnes raisons d'avoir une petite discussion avec Tori.

— Attends ! Olivia est en train de lui parler.

— Elle… Quoi ?

Curieusement, Allie n'avait pas songé un seul instant qu'elle mettait les pieds dans le plat.

— Elles… elles déjeunent ensemble. Tu te rappelles que Vickie avait laissé plein de messages à Olivia pour qu'elles se revoient. Alors Olivia s'est dit que c'était l'occasion idéale pour tout savoir de cette grossesse.

Il s'assombrit.

— Où sont-elles ?

— Je n'en sais rien. Elles devaient se retrouver chez Vickie.

— Quand ?

Allie consulta sa montre.

— Euh… en ce moment.

Noah était furieux. Il enfila des chaussettes, se chaussa.

— On est trop vieux pour ces petits jeux, Allie ! Vous êtes folles !

Allie se lança derrière lui.

— Attends ! Qu'est-ce que tu fais ?

— Je vais parler à Tori moi-même ! rétorqua-t-il en se retournant, le visage rageur. Vous avez l'air d'oublier qu'on n'est plus au lycée. Toi et ta complice n'avez pas besoin de semer la merde entre ma petite amie et moi.

Comme si ce n'était pas déjà fait !

— *Ta petite amie ?*

Il leva les yeux au ciel.

— Tu sais ce que je veux dire. Ce ne sont pas les affaires d'Olivia et franchement, à peine les tiennes.

— On a tout de même couché ensemble !

— Et je suis honnête avec toi.

Il s'arrêta, revint vers elle, la prit par les épaules et ajouta :

— Ce n'était ni un hasard ni une erreur. C'était entre toi et moi. Juste nous. Je n'ai pas l'intention de ressortir avec Tori, mais c'est à moi d'avoir cette conversation avec elle. Pas à toi, ni à Olivia.

— Je suis désolée.

Il avait raison. Entièrement raison. Elle ne s'en rendait compte que maintenant. Elle – Olivia aussi – aurait dû lui en parler et le laisser s'en occuper tout seul.

Au lieu de cela, elles s'étaient comportées comme des gamines, vautrées dans un petit drame bien juteux.

Il se précipita dehors, Allie sur les talons.

— Rentre chez toi ! exigea-t-il.

— Non, je t'accompagne.

— Combien de fois faut-il que je t'explique que cela ne te regarde pas ?

— Je ne dirai rien à Vickie, promit-elle. Tu as raison, ça ne me regarde pas. Mais il faut que j'y aille pour aider Olivia à se sortir de cette pagaille.

Il prit un temps de réflexion.

— Entendu. Mais je veux qu'elle sorte de là et que vous fichiez le camp toutes les deux. Tori et moi devons parler entre nous.

— D'accord. Et… Noah…

Il la fusilla du regard.

— … je suis désolée. Tellement désolée. Je voulais t'aider. Je sais que ça semble creux et stupide, maintenant, mais c'est vrai. Je t'aime, Noah. Je voulais t'aider, pas te faire du mal.

Il se radoucit un peu.

— Moi aussi, je t'aime, Allie. Mais tu vas finir par me rendre dingue !

Quand ils arrivèrent devant la voiture, il déverrouilla les portières et ajouta :

— Allez, monte ! Mais, s'il te plaît, fais-moi une faveur : entre maintenant et le moment où on arrivera là-bas, n'essaie plus de m'aider !

Vingt-cinq

Parce que vous le valez bien[1]

Publicité pour L'Oréal

Olivia arriva chez Vickie, dans sa maison de ville de Kalorama, avec dix minutes de retard dues à un chauffeur de taxi qui ne semblait pas faire la différence entre le nord et le sud.

Vickie ouvrit la porte et se pencha pour embrasser l'air à côté des joues d'Olivia.

— Entre ! Je suis ravie que tu aies pu venir.

— Je pensais que c'était important.

Olivia se montrait prudente. Ce n'était pas le moment de tourner autour du pot ni de se lancer dans une chasse aux sorcières. Elle optait pour une approche directe dont elle saurait garder toute la maîtrise.

Vickie l'entraîna dans un petit couloir puis elles montèrent quelques marches vers un séjour très décoré.

— Notre réservation n'est que dans une demi-heure, on n'est donc pas pressées.

— Parfait.

1. « *Because you're worth it.* » *(N.d.T.)*

— Tiens, assieds-toi ! proposa-t-elle en lui indiquant un canapé en cuir noir devant une cheminée et un tapis à motifs léopard. Tu veux boire quelque chose ?

— Bonne idée. J'aimerais qu'on parle du…

— Du bébé ? demanda Vickie en se tapotant le ventre.

— Oui, en effet.

— Je suppose que Noah n'a pas pu s'empêcher de le crier sur tous les toits, il est très impatient.

Elle sortit deux verres d'une armoire en bois poli puis brandit une bouteille bleue d'eau minérale Tynat.

— Il l'a dit à Allie qui me l'a rapporté, rétorqua Olivia en prenant soin de ne pas abonder dans son sens.

Vickie resta imperturbable.

— Peu importe. Les bonnes nouvelles courent vite, quelles que soient leur provenance. De l'eau ?

— Oui, merci.

Elle servit les deux verres et demanda, empressée :

— À propos du mariage… Ne me dis pas que tu as du piston pour le célébrer à la cathédrale St Patrick's !

— Non…

— Parce que je n'hésiterais pas à déplacer la noce jusqu'à New York, crois-moi !

— Non, Vickie, il ne s'agit pas de ça.

— Appelle-moi Tori, s'il te plaît !

Sa voix s'était imperceptiblement durcie. Elle tendit un verre à Olivia et s'installa à côté d'elle, sur le canapé.

— En fait, je voulais te parler de la soirée des anciens.

— Ah bon ?

— Et de Todd Reigerberg.

Vickie posa bruyamment son verre sur la table basse.

— Todd Reigerberg, le présentateur télé ?

— Je pense que tu le connais d'une autre façon.

— Oui, c'est le mari de Lucy, rétorqua Vickie en arquant les sourcils.

Ça ne s'annonçait pas très bien. Informer Allie par téléphone que ces deux-là avaient une liaison était plus facile que de se retrouver face à face avec Vickie. Ce n'était pas gagné. Elle allait devoir se bagarrer.

Olivia joua la carte du bluff :

— Je vous ai aperçus ensemble, ce soir-là ! dit-elle en posant son verre, comme pour anticiper une éventuelle sortie précipitée. Sur la terrasse…

Elle laissa les mots en suspens, faisant croire à Vickie qu'elle disposait d'autres preuves tangibles.

Elle avait semble-t-il touché juste. Vickie blêmit.

— Tu m'espionnais ?

— Bien sûr que non ! J'étais sortie prendre l'air. De toute évidence, je ne m'attendais pas à… ça !

Il était facile de suivre les pensées de Vickie. Finalement, son visage se chiffonna et elle fondit en larmes. Pure stratégie ou affolement des hormones ? Olivia n'aurait su le dire.

— C'était la seule fois, bredouilla-t-elle.

Olivia se sentit aussitôt gênée.

— Noah est-il vraiment le père ? demanda-t-elle avec calme.

— Comment oses-tu me demander ça ? répliqua-t-elle, indignée.

— J'ose parce que Noah est mon ami et que j'ai l'impression que tu n'es pas honnête envers lui.

— Ça ne te regarde pas !

Olivia se dressa sur ses ergots. Si Vickie n'avait rien à cacher, ce serait bien plus simple.

— Je me sens pourtant concernée.

Les yeux de Vickie lançaient des éclairs.

— Tu en as parlé à Noah ?

— Non. Je voulais te voir d'abord.

Vickie se détendit quelque peu.

— Personne n'en a parlé à Lucy ou à Todd ?

Curieusement, Olivia n'y avait même pas songé. Allie non plus, sans doute.

— Non.

— Alors je vais te dire un truc : Oui, je suis sortie avec Todd à plusieurs reprises. Nous nous connaissions depuis longtemps et tu sais comment ça se passe… On prend quelques verres et puis les choses s'enchaînent…

— Tu ne buvais pas, à cette soirée, fit remarquer Olivia.

— Bien sûr, je fais attention au bébé.

— Tu savais donc déjà que tu étais enceinte.

Vickie blêmit.

— Je ne me sentais pas bien.

— Ce n'est pas la même chose que de faire attention au bébé.

— Maintenant je sais que c'était à cause de ma grossesse.

Ces mensonges étaient absurdes.

— On t'a forcément fait une amnio. Ils peuvent donc s'en servir pour un test de paternité ou faut-il pratiquer d'autres prélèvements ?

Vickie se leva.

— Je n'ai pas la moindre intention de tester quoi que ce soit ! Je pense que tu ferais mieux de partir.

Olivia se leva à son tour.

— Très bien, Vickie. J'ai ma réponse.

— Ah ? Et comment ça ?

— Au revoir.

Vickie la rattrapa et la fit pivoter vers elle par les épaules.

— Comment ça ? hurla-t-elle, le regard mauvais.

De toute évidence, elle était plus que nerveuse. Ça cachait forcément quelque chose.

— Tu es morte de trouille, dit Olivia, maîtresse d'elle-même. Si tu étais sûre et certaine que Noah est le père de ce bébé, tu n'aurais pas aussi peur ! En fait, tu m'aurais envoyée paître dès le début de cette conversation, mais tu voulais d'abord me cuisiner, te renseigner sur ce qu'on savait !

— J'ai l'impression d'entendre Nancy Drew !

Olivia haussa les épaules et s'éloigna.

— Contrairement à Nancy Drew, je vais confier cette enquête à qui de droit.

— Je n'en reviens pas que tu fasses ça à Noah !

Olivia s'arrêta net et regarda en arrière.

— Je te demande pardon ?

— Il se fait une fête de devenir papa. Cela donne un sens à sa vie. Tu ne le vois donc pas ?

— Sa vie avait déjà un sens !

— C'est ce qu'il veut. Vas-tu tout lui retirer pour un simple détail biologique ?

— Un détail ?

— Oui, Noah sera un papa génial. Responsable, intègre, actif dans la vie de son enfant. Pourquoi veux-tu fiche tout ça en l'air ?

— Je ne veux rien fiche en l'air du tout ! Je veux simplement que Noah sache la vérité.

Vickie eut un rire méprisant.

— Tu es mal placée pour dire aux autres comment ils doivent vivre !

— Sans doute, admit Olivia sans mordre à l'hameçon. Mais j'estime qu'on doit pouvoir choisir en connaissant *tous* les faits.

— C'est bizarre. Si je me souviens bien, tu ne voulais pas que ta mère connaisse *tous* les faits au sujet de son mari. Et de toi !

Olivia se pétrifia.

— Ha ! ha ! s'exclama Vickie, une lueur de haine dans le regard. Tu vois la paille dans l'œil de l'autre mais pas la poutre qui est dans le tien ! C'était il y a longtemps mais, si je me souviens bien, quand ton beau-père t'a sautée, tu t'es contentée de pleurnicher auprès d'Allison dans les toilettes, disant que tu ne voulais pas le raconter à ta mère ! Et maintenant tu veux te faire l'arbitre de la vérité ? Intéressant, non ?

Olivia ne sut que répondre. Elle était au-delà de la fureur. Que Vickie puisse être aussi impitoyable était profondément choquant et prouvait qu'Allison avait raison.

Ce jour-là, dans les toilettes, Vickie avait entendu la conversation entre Olivia et Allie, et avait probablement colporté cette histoire dans tout le lycée. Puis – et c'était le plus incroyable – elle l'avait conservée dans un petit recoin de sa tête pendant toutes ces années afin de pouvoir s'en resservir au moment voulu.

— Tu es impayable, Vickie ! Mais cela ne change rien au fait que Noah doit savoir que ce bébé n'est pas de lui.

— Tu sais ce que j'ai remarqué ? Que Noah n'a même pas posé la question. Il ne veut donc pas le savoir.

Une lueur de triomphe pétilla dans ses yeux quand elle ajouta :

— Et ce qu'il ne sait pas… ne lui fait pas de mal. À moins que tu ne décides de tout lui raconter.

— Toi, tu restes ici ! ordonna Noah à Allie qui l'avait escorté jusqu'à l'appartement de Vickie. Tu ne vas pas te mêler de ça !

— Mais il le faut ! Et si elle fait du mal à Olivia ?

Noah s'arrêta.

— Vraiment ? Tu crois qu'elle va la découper en morceaux et la planquer dans le congélo ?

— Tu ne connais pas Vickie comme je la connais.

— Je peux en dire autant.

Il sortit une clé et ouvrit la porte d'entrée.

Allie détestait l'idée qu'il soit en possession d'une clé pour entrer chez elle, même si c'était parfaitement normal. Néanmoins, l'intimité qu'ils avaient partagée se trouvait ainsi révélée au grand jour.

Il poussa le battant et ils entendirent aussitôt s'élever la voix de Vicky :

« … quand ton beau-père t'a sautée, tu t'es contentée de pleurnicher auprès d'Allison dans les toilettes, disant que tu ne voulais pas le raconter à ta mère ! Et maintenant tu veux te faire l'arbitre de la vérité ? Intéressant, non ? »

Allie laissa échapper un cri, comme si on lui avait envoyé un coup de poing dans l'estomac. C'était donc Vickie, la coupable ! Ça n'aurait pas dû la surprendre. Vickie était la seule personne de sa connaissance pouvant être assez cruelle pour se saisir de ce genre d'information et l'étaler sur la place publique sans le moindre scrupule.

L'avait-elle fait pour s'amuser ? Trouvait-elle du plaisir à faire souffrir les autres avec autant de méchanceté ? Ou était-elle jalouse d'Olivia, déjà à cette époque ?

« Tu es impayable, Vickie ! Mais cela ne change rien au fait que Noah doit savoir que ce bébé n'est pas de lui. »

Le calme et la froideur d'Olivia devant la bombe que l'autre avait fait éclater impressionnèrent Allie.

La voix de Vickie, en revanche, virait à l'hystérie :

« Tu sais ce que j'ai remarqué ? Que Noah n'a même pas posé la question. Il ne veut donc pas le savoir. Et ce qu'il ne sait pas… ne lui fait pas de mal. À moins que tu ne décides de tout lui raconter. »

Noah escalada les marches.

— Je veux tout savoir ! dit-il avec dureté.

— Noah ! murmura Vickie, soudain hagarde. Je ne t'ai pas entendu entrer.

Allie était derrière lui :

— Je n'en reviens pas que tu sois une telle garce !

s'emporta-t-elle avec toute la rage accumulée durant toutes ces années. Tu piétines la vie des gens.

Elle voulut se jeter sur Vickie sans réfléchir, prête à lui rendre la monnaie de sa pièce.

Noah l'attrapa par le bras.

— Va-t'en, Allie !

— Mais tu as entendu ce qu'elle a dit ?

— En quoi est-ce que ça te regarde ? vociféra Vickie en la chargeant comme une bête sauvage. Bon sang, Allison, tu t'es toujours immiscée dans ma vie !

— Quoi ?

— Comme si tu ne savais pas de quoi je parle !

Sur le moment, Allie fut plus déconcertée qu'offensée.

— Je ne vois pas du tout de quoi tu parles.

— Est-ce que la Forêt Enchantée te rappelle quelque chose ?

La Forêt Enchantée ? Cette histoire devenait étrange.

— Le parc d'attractions près de Baltimore ? Celui qui a été fermé il y a une trentaine d'années ?

— Il fallait absolument que tu y organises ton anniversaire le même jour que moi.

Allie interrogea Olivia et Noah du regard, mais ils semblaient tout aussi interloqués.

— Vickie ! Ça remonte à plus de trente ans !

— Je m'appelle Tori ! fulmina-t-elle. Et ce n'est qu'un exemple. Tu as fait des milliers de choses pour essayer de m'écarter.

— *Moi ?*

Vickie avait raison quand elle se souvenait du lieu de son huitième anniversaire mais, à part cela, elle donnait l'impression de confondre Allie avec une autre.

— Oui, *toi* ! s'impatienta Vickie. Espèce de sainte-nitouche ! C'est aussi à cause de toi que je ne sais pas faire de ski nautique.

— Ça suffit ! intervint Noah.

Allie brûlait d'apprendre pourquoi Vickie était restée un éléphant de mer par sa faute.

— Laisse-moi parler à Vickie ! ordonna-t-il.

— Non, j'aimerais juste savoir…

— Une autre fois. Maintenant il faut que tu partes. Olivia ? S'il te plaît…

Il fit un signe à cette dernière et elle s'approcha pour prendre fermement son amie par le bras.

— Viens, Al. Ils doivent se parler.

— Elle est folle ! Elle ne doit pas s'en sortir comme ça ! protesta Allie.

— Aucun risque. Elle le sait déjà et c'est pour ça qu'elle s'accroche à ses rancœurs comme une vieille vache, annonça Olivia, et sa voix était mordante comme du vitriol. Mais ils doivent régler ça entre eux, maintenant.

— Pour qu'on puisse la tuer, ensuite ?

Olivia laissa échapper un petit rire nerveux en jetant un regard hostile vers Vickie.

— Je crois qu'elle va en prendre pour son grade et j'en connais qui vont lui rendre la monnaie de sa pièce. Lucy Lee en tête.

— Il aurait déjà dû appeler, soupira Allie en déchiquetant l'étiquette de sa seconde bière.

— Je crois qu'il a de quoi faire, la rassura Olivia en se laissant aller contre le dossier de la chaise de cuisine.

— Mais ça fait deux heures et demie ! Cette liaison n'était pas assez longue pour mériter un *post mortem* de deux heures et demie !

— Il y avait une grossesse !

— Pas la sienne.

— Ce qui rend le *post mortem* encore plus délicat. Si c'était son bébé, il ne couperait pas tous les ponts. On met du temps à couper les ponts.

Allie pouffa.

— Oui, j'ai vu ça dans les séries *Cuisine pour Tous*. On a besoin d'un couteau bien aiguisé.

— Tu vois bien.

La sonnette retentit et Allie bondit sur ses pieds pour aller ouvrir.

Noah ressemblait à un boxeur après douze rounds. Mais un boxeur super sexy, comme Oscar De La Hoya.

Elle se précipita dans ses bras.

— Noah ! Pourquoi n'as-tu pas appelé ?

Il esquissa un sourire.

— Je pensais qu'une petite visite serait plus appropriée.

— J'étais folle de trouille.

— Pourquoi ?

— Tu plaisantes ? Cette femme est folle !

Noah soupira.

— Faut-il que je reste ici toute la journée ou vas-tu te pousser un peu pour que je puisse entrer ?

— Oh, désolée.

Elle recula et Olivia arriva en tendant une bière à Noah.

— Salut, toi ! Tiens, un petit remontant.

— Merci, fit-il avant d'en vider la moitié d'un coup.

Allie le prit par la main et l'entraîna sur le canapé.

— Viens ! Viens t'asseoir à côté de moi ! insista Allie qui ne pouvait plus le quitter des yeux. Raconte-nous ce qui s'est passé.

— Raconte-nous ce que tu veux bien nous raconter, rectifia Olivia, toujours plus tempérée. Parce que ça ne nous regarde vraiment pas.

Puis, après les avoir observés tous les deux, elle précisa :

— En tout cas, moi, ça ne me regarde pas. Je devrais peut-être vous laisser.

— Tu plaisantes ? Sans toi, Noah n'aurait jamais appris

la vérité. Pas avant que le bébé sorte avec un brushing de présentateur et l'air benêt de son père biologique.

— J'espère que tu n'es pas trop déçu pour le bébé, dit doucement Olivia.

— Je ne suis pas déçu, Liv. Ce n'était pas ce que je voulais.

Il jeta un coup d'œil à Allie qui rougit :

— Comment ai-je pu ne pas comprendre tout de suite à quel genre de nana j'avais affaire ?

— C'est une belle plante, admit Allie à contrecœur. Vous, les garçons, pouvez parfois vous laisser aveugler par ce genre de choses. Souvent, même !

— Il faut avouer que nous, les filles, nous comptons bien là-dessus. Souvent, même ! ironisa Olivia.

Noah leva sa bière.

— Et nous, on est ravis d'y succomber !

— Tu n'aurais pas tenu longtemps.

Allie observa son profil jusqu'à ce qu'il se tourne vers elle.

Elle rougit et continua à le fixer.

— Écoutez, les enfants… commença Olivia en se levant. C'était bien sympa, mais il faut que j'y aille.

— Quoi ? protesta Allie.

Mais, très vite, elle comprit qu'Olivia voulait les laisser seuls et qu'elle avait sans doute raison.

— Je pars en voyage dans quelques jours et je dois retourner chez moi faire mes bagages.

— Mais tu viens à peine d'arriver ! On a tout ce temps à rattraper.

Olivia sourit.

— Toi et Noah aussi. On pourra toujours le faire plus tard. Quand je reviendrai aux États-Unis.

— Quand tu reviendras aux États-Unis ? demanda Noah. Mais où vas-tu ?

— C'est une longue histoire. Mais pour faire court, je prends un congé sabbatique pour voyager. J'ai toujours voulu voir le monde en vrai et pas seulement de ma chambre d'hôtel. Je vais donc me lancer. Je rapporterai peut-être quelques photos.

Allie se souvint de cette conversation qu'elles avaient eue des années auparavant. Olivia voulait courir le monde, être photographe. Elle ne comptait pas passer sa vie derrière un bureau, pointer tous les jours.

— N'oublie pas d'écrire ! Téléphone de temps en temps ! Et promets-moi de rester ici une semaine entière à ton retour !

— Promis.

Puis Olivia se dirigea vers Allie et la prit dans ses bras.

— Mieux vaut tard que jamais, pas vrai ?

— Oui, chuchota Allie en la serrant très fort.

Olivia s'écarta et lui sourit.

— À bientôt.

Ensuite elle posa un baiser sur la joue de Noah.

— Faites bien attention à vous deux !

— Ne t'inquiète pas.

Olivia rit.

— On en aura mis du temps ! Pourtant, je ne pensais pas qu'une fin heureuse serait aussi amusante.

— Tu as raison, c'est bien plus sympa.

À l'intention de Noah, Allie ajouta :

— Je reviens tout de suite. Je vais raccompagner Olivia en bas.

— Prenez votre temps.

Ils avaient en effet toute la vie devant eux.

Les deux amies marchèrent quelques minutes en silence, puis Allie prit la parole :

— Je regrette que tu partes si loin maintenant que nous nous sommes retrouvées.

Olivia se tourna vers elle, les larmes aux yeux.

— Ces dernières semaines ont changé ma vie. J'ai

pris mon élan et je ne veux plus retomber dans ma vieille routine. Je pense que ça me tuerait.

— Et nous ne voulons surtout pas de ça !

— Mais toi aussi tu commences une nouvelle vie avec Noah. Nous, on s'est retrouvées toutes les deux. On peut se parler, s'envoyer des mails, s'écrire. On ne se perdra plus de vue. Et il y a ce type *génial* à qui tu voudras consacrer, bien plus qu'à moi, ton temps et surtout ta présence très *physique*, ajouta-t-elle en souriant.

Allie éclata de rire.

— Je ne suis pas le genre de fille à lâcher mes amies pour un garçon.

— Tu ne l'as jamais été.

Elles restèrent un bon moment à se regarder et Allie eut l'impression étrange que les années s'étaient évanouies. D'une certaine manière, elle se retrouvait devant l'amie qu'elle avait si bien connue dans le passé.

— Tu me promets que tu resteras en contact, insista Allie. Tu ne te laisseras pas distraire par des éléphants ou des tigres ? Tu ne nous trouveras pas trop minables pour t'intéresser à nous ?

— Tu plaisantes ? Je suis impatiente de savoir ce que vous allez devenir, tous les deux.

— Ne t'en fais. Tu seras mise au courant de tout et dans le moindre détail.

— De toute façon, je le devinerais si tu me cachais quelque chose.

— Je ne te cacherai rien.

Du pouce droit, Allie traça une croix sur son cœur.

Olivia sourit de nouveau et serra Allie dans ses bras. Quand elle se recula, les larmes coulaient le long de ses joues.

Tout comme sur celles d'Allie.

— Je suis désolée de t'avoir accusée aussi longtemps… commença Olivia.

— Je comprends. N'en parlons plus. On ne peut pas

revenir en arrière. Et on ne peut même pas tuer Vickie. Alors le mieux est encore d'avancer.

— D'accord. Maintenant, va rejoindre Noah et commencez à fabriquer des histoires intéressantes à me raconter.

— Entendu. Et toi, fais-en autant. Envoie-moi une photo de toi sur un éléphant.

— Je n'y manquerai pas !

Allie revint à l'appartement, submergée à la fois par la mélancolie du passé et l'excitation pour l'avenir.

Son avenir avec Noah.

Ce qui leur arrivait était tellement incroyable.

Ils s'étaient assis côte à côte sur le canapé et le silence s'étendait entre eux.

— C'est bizarre, finit par dire Allie.

— Tu as raison, c'est bizarre. Mais c'est agréable.

— Vraiment très agréable.

Le silence s'incrusta de nouveau.

— Le truc, c'est que tout ça aurait dû se passer… mieux. J'aurais dû t'emporter dans mes bras.

Elle pouffa.

— Tu imagines les dégâts sur ton dos ?

— Arrête ! Sérieusement, Al, j'aurais dû comprendre ça depuis des siècles. Bien que je ne sois pas le seul coupable, dans l'affaire. Toi aussi, tu as été idiote.

— Pas complètement. Moi, au moins, j'ai eu assez de jugeote pour prévoir un contrat « quand-on-aura-quarante-ans ».

— Le quoi… ?

— À quarante ans, si ni toi ni moi ne sommes toujours pas mariés avec quelqu'un, tu dois m'épouser. C'est le contrat.

Il la regarda et une étincelle pétilla dans ses yeux.

— Très juste. On a un contrat.

— Oui.

— Un contrat verbal. Ça compte, devant les tribunaux, tu sais.

— Je l'ignorais.

— Fais-moi confiance. Ce serait très moche si tu te débinais. Ou moi. Ou les deux.

Elle noua ses doigts autour de ceux de Noah. Impossible de ne pas sourire.

— Alors tu n'as pas intérêt à essayer.

— Ça me semble sage. Et je t'assure, Allie, ajouta-t-il avec un effet du sourcil droit, il est vraiment temps que nous devenions enfin sages, tous les deux !

Épilogue

Lycée Winston-Churchill
25e Soirée des Anciens Élèves
Qui vient ?

Peter Ford : *Absolument ! J'en crève d'impatience !*

Marlene Newman : *J'y serai sans faute. Le thème sera les années quatre-vingt. À propos, quelqu'un a-t-il l'adresse e-mail de Vickie Freedman ? Il faut que je sache si elle participera au comité d'organisation, cette année.*

Noah Haller : *Ne viendrai pas, serai en vacances avec ma superbe épouse. Désolé.*

Allison Denty-Haller : *Ne participerai pas. Ne suis pas désolée du tout !*

Yancy Miller : *Vickie est devenue Victoria Reigerberg. J'ai vu son mari, avec sa nièce, au Marriott l'autre jour quand j'y ai dîné. Ils ne pensent pas venir à la soirée.*

Lucy Lee : *Todd n'a pas de nièce. Laisse-moi deviner… Elle était blonde. LOL. Si je ne suis pas en mission je viendrai à la soirée.* À + !

Olivia Pelham : *Travaille sur un livre de photographies au Kenya. Ne serai sans doute pas rentrée à temps. Allie et Noah, je vous verrai dans quelques semaines !*

Achevé d'imprimer en mai 2011
sur les presses de Black Print Iberica
à Sant Andreu de la Barca

POCKET – 12, avenue d'Italie
75627 Paris – Cedex 13

Dépôt légal : juin 2011
Imprimé en Espagne
S21167/01